きみの知らない十二ヶ月目の花言葉

いぬじゅん
櫻いいよ

STARTS
スターツ出版株式会社

目次

きみの知らない十二ヶ月目の花言葉

プロローグ

はじめて交わした言葉を、きみはまだ覚えてる？


あれは高校に入学して一週間が過ぎた日の午後のこと。

前日まで降りつづいていた雨もあがり、空には濃い青色が広がっていた。洗われた葉がその緑を美しく輝かせ、風がまるく頬《ほお》を撫《な》でていた。

なんでもないようで特別な春の日、僕たちは出会った。


僕はきみの笑顔が好きだった。

そして、その笑顔の奥に隠した悲しみを消したいとも願った。

きみに出会うまでの僕が不幸だったとは言わない。楽しいこととつまらないこと、そして気《け》だるさが日々の中に存在している、そんな感じ。

毎日はそれなりに過ぎていき、自分の将来についてもぼんやりとしか描けない日陰のような日々。

けれどきみは、そんな僕の日常をいとも簡単に輝かせた。

きみの周りにはいつだって柔らかくて甘い空気が存在し、例えるならば花のような人。

きみが笑うと僕までうれしくなる。

きみのいる景色は、鮮やかな色を僕に教えてくれた。

きみは僕に救われたと思っているかもしれない。けれど、それは違う。

僕がきみに救われたんだよ。

自分の好きなことを一生懸命伝えようとするきみが愛しくて、ずっとそばにいたいと思っていた。

──『アネモネの花言葉を知ってる?』

それが最初の言葉だった。

あれから季節はいくつも流れ、今年も春が来たよ。

手元にある一本のアネモネをきみに贈る。

今もこうして僕の名前を呼ぶきみを、ずっと大切に思うよ。

ありがとう、僕の大好きな人。

手にしているアネモネの香りが鼻腔《びこう》を擽《くすぐ》った、ような気がした。

おしゃれでかわいくギフトラッピングされた花束を見ると、つい頬が緩む。数枚のガクがふんわりと丸みを帯びて咲き開いている八センチほどのアネモネ。それは、花束の中でわたしの足取りに合わせて軽やかに揺れている。

わたしの育てたこの紫と白のアネモネを見たら、きっときみは笑顔を見せてくれることだろう。

――『きれいだね』
――『やっぱり風花《ふうか》にはアネモネが似合うね』

そう言って、わたしの髪をそっと撫でてくれるはず。

ゆっくりと瞬《まばた》きをして、鈴木《すずき》くんの微笑みを思い浮かべる。

春になると、いつも以上にわたしの脳裏《のうり》に彼が蘇《よみがえ》る。すると、彼と過ごした日々が、そして、これから過ごす日々が愛おしくなる。

昨日まで不安定な天気が続いていたにもかかわらず、今日は真っ青な空が広がっていて、心地よい風がふわふわと舞うようにそこにあるのを感じる。

きっと、彼の仕業《しわざ》に違いない。

一歩、また一歩と足を踏み出すたびに彼に近づいているのだと思うと、胸が高鳴る。

いつだって、鈴木くんはわたしのことを想ってくれていた。

なのに、わたしはいつだって自分のことばかりだった。

昔は罪悪感と後悔で胸が苦しくなるほど心臓が伸縮を繰り返し、途中で立ち止まってしまうこともあった。逃げ出したくて踵《きびす》を返したことも何度かある。なにも感じないフリをしたり、平気なフリをしたり。

それらの気持ちは今もたしかにわたしの中にある。なくなることはないだろう。

わたしにとって、彼がどれほど大事で愛しい存在だったかという証しだから。

でも、過去のわたしをすくいあげてくれたのも彼だった。彼がいてくれたから、すべてがわたしの中で溶けて混ざってひとつになって、今は、感謝と愛情に変わった。

もう、涙を流しながらここに向かっていたわたしはいない。自己嫌悪に浸っていただけのわたしもいない。鈴木くんに会えるのを楽しみにしながら、花の香りを味わうことができている。

道端の花壇《かだん》に、アネモネが咲き誇っている。

赤やピンクに混ざって、わたしの胸の中にあるものと同じ真っ白なものがひときわ輝いているように見えた。太陽の光を吸収し、きらきらと揺れる。


——『風花、アネモネの花言葉を知ってる？』


あの日、彼はアネモネを手にしてわたしに訊いた。

あの日のことは、今でも鮮明に覚えている。

足を止めて出会ったときのことを思い出しながらアネモネを見つめていると、

「風花」

と、わたしを呼ぶ声が聞こえて顔をあげる。

待ち合わせ場所の階段の上から、手を振ってわたしの名前を呼ぶ彼の姿に、じんわりと涙が浮かぶ。

わたしは地面を蹴りあげる。

真正面からやって来た風がわたしを包みこんで、わたしの世界を花の香りで埋めつくした。

彼はいつだって、わたしの世界を彩り溢れるものだと教えてくれる。

出会ってからずっと。

手にしていた花束を両手でしっかりと抱きしめながら叫んだ。

「ほら、今年もまたアネモネが咲いたよ」

それは花の下風《したかぜ》

4月

「はい、これで入部完了!」

目の前の用紙を奪うように手にした女子が、うれしそうに笑みを浮かべている。ポニーテールのしっぽがしゅるんと揺れるのを、ボールペンを手にしたままぼんやり見る僕。

ひらひらと揺れる用紙には、書いたばかりの僕の名前が記されていた。

高校の入学式のあと、広い構内を歩きまわってようやく見つけた『園芸部』の部室は、裏山近くにぽつんとあった。木でできた小屋みたいな建物で、よく言えばログハウス調。悪く言うなら、老朽《ろうきゅう》化している物置といったところ。

入り口の薄いドアの横に『園芸部』とプレートが出ていたおかげでわかったけれど、普通なら素通りしてしまうだろう。

部室の中は四人がけの小さな机とパイプ椅子があるだけで、あとは所狭しと土の入った袋や作業道具、エプロンやビニール手袋が置かれていた。土のにおいが宙に漂っていて、窓からの日差しに白いほこりが舞っているのが見える。

「入部？　お試し入部じゃないんですか？」

そう訊《たず》ねる僕に、目の前の女子は「ん？」と口角をあげてから、

「ま、いいじゃん。入部ってことで」

なんて肩をすくめた。

彼女はこの部に所属する先輩らしい。部室のそばにある花壇にいた彼女に声をかけたところ、あれよあれよという間に案内され、数分後には「まずはお試し入部をしよう。うん、そうしよう」と半ば強引に書類にサインをさせられたのだ。

でもまあ、どのみち入部しようとしていたしいいか……。

ひとりで納得していると、女子は改めて用紙を眺めた。よく見ると、用紙の右上に小さく『入部届』と記されてある。

「鈴木くん、ね。よろしく。私は部長の桜《さくら》です」

「よろしくお願いします」

慣れないお辞儀《じぎ》をする。桜というのが苗字なのか名前なのかわからないけれど、部長だったんだ、と少し緊張。

「部長といっても、ほぼ引退しているけどね」

引退、の言葉が引っかかるが、

「よろしくお願いします」

ともう一度頭を下げる。同時に椅子がギイと甲高《かんだか》い悲鳴をあげた。

挨拶もそこそこに部室に通されてからまだ十分も経っていない。ほかの部員はまだ顔を見せていない。入学式の今日は部活動自体がないのかも。

それにしても、普通は入部する前にいろんな説明をしてくれるものだと思っていたけれど、今のところその気配はない。

言いようのない不安が首をもたげてくる。

「鈴木くんも、明日からは動きやすい恰好《かっこう》にするといいよ」

この高校は制服がないことで有名だけれど、さすがに今日は入学式。慣れないスーツ姿を見おろすと、七五三のようで恥ずかしい。

「今日は入学式だったので――」

「だよね。それより引継ぎを済ませるね」

言いわけを遮《さえぎ》るように桜先輩はことを進めてくる。

引継ぎ？　一瞬ハテナマークが頭に浮かんだが反射的にうなずいてしまった。

うしろにある棚から緑色のファイルを取り出す桜先輩のポニーテールがまた揺れる。

差し出されたファイルは紙製。何年も使っているようで、端っこに折り目が色濃く残り、土の汚れなのか黒ずんでいる。開くと、手書きの文字がびっしり並んでいた。

「この高校って緑が多いでしょう？　それを部員と、下瓦《しもがわら》さんていう用務員さんだけで世話するから大変なの。あとは経費管理とかもあるしね。大事なところは、このマニュアルに付箋《ふせん》を貼っておいたから読んでね」

　ファイルを見ると、たしかにいくつかの紙片が見える。

「え……どういう……？」

「すぐに慣れるから大丈夫。ちなみに顧問の先生はいないから、実質下瓦さんが担っているの。それから苗《なえ》をいつも買っているのは——」

「ちょっと待ってください！」

　いつもの声量の倍くらいの声を出すと、ようやく桜先輩は言葉を止めてくれた。きょとんとしている桜先輩におそるおそる口を開く。

「情報量が多くて……。すみません、徐々に覚えていってもいいですか？」

　てっきり返事はＹＥＳだと思っていた。が、桜先輩は首とポニーテールをキッパリと横に振った。

「それは無理なの」

「無理？」

「明日からは鈴木くんだけが頼りなんだから、がんばって覚えましょう」

「え？」

　想像もしていない展開に唖然《あぜん》とする僕に、桜先輩はなぜかにっこり笑った。

「それにしてもこんなイケメンが園芸部に入部してくれるなんて、うれしいけどなんだか申し訳ないなあ。鈴木くんて俳優のあの人に似てるよね。ほら、日曜日の夜のドラマの主役で――」

うれしそうに話しつづける桜先輩の声がふっと遠ざかっていく感覚。それは、いやな予感がむくむくと成長しているから。青空に黒い雲が音もなく広がっていく感じ。

「質問……なのですけれど」

「うん。なんでも聞いてね」

首をかしげる桜先輩に、すうと息を吸いこむ。

「ほかの部員のかたはどこにいるのですか？」

「みんな引退しちゃったの。下級生たちがいた時期もあったんだけど、下瓦さんが怖いとか言って、やめちゃった」

いたずらっぽい顔をしてくるけれど、ちっとも笑えないし。

「つまり、部員は……」

恐ろしくて最後まで言えない僕に、桜先輩はにっこりと笑みを作った。

「誰もいないよ、でも大丈夫。園芸部はたとえ部員がひとりでも継続してもらえるから。環境美化は学校にとっても必要だから、特別待遇なんだって。よかったね」

ちっともよくない。特別感を出してくる桜先輩に違和感しか生まれないし。

そんな僕に気づかないのか、桜先輩は居住《いず》まいを正すと真っ直ぐに僕を見た。

「ということで、今日からきみがこの園芸部の部長になるの。がんばってね」

「部長？　ちょっと待ってください。……桜先輩もいてくれるんですよね？」

「ごめんね。私も『退部届』は提出済みなの。いわばボランティアってとこ。なんたって受験生だからね。部員はたったひとり。鈴木くんだけだよ。ようこそ、園芸部へ」

ああ、僕はとんでもない部に入ってしまったのかもしれない。ショックのあまり呆《ぼう》然《ぜん》とする僕に、パチパチパチパチと桜先輩の拍手の音だけがむなしく響いていた。

あれよあれよという間に、桜先輩に用務員室に連れていかれた。園芸部をみてくれている下瓦さんに紹介してくれるそうだ。

春の天気は気まぐれ。さっきまでの晴れた空は一転、雨を落としている。

用務員室は部室よりも立派な建物で、下瓦さんと思われる男性は、そばにあるチューリップが咲き誇る花壇を手入れしていた。

灰色のつなぎ姿の下瓦さんは想像よりも若く、五十代半ばという印象。がっしりとした体型で、春だというのに日焼けしている。帽子を被っていてその下にある顔はいかつく、気難しそうに口をへの字に固く結んでいる。

「鈴木です。よろしくお願いいたします」

これまでの人生で最大級のお辞儀をして挨拶をするが、下瓦さんはこちらの顔を見

ることもなく、

「余計なことはするな。素人がやるとすぐにだめになるからな」

と言うと、自分の作業に戻ってしまう。

それが彼の発した唯一の言葉だった。

「また寝てんの？」

机でぐったりとしている僕に、犬神《いぬがみ》の声が降ってきた。

「寝てない。ただ疲れてるだけ」

のそっと顔を起こすと眩《まぶ》しい太陽の光に目がやられそう。空いている前の席にどすんと座った犬神が「ふーん」と腕を組んだ。犬神はこのクラスでできた最初の友だちだ。はじめて会ったときから冗談ばっかり言っている印象で、僕よりも身長が高い。

それでもサラサラの茶髪にあっさりとした顔、言いたいことを言うくせに時折見せるクールな笑みで、女子からは人気らしい。

「てか、昼休みも部活なんて入学早々大変だな」

同情を顔に浮かべる犬神に、僕は大きく首を縦に振った。

「大変どころじゃないよ。下瓦さんに気に入られようとがんばってるけど、肥料や土の運搬やら雑草抜き、水やりに手入れ。やることだらけで追いつかないんだよ」

「余計なことはするな」と言われたから、てっきり見習い気分でいいのかと思ったのが間違いだった。最近は毎日筋肉痛で体中が悲鳴をあげている。

「この学校、たしかに植物だらけだもんな」

犬神がやった視線の先には、校門に沿って並んでいるプランターが見える。何十というプランターには、ポピーが群れをなして甘いピンク色の花を咲かせている。

これも、下瓦さんが丁寧に手入れしているからこそ。熱心に作業している姿を、ここからよく見ていたから。

少しでも役に立ちたいけれど、必死で走り回ることしかできないのがじれったくもあり、つらくもあるこのごろだ。

ため息をつく僕に、なぜか犬神は顔を近づけてきた。

「鈴木のこと、女子がウワサしてるの知ってる？」

「え？　なんて？」

「土にまみれているのがかっこいい、だってさ」

「なにそれ。今はそれどころじゃないし」

宣誓《せんせい》通り、桜先輩はあのあと部室に現れることはなかったし、本当にひとりで部活をやっているのだから。

そんな僕に、犬神は人差し指を向ける。

「そういうとこずるいよなあ」

「なにがずるいんだよ」

ムッとしてつい言い返してしまった。まだ知り合ってから日も浅いのに、距離を詰めすぎたかも。気の弱い性格は昔から変わらない。

犬神は「ふっ」と鼻から息を吐くと、

「なんでもない。でも、楽しそうで羨《うらや》ましい」

と、よくわからないことを言ってきた。

楽しい？　そんな感覚、まだ味わったことがない。

「なら犬神も園芸部に入ってよ」

「無理！　おれは陸上部だけで精一杯。鈴木が陸上部も兼部するなら話は別だけどさ」

苦い顔をしたのだろう。犬神は「はは」と笑って自分の席に戻っていく。ため息をつけば、チャイムの音が校舎に響いた。

授業が終われば部室に直行する。向かう道すがら改めて見まわすと、桜やイチョウの木々がいくつもあり、途中途中にある花壇にはサクラソウやスズランが咲いている。

土のないところには植木鉢《ばち》やプランターが置いてあり、名前の知らない花が黄色や白色のつぼみを膨らませていた。

部室の裏には大きな花壇があり、脇にはこれでもかという数の植木鉢が並んでいる。ここは、準備室のようなもので、ぷっくり膨らんだつぼみのカーネーションやバラが待機している。

まだ太陽が輝く午後。最近は春らしい陽気に花たちも喜んでいるように思える。弱気なことを言いながらも、日に日に花たちに愛情を持つようになっているから、僕はきっと単純なのだろう。

部室でエプロンをつけて外に出ると、まだ青空が広がっている。鍵を閉めてから、もう一度花壇へ向かう。そこに意味はなかったと思う。強《し》いて言うならば、「アネモネの花が植えてある二十個近い数の鉢を、近いうちに校舎脇へ移動させなくてはならない」ことが頭にあった程度。

これは下瓦さんに言われたことではなく、桜先輩からもらったマニュアルに書いてあったこと。

本来なら先月やるべきだったそうだ。

アネモネは、春の花を代表する一種だ。キンポウゲ科に属していて、赤や紫、ピンクと花色が豊富なのが特徴。花壇の隅の鉢で咲くよりも、早めに生徒たちの目に触れさせてやりたい。

ふわりと風が頬を撫でて去っていった。風の行方《ゆくえ》を見るように一度振り返ってから花壇に目を戻すと、ひとりの女子生徒が立っていることに気づいた。

脇の土道で、彼女はまるで時間が止まったように動かなかった。手前には芽吹き出した苗が並んでいる。その向こうに、アネモネが春の色を誇示《こじ》するように首を揺らしていた。

その横顔は、色とりどりに咲く花に魅了《みりょう》されているように見えた。肩までの髪が風にやさしく膨らんで、戻って、また膨らんでいる。

——まるで、花と会話をしているみたい。

そう感じたのも無理はない。ようやく動いた女子は、その場にしゃがむと目尻を下げて花に顔を近づけたのだ。

なんてうれしそうな笑顔だろう。

気がつくと、僕は吸い寄せられるように女子のほうへ歩き出していた。女子は、笑顔を残したままこっちを見た。そうしてから、魅力に抗《あらが》えないようにアネモネに視線を戻す。

ゆっくりとした動きに、柔らかく甘い空気が存在しているように感じた。

「アネモネの花言葉を知ってる？」

思わず訊ねてしまったあと、急にドキッと胸が鳴った。

ゆっくりと僕を見る女子生徒の瞳に、吸い寄せられる気がしたんだ。

ドギマギする僕に、その女子は「アネモネ」と言葉にせずに口だけを動かした。そうしてから、また花たちに目を落とす。

「そっか、きみたちはアネモネっていう名前なんだね」

花がそよそよと首を振らし、そう答えているように思えた。そうしてから、はっとした女子は、はじめて僕に気づいたように目を丸くした。

「ごめんなさい。わたし、勝手に花壇に入っちゃって」

慌てて立ちあがったそのうしろに青空が広がっている。

「全然……いいよ。誰でも入っていいみたいだし」

「ここって園芸部の敷地《しきち》なんですか？　探検してたらすごくたくさんの色が見えて、思わず入ってしまいました」

恥ずかしそうに口にするきみの印象は、髪のきれいな人。

青空と同じ色のパーカーの下で揺れている、チェックのロングスカートにばかり目がいってしまう。普通に話せない自分がもどかしくて、わざと肩をすくめてみせた。

「タメ語でいいよ。僕も入学したばっかだし」

そう言うと、彼女はほっとした表情になった。

「そうなんだ」

「えっと、鈴木です」

ペコリと頭を下げる僕。まるでお見合いみたいじゃないか、と情けなくなる。なんでこんなに緊張してしまうのだろう。

「笠森《かさもり》です。笠森風花です」

そう言った彼女から視線をそらしてしまう。それくらい胸の鼓動《こどう》が高鳴っているのを感じていた。

「アネモネ、ってすごくきれいだね」

風花という名前の女子生徒は言う。

「あ、うん」

「とくにこの白い花びらがきれい。なんだかいつまでも眺めたくなる」

愛《め》でるように見つめる先には、パールがかった八重咲《やえざ》きのアネモネがある。

一瞬迷ってから、

「違うんだ」

そう言葉にすると、風花は目線をそのままに瞬きをした。

「勘違いされることが多いんだけど、色がついている部分は花びらじゃない。ガクと呼ばれている部分で、真ん中の黒紫の部分が花なんだ」

そう言ってしまってから、すぐに後悔する。なにを偉そうに語っているんだ、と自分にツッコミを入れてから、

「まあ……きれいならなんでもいいよね」

言いわけのように口にする。このまま立ちさりたい感情と戦っていると、風花はゆっくりと僕に視線を合わせてきた。その表情は驚いたように目を丸くしている。

「鈴木くんってすごく物知りなんだね。花が好きなの？」

「まあ、うん……」

「すごい。わたし、見るのは好きだけど、ちゃんと育てたことはないんだよね」

まだ冷たい風が僕たちのあいだを駆け抜けていく。スカートの揺れが風の流れを教えてくれる。

「アネモネには、『風』という意味もあるんだ。春一番《はるいちばん》が吹くころに満開になるから」

「風」

聞かれてもいないのに説明をすると、

風花は何度もうなずいてから少し瞳を大きくした。

「さっき、『花言葉』って言ったよね？　わたし、そういうのひとつも知らないよ」

「花言葉っていうのは、解釈がいろいろあるんだよ。これが正解、というのもないし、花の色によっても違う花言葉が使われていたりもするんだ」

なぜだろう。初対面の相手なのにするすると言葉が出てくる。

戸惑いながらも、肺《はい》にいっぱい新鮮な空気を取りこんでいるような気分になる。

「アネモネの花言葉ってどういうの？」

澄んだ瞳で訊ねる風花に、いくつもの色を湛《たた》えるアネモネを見た。

「『はかない恋』。少しさびしい花言葉だね」

「そう……」

つぶやくように言う風花の顔が少し曇ったように見えて心配になった。が、次の瞬間、彼女は白い歯を見せて笑った。

「鈴木くんといると、花のことに詳しくなれそう」

「どうだろう」

謙遜《けんそん》でもなんでもなく、昔から花に興味があっただけのこと。教えるなんておこがましいし、花に詳しいことを自分から口外したこともない。

風花が「決めた」と言ったように聞こえた。戸惑う僕に風花が一歩近づく。

「ね、わたしを入部させてくれる？」

あまりに楽しそうに言う風花に驚きを隠せない。今、なんて言ったの？　頭にふたり一緒に花壇の手入れをしている映像が浮かぶ。風花と一緒に時間を過ごせたらきっと楽しいだろうな、と思ったのも事実。でも、それを意識してかき消した。

「あのさ……。やめといたほうがいいよ」

僕の言葉に風花はきょとんと目を丸めた。

「……だめ？」

あまりに悲しげな顔になるから、

「ちが、違う！」

意図せず大きな声を出してしまった。いったい今日はどうしたというのだろう。うまく感情のコントロールができない。

片手で口を塞《ふさ》ぐ僕に、風花は戸惑った顔のまま。

「だめってことじゃなくてさ……。ほら、重い物を運んだりするし、クタクタにもなるし、顔も服もすごく汚れるし……」

ああ、だめだ。やっぱりうまく言葉が出てこない。

「それに、風花さんにはきれいな花だけを見ててほしいから」

最悪……。これじゃあ口説いているみたいにとられてしまう。

もう眉《まゆ》の辺りまで覆っている指の隙間から風花を見ると、

「ふふ」

なぜか彼女は笑っていた。

「……いや、そうじゃなくて」

モゴモゴと口ごもる僕に、風花は軽くうなずいた。

「やさしいんだね。でも、わたし、こう見えても力持ちだよ」

「そうは見えないけど」

素直すぎる言葉がぽろり。気にした様子もなく風花は「んー」となにか考えている様子。

「園芸部に入った理由を聞いてもいい？」

「え、理由？」

「どうしてそんなに大変な園芸部に入ったのかな、って」

適当な理由を言って誤魔化せばいい。そう思ったのに、頭に過去の映像が映し出されていた。

「昔……花がたくさん咲いている庭があったんだ」

いったん言葉を区切る。先を促すように口をきゅっと閉じる風花に、軽く息を吐いた。

「僕のおばあちゃんの家。いっつもいろんな花が咲いていてさ、たまに手伝ったりもした。愛情をかけるほどに鮮やかな色で咲くんだ、って教えてもらってさ。手入れは大変だけど、やっと咲いた花がきれいなら満たされる。そう思ったから」

祖母はいつも庭にいて、その向こうには季節によってたくさんの花がその色を主張していた。

春にはアネモネが、夏にはマリーゴールド、秋にはオンシジウムやケイトウ、冬のエピデンドラム。華やかなだけでなく、ともすれば供花《くげ》になりそうな地味な花まで祖母は大切に育てていた。

思い出の中の祖母は決まって腰を折って花の手入れをしている姿ばかり。

「マリーゴールドの花言葉は、『可憐《かれん》な愛情』。ほかには『友情』ってのもあるよ」

「オンシジウムは花が踊っているみたいに見えるじゃろ? 『一緒に踊って』という花言葉がよく似合う」

愛おしそうにシワだらけの顔で花を見る祖母。すらすらと説明する四季の花の名前や花言葉は自然に頭に入っていた。

「男なのに園芸部っておかしいよね」

自嘲《じちょう》気味に笑えば、

「そんなことない」

風花は秒を待たずに言ったので驚く。

「園芸部だってどんな部だって、興味があることに男女の差はないもん。絶対におかしくなんかないからね」

あまりにもはっきりと言う風花に、

「あ、ありがとう」

うなずくとなんだか肩の力が抜けた気がするから不思議だ。

「でも、園芸部に入った理由にはなってないよね」

「なってると思うよ」

風花が言うとそんな気がするのはなぜだろう。

「人だけじゃなく、花にもやさしいんだね」

さらりと風花が言うから、僕の顔はきっと真っ赤になっている。

「ね、わたし決めた」

そう言った風花の顔は太陽みたいに輝いていた。

「決めた、って？」

「やっぱりわたし、園芸部に入部したい。ね、いいでしょう？」

断る理由なんて最初からなかったんだ。うなずく僕に、風花は今日一番の笑顔を見せてくれた。

家に着くころにはとっぷり日が暮れていた。

二階建ての決して広いとは言えない家は、昔は母親の両親、つまり僕の祖父母が住んでいた。もうふたりともこの世からはいなくなったけれど、一ヶ月前、両親の離婚を機にこの町に引っ越しをしてきた。

幼いころ、長い休みのたびに遊びにきていた祖父母の家。父親はこれまで住んでいた埼玉《さいたま》県のマンションにまだ住んでいる。離婚してからの方が、父親と話す機会が増えたのは確実だ。まぁ、電話での会話ばかりだけど。

母親はまだ仕事なのだろう。台所には年子の弟が食べ散らかしたと思われる、カップラーメンと菓子の空袋が置かれていた。

弟であるトールの部屋からは重低音が古い家を揺らすように聞こえている。どうせまたお気に入りのバンドの曲をかけているのだろう。

ちなみに『トール』は弟のあだ名だ。兄である僕よりも昔から背が高いという理由で叔父がつけたあだ名が、いつの間にか本名のように浸透してしまっている。

「またトールの奴……」

ブツブツとつぶやきながら蛇口《じゃぐち》をひねり手を洗う。まだ冷たい水に急いで両手をこすり合わせていると、また、さっきの出会いが頭をよぎる。

不思議な女の子だった。

花を見ているときはどこかさびしげに思えたのに、「入部したい」と言ってからの風花は、まるで絶対にそれを譲らないような強い意思を持った目をしていた。

入部届を書いてもらうあいだも、風花は次々に話題を繰り出していた。

「この高校に入ったのは、自然が多い環境だったからなの」

「家からは遠いのが難点だけどね。鈴木くんはどこに住んでいるの？」

「わたしは一年五組。鈴木くんは何組なの？」

「バイトとかはしないの？」

枯れることなく質問は続き、まるでインタビューを受けている気分になった。女子と話はするけれど、こんなに長時間ふたりきりでいるのははじめてのこと。なのに、それを楽しいと感じている自分がいた。

風花はころころとよく笑い、僕たちはたくさんの話をした。

「でもな……」

台所のテーブルにつくと、椅子の上で伸びをした。

次々に言葉を重ねた風花は、どこか沈黙を怖がっていたようにも感じた。あれこそが彼女の持つ本質だと思う自分がいるのを否定できない。

って、女子のことなんてまったく詳しくもないのに勝手に思いこんでいるなんて、今日の僕はどこかおかしい。

玄関の鍵が開く音が聞こえたので体を起こすと、すぐに母が顔を出した。

「あら、帰ってたの。おかえりなさい」

「ただいま」

あべこべの挨拶をした母は、「もう」と台所の散乱状態を見て不満の声を出した。

「成長期ってすごい食欲ね。でもトールも片付けくらいしてくれたらいいのに」

「だね」

「すぐにご飯作るから。って言っても、スーパーのお惣菜がメインだけどね」

スーパーの袋を見せると、母はニカッと笑った。

「なんでもいいよ」

「はいはい」

さっそく鍋《なべ》に火をかけてから、てきぱきと冷蔵庫に買ってきたものをしまう母。離婚してからの母は明るい、と思う。

これまではどちらかといえばおとなしい性格だと思っていたが、ある日「離婚しようと思っているんだけど」と相談してきた母の顔は、まるで今日の天気のようにさっぱりとしていた。

母と父がどんな関係だったか。

今思い出しても、決して仲の悪い夫婦ではなかったと思う。ふたりは普通に会話をしていたし、休みには旅行に行ったりもした。

それが気づけば離婚が決まっていて、結局僕はその原因を聞くこともないまま、この町に引っ越してきた。

トールの部屋から聞こえるリズムに体を揺らせながら、食器棚から皿を出す母。レンジの終了音がやけに小さく響いた。

「せっかくだからお肉も焼いちゃおうか？」

「んー。いらない」

桜先輩にもらったマニュアルに目を落として答える僕に、

「ええー」

母は不満を口にした。

「せっかくお肉屋さんで買ってきたのに。今日はお肉の気分なのよね」

「自分が食べたいだけじゃん」

「あなた具合、悪いの？」

その声が重いトーンで耳に届き、顔をあげた。が、鍋を開けた母の顔は湯気《ゆげ》の向こうでニッと笑みを浮かべている。

「違うよ。園芸部が大変すぎて疲れてるだけ」

「ひとり部員、って言ってたものね」

「まあね。でも、今日はあんまりお腹が空いてないんだよね」

「ねぇ、一度ちゃんと診《み》てもらったほうがよくない？　お母さんより顔色悪いもの」

たしかに引っ越してきてからの体調はあまりよくない。いつも胸やけがしている気がしたし、食欲も落ちる一方。

「病院は行ったじゃん。検査はいつかやるから」

引っ越してきて早々、病院に無理やり連れていかれたが、検査に時間がかかると聞いて逃げ出したのだ。

「約束だからね」

「わかったよ」

「じゃあ今夜はやっぱりお肉も焼きましょう。お肉は元気の源だからね」

ひとりで納得したようにうなずいた母は、でっかいフライパンを手にしている。苦笑しながら、そっと右手をお腹に当てた。

言われて気づくレベルの気持ち悪さが、ほんのりと存在している。

先週病院に行ったときに出た診断名は『ストレス性の胃腸炎《いちょうえん》』だった。もちろん、ちゃんとした検査をしていないから詳しくはわからないけれど。

「しょうがない。食べるよ」

パタンとマニュアルを閉じると、母はうれしそうに笑った。ストレスの原因はわかっている。きっと離婚や引っ越しのことで心に負担がかかっているのだろう。

心配させたくなくてわざと大きなあくびをしてみせた。ふわりと生まれる眠気の中、頭に風花の笑顔が浮かぶ。

彼女も今ごろは夕飯を食べているのだろうか？

そんなことを考えてしまう自分をどこかで恥じてしまう。出会ったばかりなのになんて単純なんだ、と自分を戒《いまし》めるとソファから起きあがった。

風花とは、これからふたりきりの園芸部の部員としてやっていかなくちゃならない。余計な考えは捨てよ、と自分に言い聞かせた。

「そろそろできるから呼んできてくれる？」

母の声に、家を揺らすリズムが急に大きくなったように感じた。

リビングを出て狭い廊下を歩けば、さらに騒がしい音楽の洪水《こうずい》が襲ってくる。

ドンドンドン！

「トール、ご飯！」

ドアをノックしながら、また浮かびそうになる風花の顔を僕は消した。

こんな風邪のような症状、早く消えてしまえばいいのに。

一組のクラスメイトの中に、ただひとり知っている生徒がいる。名前は、田中友梨《たなかゆり》。昔は『ゆりちん』と呼んでいたけれど、さすがにこの年になってそれはない。

小柄でぽっちゃりめだった友梨は、向かい側の家に住んでいる女子。幼いころは帰《き》省《せい》のたびに山や川に、僕の弟も入れた三人で遊びにいった。

まさか同じ高校に進学しているとは思っていなかったし、最初は声をかけられても本人だとは思わなかった。

「スズッキイおはよ」

今朝も昔のあだ名で呼んでくる友梨に、

「ああ」

ぶっきらぼうに返事をした。

「なによ、愛想のないこと。ひょっとして低血圧だっけ?」

顔を覗《のぞ》きこんでくる友梨に、体をのけぞりながら顔をしかめた。

「違う。昔のあだ名で呼ぶなよ」

「なんで?」

本当に不思議そうに訊ねる友梨に、グッと言葉に詰まってしまう。

数年ぶりに再会した友梨は、小柄なのはそのままにスリムになっていたからだ。

顔だって真っ黒に日焼けしていたのがウソみたいに白い。短かった髪も、肩まで伸びていて艶《つや》が朝日にキラキラ光っている。

昔はズボンしか穿《は》かなかったのに毎日スカートで登校している友梨は、子どものころの面影《おもかげ》なんて一ミリも残っていない。なのに、無邪気さは昔のまま。そんなの戸惑うに決まっている。

「なんで、って……そのあだ名、きらいなんだよ」

「あたしにとってスズッキイはスズッキイだもん」

「だから言うなって」

友梨との再会はみんなの知るところとなり、それ以来僕のあだ名は『スズッキイ』で定着しつつある。

「ひょっとしてさ」

そう口にした友梨が声のトーンを落とす。

「おじさんとおばさんの離婚のこと、みんなには内緒なの？」

「べつに内緒にしてるわけじゃないけど」

同じように小声になってしまう僕。友梨はしばらくじっと僕の顔を見ていたが、

「そうだよね」

と、明るい口調に戻った。

「おじさん婿《むこ》養子だったもんね。苗字が変わらなくてラッキーじゃん」

普通ならデリカシーのない言葉だとは思うが、昔から友梨はこういうところがあった。弟が小学生のころハチに刺されて大泣きしているときも、「泣けるってことは元気ってことだよ」なんて、平気な顔で言っていたっけ。

「その話題はいいから」

切りあげ口調でプイと横を向く。同じ年だというのに、子どものころから友梨は仕切り屋でどことなく上級生っぽかった。なんでも命令してくるし、強引な理論で主張を曲げない。

同じ学校に入ったことで、これからもこの関係は続くのだろう。

「それより今度、新入生の発表会があるんだって。スズッキイも聴きにくること」

「発表会？」

よくわからない命令に眉をひそめる。

「てか、ゆりち……田中は何部なの？」

慌てて言い直す僕に友梨は悲鳴をあげた。

「苗字で呼ぶのはやめてよ。せめて呼び捨てにしてくれる？」

「わかったよ」

ぶすっと答える僕に、

「あたしの部活はねぇ……」

友梨はもったいぶるように体をくねらせた。

「吹奏楽部だよん。しかもサックス！」

「サックス？　そんなの昔からやってたっけ？」

「やってないよ。これから覚えるの」

平気な顔をして答える友梨。がんばり屋さんなのは知っているので、きっと猛練習をするのだろうな。

突然うしろからポンと肩を叩《たた》かれて振り返ると、

「げ」

犬神がにやにやして立っていた。

「朝から楽しそうだな」

「楽しくないし」

ムッとした表情をあえて隠さずに言う。

「照れんなよ」

横にある机の上に腰かけた犬神は、春だというのに額《ひたい》に汗を浮かべている。今日も陸上部の朝練に参加してきたらしい。

友梨はもうほかの女子と昨日のテレビの話をしてはしゃいでいるので、ほっとした。偶然とはいえ、犬神に話題を断ち切ってもらった気分。そんな感謝の気持ちまで断

ち切るように、

「そういえば、園芸部に新しい部員が入ったらしいじゃん」

なんて言うからギョッとしてしまう。

「な……」

慌てて横を見れば、口角をあげた犬神がいたずらっぽい目をしている。

「部員に五組の奴がいてさ、さっき聞いたとこ。よかったよな、ひとりっきりの部活動にならなくて」

「その話題はいいよ」

こういうとき、「うるせー」とか「黙ってろよ」と言える関係ならいいのに。入学したばかりだし、残念ながらまだそこまでの関係ではない。

「なんでよ。おれ、喜んでいるんだぜ？　なんなら、もっと部員が集まるようにみんなに声をかけてやりたいくらい」

「お前絶対、楽しんでるだろ？」

「心外だな。こう見えても、スズッキイとはこれから仲良くやっていきたいと思ってるのにさ」

どこまで本気かわからないセリフを吐いてくる。

「でも、なんで園芸部？」

と、犬神は若干声を落として訊ねてきた。風花に話した内容を犬神に言うつもりはなかった。

ふいに風花の笑顔が脳裏によぎった。彼女がアネモネを眺めているやさしい横顔。穏やかな春の日に、本当にうれしそうに笑っていたっけ……。

すぐに映像を頭から追い払う。

「べつに意味はないよ」

「昔からそういうのに興味があったとか？」

女装じゃあるまいし。質問をやめない犬神にわざとため息をついてみせた。

「なんだよ、怒るなよ」

「怒ってないって」

少し困った顔になる犬神に笑ってみせた。

ああ、また思い浮かぶ風花の横顔。彼女は風の中でやさしく微笑んでいた。

「それより新入部員はどんな子？　五組の奴によると、『結構かわいい』ってことだけど」

いやなタイミングで聞いてくる犬神。こういう話は苦手だ。

「まだよく話をしてないからわからない」

「照れんなよ」

これが犬神の口癖らしい。口をへの字に結ぶ僕に、犬神はなぜか軽くうなずいた。

「スズッキイはイケメンだけど、女に慣れてなさそうだからなぁ」

「うるせーよ」

思わず出てしまったツッコミに、犬神はブッと噴き出すと大声で笑った。同じように笑いながら前を向く。

すっきりした気持ちの半面、モヤッとしたものがお腹に生まれている。

風花とはまだ数回しか会っていないけれど、あの日以来考えることは日に日に多くなっている。

こういうストレスが一番体に負担になってしまう。離婚や引っ越しでのダメージを回復しなくては……。

背筋を伸ばし深呼吸をすれば、今日も始業のチャイムが鳴る。

5月

わたしにとって春は一年で最も好きな季節だ。なのに、春が一番短い気がする。汗ばむ陽気に服装を間違えたな、と思いながら上着を脱いで半袖になる。まだ五月になったばかりなのに、太陽が真夏のように燦々《さんさん》と照り輝いていた。

「おっはよー、風花」

校舎を目指して歩いていると、背後から大きな声で名前を呼ばれて振り返る。と、倫子《りんこ》がぶんぶんと大きく手を振ってわたしに駆け寄ってきた。胸元まである髪の毛の巻きが、今日は少しゆるいなと思いながら立ち止まって彼女を待つ。

「おはよー。どうしたの機嫌いいじゃん」

「昨日の合コン最高でさー！　風花も来ればよかったのにー」

「わたし、そういうの苦手だからなあ。最高だったってことは、いい感じの男の子がいたの？」

わたしの質問に、倫子は「まあね」と言ってにやりと笑った。

この学校に入学してから出会った倫子とは、初対面から、まるでずっと一緒に育った幼馴染《おさななじみ》のような雰囲気で話しかけてきてくれたことで、あっという間に仲良くなった。

その持ち前の社交性で、倫子には友だちが多く、その伝手《つて》を活用してしょっちゅう合コンに参加している。どうやら学生のあいだに絶対彼氏を作りたいらしい。

「今度こそ彼氏ができるに違いない。絶対彼も私に気があるはず。話の盛りあがりが半端《はんぱ》なかったもの」

「ふふ、前も同じこと言ってたけどー？」

「前は勘違いだったの。今回はマジだから！」

うまくいくといいねえ、と答えると、「心がこもってないし！」と倫子に怒られてしまった。そんなつもりはなかったのだけれど、頬を膨《ふく》らます倫子を見て思わず噴き出してしまう。

彼氏、か。

心の中でつぶやいて、そばにある花壇に視線を向ける。

花壇にはまだアネモネが咲いている。先月末くらいには、色とりどりのアネモネが花壇を埋めつくしていてとてもきれいだった。今は半分ほどになってしまったけれど、きれいなのは変わらない。

白が一番好きだけれど、赤やピンク、紫なんかも映える。

こんなに鮮やかな、明るい色をしているのに、花言葉は『はかない恋』だなんて。

ほかにも『あなたを愛する』という意味もあるらしいけれど、どちらかというと悲しい意味のもののほうが多い。そのせいで〝愛する〟という意味も物悲しく感じてしまう。

「あれ？　風花？」

ぼんやりとピンクのアネモネを眺めていると、誰かがわたしの名前を呼ぶ。やさしい声色で誰だかすぐにわかり、顔をあげると同時に「文哉《ふみや》くん」と呼びかけた。

「またアネモネ見てるの？」

彼は目を細くして、本当にその花好きだなあ、とつぶやきながら近づいてくる。

はっとして隣を見ると、倫子が驚いた顔をしていた。目が合うと、にやりと不敵な笑みを見せる。

「じゃあ、私先に行くわ」

「え？　あ、うん」

ぽんぽんっと肩を叩かれ、ついでに「先月話しかけられたとか言ってた男の子だよね？　名前で呼び合っていい感じじゃん、がんばれ」と長い耳打ちをされた。

「ち、違うよ、そんなんじゃ」

「いーからいーから、じゃあね！」

わたしの否定を聞くことなく、倫子はまるで自分のことのようにうれしそうに軽い足取りで去っていった。

あんなふうに喜んでくれるのはうれしいけれど……あとで誤解をとかなくちゃ……。

「いいの？」

文哉くんは小首をかしげてわたしの隣に並び、倫子の背中を見送る。

「あ、うん。大丈夫。あの、なんかごめんね、文哉くん」

「え？　なにが？」

倫子の雰囲気から、わたしがなにに対して謝っているのかわかっているはずなのに、文哉くんは微笑むだけで知らないフリをしてくれた。

彼は大人っぽさと子どもっぽさの両方が混じり合ったような、不思議な雰囲気を纏《まと》っている。つねに余裕を感じる。

わたしのことも、彼は自然に「風花」と呼ぶようになった。そして、わたしが彼を鈴木くん、と呼ぶと、「下の名前で呼んでよ」と。その流れが自然で、そのとき、この人は女の子にもてるだろうなと思った。

なにより、彼はやさしい。

はじめて出会ったときから。

「なに？　じっと見て。顔になにかついてる？」

「あ、いや、はじめて話したときもアネモネの前だったなって」

つい、わたしよりも頭ひとつ分ほど身長の高い文哉くんの顔を凝視してしまった。

はっとして目をそらし、視線を花壇に向けて答える。

——『アネモネの花言葉を知ってる?』

蘇《よみがえ》る、あの日。

アネモネのかわいさに惹《ひ》かれてじっと見つめているときに、彼は話しかけてきた。

あまりの驚きに、一瞬息が止まった気がした。

正直言うと、彼は怪しさ満点だった。花を見つめているだけのわたしに校内であっても突然声をかけてくるなんて、ナンパみたいだ。おまけに、自分が女の子の視線を集める容姿であることを自覚していそうな男の子だったから。からかわれているのかもしれないと警戒心丸出しで彼に向き合った。

けれど、その印象は、数分ですぐにひっくり返った。

失礼なことを考えてごめんなさい、と謝りたくなったくらい、彼はとても自然体で、あたたかな口調で、頬を緩めるように笑って。

文哉くんは、花の知識が豊富だった。話をするたびに感心するほどだ。花の特徴、育て方はもちろん、花言葉ににも詳しく、訊けばだいたいのものは答えてくれる。

それ以来、こうして話をするようになった。

校内で出会ったらお互いに挨拶をして、しばらく他愛ないことを喋《しゃべ》る。授業が終わったあとはほぼ毎日のように顔を合わせている。

校内の、どこかの花の前で。

彼が花に詳しくなければ、こんなに親しくはならなかっただろう。

でも、それだけの関係だ。

彼の名前以外で知っていることは少ない。住んでいる家がどこなのかも、花以外の趣味も、普段はどんな生活をしているのかも、訊いたことがないしわたしも訊かれたことはない。

なんでわたしなんかを気にかけて、こうして親しく話しかけてくるのだろう。なにか目的があるのではないかと勘ぐってしまうほどやさしい。けれど、彼からは一切邪《よこしま》なものは感じられなかった。

むしろ、わたしを見守っているかのように思うときがある。

けれど、今見ている彼が彼のすべてだとは思えない。

つまり……不思議な男の子。

「あ、そういえば、鉢植えは植え替えちゃったんだ」

「そうみたい。アネモネ、きれいだったんだけどなあ……」

先月には、校舎のそばにアネモネの鉢が並んでいた。花壇にたくさん咲き並んでいるのも好きだけれど、鉢植えの中でぽっと光を灯すように花が開いている姿もかわいらしかったのに。

ゆっくりと花壇から鉢植えの前に移動して、花を覗きこんだ。

「でも、これもこれでかわいいよね」

「風花は花を見るのが好きだなあ」

「見るしかできないからね。育てるのも好きだけどあんまり向いてないみたい」

言われたことをするしかできないので、あれもこれもと手入れができる人は本当に尊敬する。

でも、中学まではここまで花に興味があったわけじゃない。学校の花壇なんてろくに見ていなかったので、どんな花が咲いていたのかも記憶にない。なにもなかった、なんてことはないはずなのに。

わたしの知らないところで、誰かが手入れをしていたのだろう。毎日、丁寧に。

そんなこと、高校に入ってアネモネに一目惚れをするまで、考えたこともなかった。

今は、花の美しさを保つために、世話をする人がどれほどの愛情を注いでいるのかをわたしは知っている。だからこそ、見るのが好きになった。

そっと植木鉢の花に触れる。

「かわりのこの花ってパンジーだよね？」

紫の花びらとそれよりも少し小さな白色の花びらは、まるでふたつの花が重なってひとつになっているみたいだ。そして、中央の黄色い部分は鮮やかに色づいていた。きれいな配色の花が、敷き詰められたような葉の中にぽつぽつと浮かんでいる。

「これはビオラだと思うよ」

「え？　そうなの？　パンジーじゃないの？」

ビオラの名前は聞いたことがあるし、たぶん、写真を見たこともある。そのとき、パンジーに似てるんだなあと思ったけれど、この花は絶対パンジーだと思った。いったいなにが違うんだろう。

驚くわたしに、文哉くんは「小さいからね」と言った。

「パンジーよりもビオラのほうが小ぶりなんだよ。と言っても今は大きなビオラもあるんだけど……まあ、鉢植えの花はかなり小さいからビオラかなって」

「大きさだけなの？」

魚のブリみたいなものなのだろうか。小さかったらハマチ、みたいな。たぶん違う。

「そんな感じ」

本当に詳しいなあ。

感心して「へえ」と声を漏らしながらまじまじとビオラを見つめる。

「そろそろ授業じゃない？」

「え？　あ、そっか」

文哉くんに言われて顔をあげた。そして自然と並んで校舎に向かう。授業が始まるまではまだ少し余裕があるので、ゆっくりと。彼もわたしの歩幅とスピードに合わせて歩いてくれているのがわかる。

「さっきのビオラの花言葉も、わかる？」

「いろいろあるけど、『信頼』とか『小さな幸せ』とか。赤色だと『思い出』だったりするけど、これは紫だから『誠実』かな」

同じ春の花なのにアネモネとは大違いだ。

「文哉くんは、花に詳しいよね、ほんと」

「いろいろ教えてもらったからね」

そっか、と答えるとふたりのあいだに会話がなくなった。でも、春から夏に変わる直前のあたたかな風が、気まずさを感じさせなかった。

彼との時間は、なんだか懐かしさと心地よさをわたしに与えてくれる。目が合うと、「なに」と目を細めて口の端を持ちあげる彼からは、まるでわたしのことを何年も前から知っているかのようなあたたかい空気を感じる。

そして、わたしも。

彼のことをずっと前から知っていたような、そんな気持ちを抱く。

「背が高いなって思っただけ」

やっぱり、不思議な男の子だな、と心の中でつぶやいた。

日が沈んだころに帰宅すると、ドアを開けた瞬間、わたしを出迎えるような音楽がかすかに聴こえてきた。

「あら、おかえり」

「ただいま、今日はベートーヴェンだね」

「課題曲なんですって」

リビングに入ると、お母さんがキッチンから顔を出してわたしに声をかけてきた。晩ご飯がなんなのか、を訊く前に音楽の話をするのはいつものことだ。

二歳年上のお姉ちゃんは、幼いときからずっとピアノを続けている。趣味や習い事の範疇《はんちゅう》を飛び越え、プロとしてやっていくのだろう。

それはきっと可能だ。贔屓目《ひいきめ》なしに、そう思う。高校生のときの発表会で、会場の喝采《かっさい》を浴びて、先生にも「才能がある」と太鼓判《たいこばん》をもらったくらいだ。

「ほんと、お姉ちゃんはえらいよね」

リビングの隣にある、簡易な防音室から漏れてくる音楽に耳を澄ませながらつぶやいた。

ベートーヴェンの有名な、ソナタ第21番『ワルトシュタイン』ハ長調。細かな指使いで奏でられるそれが、わたしは好きだ。漏れてくる音だけでは小さすぎて、お姉ちゃんの表現まで感じることはできない。けれど、お姉ちゃんの調子はわかる。今日はかなりいい感じだ。音がなめらかだ。

「さすがに、もうそろそろグランドピアノ買わないとねえ……」

お母さんが頬に手を当てて、ふうっとため息をついて言った。

もうかれこれ五年くらい前から聞かされている悩みだ。お姉ちゃんのことを考えればば、買うべきだとわたしも思う。いまだにアップライトピアノだなんて、お姉ちゃんくらいだろう。きっと同級生はみんな立派なグランドピアノと完璧な防音室で練習に励んでいるに違いない。

とはいえ、グランドピアノは高い。両親がカタログを手に頭を抱えていたときに聞いた話では数百万もするらしい。それをポンと購入できるほど我が家は裕福ではない。

――『弘法《こうぼう》筆を選ばず、だよ。べつにいいってそんなの』

――『あのピアノに思い入れがあるんだからあれがいいの』

お姉ちゃんは悩む両親にあっけらかんとそう言った。

その言葉にウソはなく、お姉ちゃんはアップライトピアノしかなくても数々のコンクールで入賞している。だからこそ、買うべきなのではないかとお母さんは悩んでいるのだけれど。そして、問題がピアノだけではないからこそ。いや、本当の悩みはピアノではなく、それに付随《ふずい》する、もうひとつのほうなのだろう。

防音、だ。

今は完全防音室ではない。それゆえに、お姉ちゃんは七時から八時のあいだまでしか練習をしない。コンクール前などは、ピアノの先生の家に泊まりこむという手段を取っている。

……音楽をするのにこんなにお金がかかるなんて、昔は知らなかった。

うーん、とずっと悩んでいるお母さんのそばで、冷蔵庫から取り出した紅茶を飲みながら聴こえてくるメロディに耳を澄ます。

曲が終わりしばらくすると「あ、風花おかえり」と、長い髪の毛をさらりと揺らしお姉ちゃんがリビングに顔を出した。お姉ちゃんはダイニングテーブルに着き、「疲れたあ」と背伸びをして軽く手のマッサージを始める。

「がんばってるね、相変わらず」

「まあね。練習はうんざりだけど」

お姉ちゃんは辟易《へきえき》している、と顔に書いたような表情をしてからいたずらっぽく笑った。そんなこと言って、ピアノが好きで好きでたまらないくせに。

夢に向かって突き進むのは、簡単なことじゃない。毎日毎日ピアノを何時間も弾くなんて、好きでなければ続けられないことだ。

お姉ちゃんの練習が終わるタイミングに合わせて準備されていた晩ご飯がダイニングテーブルに並べられる。今日のメニューはスペアリブとズッキーニ、サラダと味噌汁。昨日わたしがお母さんにリクエストしたもので、それを見たお姉ちゃんは「うわ、がっつり！」と顔をしかめた。そういえば最近ダイエットをしていると言っていたのを思い出す。

「ピアノを弾くにも体力使うんだから、エネルギー補給しないと」

「だったら風花はそんなに食べる必要ないんじゃない？」

「わたしはピアノのかわりに毎日運動してるからいいんですー」

ふふん、と誇らしげに言うと「いつ運動してんのよ」とお姉ちゃんが笑った。わたしたちのやりとりに、お母さんが「いつまでも子どもみたいな言い合いしないの」と呆《あき》れながらあいだに入ってくる。

「けんかするほど仲がいいって言うのにねえ」

お姉ちゃんはわたしを見てニッと白い歯を見せた。

たしかに、わたしたちは仲がいい姉妹だと思う。わたしが中学生になるまではよく口げんかをしていたけれど、さすがに今はもうない。こうして軽口を叩き合うだけだ。

お母さんの得意料理でわたしの大好物のスペアリブは、じっくり煮込まれていてお肉が柔らかい。頬張るとタレと絡《から》み合って満足感に満たされる。

ふと隣のお姉ちゃんを見ると、お肉の気分ではないのかわたしよりも箸《はし》の進みが遅かった。いつもなら文句を言いつつも、わたしと同じでお肉が好きだからぺろりと食べつくすのに。「体調悪いの？」と訊くと、お姉ちゃんは「ねえ」とズッキーニをひとくち食べてから、意を決したような表情をわたしに向けた。

「風花、今度ピアノ弾かない？」

お肉がポロンとお皿に落ちる。

「──なに、急に。やだよお、弾かないよ。っていうか弾けないよ」

「えー」

えー、と言われてもわたしも困る。

わたしがお姉ちゃんと同じようにピアノを習っていたのは中学までのことだ。あっさりと、わたしはピアノを手放した。それからほとんど鍵盤《けんばん》に触れていないので、指の関節はかなり固くなってしまった。

「風花もお世話になったピアノの山脇《やまわき》先生。今度五十歳になるんだよね。お祝いに風花とアンサンブルやりたいなあって。先生も風花が弾いたら喜ぶと思う」

「無理だよ、絶対手、動かないもん。しかもお姉ちゃんとだなんてバランス悪すぎるって。プロと初心者みたいなもんじゃん。やーだあ」

遊びならまだしも、そんなお祝いの席で弾くなんて絶対無理。

ぶんぶんと首を左右に振り、おまけに舌も出してみせる。お姉ちゃんは「えー」「なんでよ」「そんなことないって」「先生すごくうれしいと思うのに」となかなかあきらめてくれない。しかもそれを聞いていたお母さんまで「いいじゃない」とお姉ちゃんの援護射撃《えんごしゃげき》をしはじめる。

二対一は分が悪い。

「曲もできるだけ簡単なのにするからさ。ほら、『スペイン』のタンゴとかどう？風花、あの曲昔好きだったよね」

「好きだったけど……わたしもう教室やめてずいぶん経つし」

髪の毛をいじりながらどう断ろうかと考える。

先生にはかなりお世話になったし、お姉ちゃんがいるので今もまったく交流がないわけではない。明るくてやさしくて、わたしは大好きだった。練習をサボることで何度か怒られたことがあるけれど、それもいい思い出だ。

きっと、お姉ちゃんの言うように、わたしがピアノを弾けば喜んでくれるだろう。でも。

お姉ちゃんは知らないから。お姉ちゃんには知られたくないから。

「彼氏と弾きなよ。先生がキューピッドなんだしさ」

お姉ちゃんの彼氏の斎藤《さいとう》さんも、同じ山脇先生のピアノ教室に通っていた。中学生のときに先生が生徒を集めて開催したクリスマスパーティで出会い、ふたりは同い年ということで親しくなり、つき合った。

ふたりとも今もピアノを続けているので、わたしと弾くよりも遥かにきれいな音色で、完成度が高くなるはずだ。曲もわたしに合わせる必要がないので、もう少し派手で、お祝いに似合うものを演奏することができる。

なにより、自分がきっかけで結ばれたふたりの絆《きずな》を見せつけるようなアンサンブルは、きっと先生も喜ぶだろう。

「盛りあがるでしょ、そっちのほうが。お似合いだしさ」

そう言葉をつけ足すと、お姉ちゃんは悲しそうに眉を下げてしまった。

そんな顔をさせたかったわけじゃないのに。

「そう、かもしれないけど、でも……」

「あ、でもちゃんとパーティには呼んでよね！」

リビングの空気が湿っぽくなるのを察して、お姉ちゃんのセリフを遮り満面の笑みを顔に貼りつける。

「かわりにちゃんとプレゼントも用意しとくからさ。そこは安心して」

ほかにもなにかサプライズするの？

誰が来るの？

どこでするの？

お姉ちゃんがこれ以上わたしを誘わないように、困った顔をしないように、ペラペラと喋りつづけた。

へらへらと笑いつづけていると、そういう仮面を被っているみたいに思えてくる。

お姉ちゃんとお母さんに、今のわたしはちゃんと〝わたし〟に見えているだろうか。

無駄に明るくしていると、お姉ちゃんは根負けとでも言いたげに、肩をすくめてから「わかった」とうなずいてくれた。

ほっとすると、無意識に、左手の中指を撫でるように、隠すように、手を絡めている自分に気がついた。それをお姉ちゃんに悟られないようにほどき、食事に集中する。

こんな話になるのなら、今日は大好きなスペアリブなんか希望するんじゃなかった。味がまったくわからない。もったいない。


授業が終わった放課後、鉢植えの前にしゃがみこみ、ポケットに入れていた折りたたみの定規を取り出して花に当てた。

「……なるほど、三センチ」

目測《もくそく》で大きさを判断するなんて、やっぱりすごい、と改めて思っていると、背後から「ぶは！」と噴き出す声が聞こえた。

「なにしてんの、風花」

振り返ると、口元に手の甲を当てて笑う文哉くんがいた。

「あ、いや、その」

恥ずかしいところを見られてしまい、頬が紅潮《こうちょう》してしまう。

なんでこんなところを見られてしまうのか……！　もう、タイミングが悪い！

餌《えさ》を求める金魚のように口をパクパクさせていると、文哉くんはくすくすと笑いながら近づいてくる。そして、わたしの隣に来て同じようにしゃがみ、顔を覗きこんだ。

真っ赤になっている顔を見られたくなくてうつむいてしまう。

「大きさ調べてたの？」

「そう、です。あ、べつに文哉くんの説明を疑ってたわけじゃないんだよ！　ただ、なんとなく、測ってみようかなあって」

あははは、と羞恥《しゅうち》を隠すように笑いながら顔をあげると、文哉くんと視線がぶつかった。その瞬間、心臓がぎゅっと握られたみたいな衝撃を受ける。

——なんで……そんなやさしい笑みを浮かべているの。

思わず口にしてしまいそうになった心の声を呑みこみ、再び鉢に視線を戻す。さっきと違った意味でわたしの顔は赤く染まっている。

そんなふうに、わたしを見ないでほしい。

どうしていいか、わからなくなる。

「ビオラ、だった」

「うん」

「あ、その、すごいね……」

なにを話せばいいのかわからなくなって、無言になる。文哉くんもそれ以上話を続けることがなく、しばらくのあいだ静寂《せいじゃく》に包まれた。遠くで、運動をしている誰かのかけ声が聞こえてくる。

いつもなら、文哉くんと一緒にいて会話がないことに居心地の悪さを感じたことはない。だけど、今はずっと彼がわたしを見ているような気がして、落ち着かない。

なにか話してほしい。

そうしたら、この変な鼓動も収まるはず。

そんな祈りが通じたのか、文哉くんは「ネットで調べたの？」と訊いてきた。

「あ、うん。五センチ以下か以上か、以外の違いはやっぱりないんだね」

「最近はそのあいだにパノラっていう品種もあるんだってさ。ややこしいよなあ」

それはややこしい。

まだまだ花については知識がないわたしには、さっぱりわからない。なんで同じ花を大きさだけで区別するのか意味がわからない。

「花言葉は違うんだよね？」

「パンジーはたしか『わたしを想って』とかだったんじゃないかな。ちなみにパノラは、わかんねえや」

あ、ちょっと口調が砕《くだ》けた。

それをうれしく思うなんて、変だ。

「文哉くんでも知らないことあるんだね」

「植物博士だと思ってた？　残念ながらそこまでの知識はないよ。趣味に毛が生えた程度。しかも人から聞いただけだし」

「ふふ。でも十分すごいよ」

偉そうでありながら冗談っぽく話す文哉くんに、さっきまでの変な空気が洗い流されて自然に笑うことができた。文哉くんはそれをわかっていたのだろう。

文哉くんはいつも相手の気持ちに寄り添って言葉を選んでいる。空気を読むのがうまいのかもしれない。

……わたしにも彼のようなやさしさがあれば、昨日のアンサンブルの誘いももっとうまく断れただろう。お姉ちゃんにあんな顔をさせることはなかったはずだ。

「ビオラの次は、なんの花になるんだろうね」

「六月だから、たぶんアリウムとかじゃないかな」

アリウムは、一度、耳にしたことがあるような気がした。けれど、どんな花なのかさっぱりわからない。訊くと、文哉くんは丁寧に教えてくれた。

普段は落ち着いた雰囲気の文哉くんは、花のことになると一気に饒舌《じょうぜつ》になる。目を輝かせ、ときに懐かしむように遠くを見つめる。

花が好きな、男の子。

それは、それだけでわたしを少し幸せに、そして少しさびしくさせる。

黙って聞いていたけれど、文哉くんははっとした顔をして口を噤《つぐ》んだ。慌てて喋るのをやめたように見えて「どうしたの？」と首をかしげる。

「いや……ちょっと、昔を思い出しただけ」

彼が、はは、と力なく笑うと、わたしたちの背後から生ぬるい風が通りすぎていった。髪の毛がふわりと揺れる。その中にどこかから飛んできたのか、白い花びらが雪のように風に乗ってやって来た。

「わ、なにこれ」

髪の毛にも絡まってしまった気がして頭を払う。

「ウツギ、かな」

「ウツギ？」

　何語なのかもわからずきょとんとすると、文哉くんは辺りを見まわしてから「あそこ」と指をさした。その方向に視線を向けると、少し離れた場所に、人の身長くらいの植木が見える。

　どうやらあれがウツギ、という名前のものらしい。たしかに白い花がついている。ただ、旬は過ぎたのかまばらだけれど。その花びらが風でわたしたちのところまで飛んできたようだ。

「あんなのあったんだ、気づかなかった」

「風花はアネモネしか見てないからなあ」

　そんなことないよ、と言いたいけれど、その通りだ。

　これからはもう少し周りの草木にも注目してみよう。知らない花がたくさんあるに違いない。高校に入ってから多少花や植物の知識を身につけたつもりだったけれど、文哉くんと話すたびに、知識の〝ち〟の文字にすら届いていないのだと感じる。

「あれにも花言葉ってあるの？」

「風花、花言葉好きだよね」

「だって、面白いじゃない。それに……最初に知った花言葉がなんだか、すごく悲しい感じだったから、さ。幸せな花言葉、いろいろ知りたいなって」

　はじめて花に一目惚れしたというのに、『はかない恋』という花言葉だったと知ったときはなんだかせつなくなった。もっと前向きになるものがよかった。

でも、アネモネの花言葉が、例えば『ありのままでいい』とか『素敵な日々』とかだったら、これほどほかの花言葉に興味をもたなかっただろう。……そんな都合のいい花言葉があるのかは知らないけれど。

「ウツギは、たしか……『秘密』じゃなかったかな？」

「へぇー。なんか意味深でおしゃれ」

本当にそう思ったのに、文哉くんは「適当だなあ」と苦笑した。

また、わたしたちのあいだを風が吹き抜ける。さっきよりも勢いのあるそれに、髪の毛が乱れる。

「ねえ、そろそろ帰らない？」

文哉くんは時間を確認すると、すっくと立ちあがる。

いつの間にか、地面にくっきりと描かれていた影がぼんやりと滲《にじ》んでいるのに気がついた。そろそろ太陽が沈んでしまうのだろう。でも、もう少し花を見つめていたい。

それに、帰るにはまだ、少し早い。

「風花？」

「そういえばさっきの、思い出した昔ってどんなこと？」

彼の声が聞こえなかったかのように明るい口調で話を変えた。

「気になるから教えてよ」「話途中だったよね」「なにかあったの？」

文哉くんに訊いているくせに話す隙を与えないくらいに口を動かす。

と、彼の手が、わたしに伸びてきた。

笑顔を貼りつけたまま、体がかちん、と固まってしまう。避けようという考えすらもよぎらなかった。

わたしの髪の毛に、彼の手がかすかに触れる。

たったそれだけのことなのに、体がびりりと震える。ぎゅっと肩に力が入り目をつむってしまった。

「花びら」

「へ？」

ゆっくりと瞼《まぶた》を持ちあげると、立っていたはずの文哉くんは再びかがんでいて、わたしと目線を合わせていた。彼の顔の前には、摘まれた白い花びら。

「髪の毛についてた」

「あ、あり、がとう」

そういう、ことか。

そりゃそうだ。彼がわたしに触れる理由なんて、そのくらいしかない。なのに、やたらと意識してしまった自分が恥ずかしい。自意識過剰だ。

「まだついてる」

さっきのような触れるか触れないかくらいの繊細な手つきではなく、今度はぱんぱん、と払うように頭を撫でられた。そのたびにひらひらと頭上から白い花弁《かべん》が落ちてくる。

本当に雪みたい。

彼の大きな手のひらから、ひらひらと舞い散る、粉雪。もしくは、わたしの中のなにかが落ちているのか。

「ねえ」

どれだけついているのか、とぶるぶる頭を振ると、花びらのように文哉くんの声が落ちてくる。「なに?」と視線を持ちあげる。

文哉くんは、眉根を寄せて、けれど口の端をかすかに持ちあげている。それが、今にも泣き出してしまうんじゃないかと思うほど、苦痛に満ちた表情に見えた。ひどくやさしくて、とてもさびしげな、笑み。

なんで、そんな顔をしているのだろう。

「無理して笑わなくていいんじゃない?」

文哉くんの言葉に、え、と声にならない声を発してしまう。

「いや、なんでもない。変なこと言ってごめん」

文哉くんは目をそらしながらそう言って立ちあがり、背を向ける。そして「あ」と言って足を止めた。

「さっきの話。昔のことを思い出したってやつ」

振り返った彼は、さっき一瞬見せたあの顔は見間違いだったのだろうかと思うほど、いつもの、けれどほんの僅《わず》か、子どもっぽさを孕《はら》んだ顔をわたしに向ける。

彼は、手にしていた白いウツギの花びらを口元に添えた。

「——秘密」

心臓が、ばくんっと大きく揺れた。

じゃあ、お先に、と言って歩いていく文哉くんの背中を見つめながら、体内で爆音を鳴らす心臓の音を聞いていた。

なんで自分がこんな気持ちになっているのか、わからない。

いったいなにに対して、わたしはこんなに動揺しているのだろう。

両手で顔を覆いながら細く長く息を吐き出す。

落ち着け、落ち着けわたし。こんなのはまるで、まるで。でも、そんなはずはない。

彼がちょっと、予想外のことを言ったから、仕草をしたから、それだけのこと——。

「ふーうか」

「うわあっ！」

ぽんっと肩を叩かれて、飛び跳ねる。実際わたしの体は浮いたと思う。絶対。

目を見開いて振り返ると、わたしと同じように目を丸くしている友梨がいた。

「ちょっと、風花驚かさないでよ。心臓飛び出るかと思った」

「……わたしは寿命が縮まったと思う」

「こら、縁起《えんぎ》でもないこと言わないの」

小学校からの友人である友梨は「あーもう、びっくりした」と言いながら、さっきまで文哉くんがいた場所に、楽器――高校から始めたサックス――の入ったケースを抱きかかえながら膝《ひざ》を折る。

吹奏楽はかなり厳しいので、すぐにやめてしまうかも、と内心心配だったという友梨は、結果として今も続けているし楽しそうだ。

「さっき、誰かと話してたよね。遠くてよく見えなかったけど」

「ああ、この前倫子と一緒に遊んだときに話した、花言葉を教えてくれた男の子」

友梨と倫子は、わたしをきっかけに親しくなりたまに三人で過ごすこともある。

「すっかり仲良くなってんだーー！　いいじゃんいいじゃん」

友梨はにやにやとしながらわたしの肩に自分の体を軽くぶつけてくる。そのたびにわたしの体がゆらゆらと揺れる。

「いい感じ？　恋が始まっちゃう感じ？」

どうなの？　どうなの？　と友梨はうれしそうにする。でも。

「……残念ながら、友梨が想像するようなことは、ないよ」

「なんでよー。言い切れないでしょ、そんなの」

友梨は、苦笑を漏らしながら言った。それに対してわたしは失笑して「ないよ」ともう一度同じ言葉を繰り返す。

友梨は、わたしのすべてを知る唯一の友人だ。

だから、友梨が心配してくれているのはわかっている。友梨は、わたしがいまだに抱えているものが軽くなることを望んでいる。

その気持ちはうれしいし、友梨のためにわたしは少しでも変わっていかなくちゃいけないとも思う。

でも、そんなのできない。今はまだ、したいとも思えない。重い雰囲気にならないように「だってないんだもん」と軽い口調で言いながら、ひょいっと立ちあがる。友梨も同じように体を起こしてわたしの隣に並んだ。

「そもそも、よく知らない人だし、彼だってそんな感じじゃないし」

「でも、誰だってはじめは知らない人じゃない。そのうち芽生えるかもよ？」

たしかにその通りだ。

でも、やっぱり無理だ。まだ出会ってから二ヶ月弱で、そんな気持ちにはなれない。相手だってわたしのことはなにも知らないのだ。

教えるかどうかも、わからないし。

「ねえ、風花。楽しいよ、誰かを好きになったり、誰かと遊んだりするのは、さ」

「うん。友梨と一緒にいるの、楽しいよわたし」

「もうー！」

ふふっと笑いかけると、友梨は困った奴だなあと言いながら、わたしを抱きしめてくれた。

そのやさしさに、もうしばらく甘えさせてほしい。

でも、それはきっと友梨を苦しめてしまうんだろう。

今の自分は、家族に見せる仮面とまた別のものを被っているのかもしれないな、なんて思った。そんなはず、あるわけないのに。

視線の先に、さっき教えてもらったばかりのウツギと、わたしの大好きなアネモネの花壇があった。

白色が、眩しい。

自分の左手を、自分の右手で包み込む。

――『アネモネの花言葉を知ってる？』

風の中から、彼の声が、聞こえた気がした。
目をつむると、彼の笑顔が脳裏に蘇る。

6月

校舎をなぞるように設置されている花壇には、アリウムとシラーが薄紫の花を咲かせている。

アリウムは細い茎《くき》の先に丸い花が、シラーは星形やベル形の小花がたくさんついていて、どちらも薄い紫色。花自体は小さくて目立たないが、丈夫で育てやすいのが特徴だ。

梅雨《つゆ》時期には外での作業も難しくなるため、桜先輩が去年の冬前に球根をこれでもかというほど植えたそうだ。

夕暮れの校庭を横切れば、長い影も一緒についてくる。グラウンドのほうからは野球部のかけ声がこだまのように響き、空に昇っていくよう。

毎日、部活の終わりには花壇を見まわっている。ときには右回り、ときにはジグザグにチェックをしていく。

園芸部は花だけでなく樹木も担当する決まりだが、さすがに部員ふたりでは手に負えず、下瓦さんに丸投げしている状態だ。

入部当時は、作業着に緑色のエプロン姿でウロウロすることに恥ずかしさもあったけれど、人は慣れる生き物。最近では平気になり、花壇で作業をする僕に「ごくろうさま」と先生が声をかけてくれることも多くなった。

にしても、この高校はほかでは見ないほどに花壇が多い。水やりだけでも相当な苦労があるだろうから、下瓦さんも大変だろう。

「あ！　いた！」

向こうから風花が駆けてくる。さっき二手に分かれて見まわりを始めたところなのに。

「え、もう終わったの？」

「うん」

はあはあ、と苦しそうに息を切らす風花。額に光る汗が、頬の辺りに伝っている。

「走らなくていいのに。って、昨日も言ったよね？」

「あ、そうだった」

今、思い出したかの様子で風花は目を丸くしている。

「もう暗くなってきたから、走っちゃ危ないよ」

「うん。ありがとう」

褒めているわけじゃないけれど……。

部室に向かって歩いていると、ちょうど下瓦さんが用具入れから出てくるところだった。僕を認めると、あごをクイッとあげた。これは、「こっちに来い」の合図だ。

「お疲れさまです」

ふたりして駆け足で近づくと、下瓦さんは「ん」とひと文字で答える。最初のうちは苦労した意思疎通《そつう》も、最近ではコツが掴《つか》めてきたみたい。

「ガーベラの水やりをしたのは？」

下瓦さんが太い人差し指を交互に動かしたので、

「僕です」

と答えた。

「わたしです」

風花が言う。

「いえ、僕です」

「うるさい！　もうどっちでもいい」

太い腕を組むと、下瓦さんは「腐るぞ」そう言った。

水の量が多すぎたということだろう。

「すみませんでした。以後、気を付けます」

きっちり謝罪する。風花が慌てて口を開いたところを、下瓦さんがごつい右手を開いて制した。

「きみは花壇へ」

花壇の手入れをするように、という意味だと受け取る。

「はい！」

慌てて駆け出す風花の頭は、もうアネモネで埋めつくされているに違いない。走ったら危ないって言ったばかりなのに。

ふたりして見送ると、下瓦さんは体を僕に向けた。

「これ、頼む」

手渡されたのはラベルのはがされた二リットルが入る大きさのペットボトルだった。透明の液体が八割くらい入っていて、ずっしりと重い。取っ手のついているところを見ると、焼酎《しょうちゅう》が入っていたと思われる。

なんだろう、これ？

疑問が顔に出ていたのだろう、下瓦さんはわざとらしく大きなため息をついた。

「液肥《えきひ》」

最低限の言葉で説明しようとするが、すぐに僕が理解していないと悟ったのか、

「スマホで調べろ」

と、もう歩き出してしまう。

「えきひ、ですか？」

背中に声をかけると、足を止めた下瓦さんがめんどくさそうに振り向いた。

「間違っても飲むなよ。あっという間にあっちに行くぞ」

太い人差し指を上空に向けている。どうやら「死ぬ」と言いたいらしい。強面《こわもて》で言われると思わずゾッとしてしまう。カクカクとロボットのようにうなずくと、下瓦さんはクワッと顔をゆがめた。いや……どうやら笑っているらしい。

「四十倍に薄めて使え」

「わかりました」

「東校舎にホースが置かれたままだぞ」

「はい」

「倉庫に種が届いていたから持っていけ」

「はい」

頭にメモをして僕も歩き出す。

言われたことをこなしているとどんどん空が暗くなっている。下瓦さんの言う通り、明日は雨らしく上空を厚い雲が覆い始めている。

日の入りは徐々に遅くなっているとはいえ、さすがに六時。もう帰ったほうがいいだろう。

部室の建物が見えたと同時に、脇の花壇にしゃがみこむ風花のうしろ姿が見えた。

自然に足が止まってしまう。

——痛いな。

無意識に胸の辺りに手を当ててしまう。

先月までは会えることが楽しみで、部活の時間が待ち遠しかった。入部以来、風花は毎日放課後になるとここに来たし、重労働な園芸部の活動にも文句は言わなかった。むしろ、土にまみれ虫に刺されても楽しんでいるように見えた。

さっきまで一緒にいたのに、少し離れただけで会いたくなっている。

変わったのは僕のほうだ。

授業よりも友だちと話をするよりも、風花に会うことだけが、毎日の中で重要なことになっている。

二十四時間分の約二時間。かけがえのない時間は、終わった瞬間からもう会いたくなっている。同時に感じるのは孤独という名の耐えがたい感情。

——そんなわけがない。

これは恋なんかじゃない。自分に言い聞かせるように、今度はしくしくと痛むお腹に手をおろす。ああ、こういうのもストレスになるのか。

たまたま同じ部活に入っただけの仲。クラスも違うし、プライベートな話なんて少しもしたことがない。もちろんスマホの連絡先も聞けずにいる。知っているのは、家に帰る方向が違うということくらい。

意識して大きく息を吸いこむと、

「お待たせ」

軽い口調を心がけ、風花に近づいた。

「お疲れさま」

スコップを手に振り向く風花。花壇には、先週までアネモネがあんなに様々な色で咲いていたのがウソみたいに半分近く散ってしまっている。

「だいぶ枯れちゃったね」

風花が指さす先、そこにはしおれかかっている白いアネモネがあった。

「もう六月だしね」

「残念だなぁ。ずっと咲いていたらいいのに」

「そうだね」

何気なく答えても、耳が心が彼女の言葉を受けとめようと必死になっている。

「夏にもいろんな花が咲くよ」

慰《なぐさ》めの言葉をかける僕に、風花は「そうだね」と言った。全然、納得していないのがたった四文字の言葉でも伝わってくる。

「なんでそんなにアネモネが好きなの？」

「見た目と違うから」

「見た目？」

「あんなにきれいなのに、花言葉がさびしいでしょう？　そういうところかな」

はかない恋、か。まるで僕のことを表しているみたいだ。

必死で否定しても、コップから水が溢れるように気持ちが止められない。

風花に近づきすぎないよう距離を取りしゃがんだ。僕たちの前にある花壇では元気なく首を下に向けている。

「アネモネは球根植物なんだ」

間を埋めるように説明をする。

「球根？」

「うん。だから、明日から土の中にある球根を取り出して保存するための作業をするよ」

頭の上にハテナマークを浮かべる風花は、まだピンときていない様子。

「秋ごろに『分球《ぶんきゅう》』という作業をするんだ。分球によって古い球根から新しい球根に生まれ変わる。それを植えれば、来年の春にはまたきれいな花を咲かせるよ」

ようやく理解したのか、ぱあっと顔を輝かせた風花。あまりにうれしそうに笑うから、眩しくて目をそらしてしまう。

「それって、花が生まれ変わるってこと？」

生まれ変わるなんて大げさだと思ったけれど、喜ぶ風花をもっと見たくて、だけど見られないまま僕はひとつうなずいた。

「そう、だね。準備さえきちんとしていれば、生まれ変わるよ」

「もうお別れかと思ってたからすごくうれしい。ありがとう」

「いや、僕はべつに……」

実際のところ、枯れゆくアネモネを悲しがる風花のために、必死で調べたこと。照れを隠すように空を見ると、夜がいた。

「じゃあ、そろそろ帰ろうか？」

「え、もう？」

立ちあがった風花の柔らかい髪が風に踊っていた。同じように体を起こすと、僕は手にしていたペットボトルを見せた。

「下瓦さんからの指令でさ。液肥、ってのを調べなくちゃいけないから先に帰ってて」

「じゃあ、わたしも残る。一緒に調べたほうが早いよ」

「ひとりでいいよ。家族が心配しているといけないし」

そう言った瞬間、にこやかだった風花の表情が翳《かげ》ったのを見逃さなかった。それは僅かな変化だったけれど、悲しみを含んでいると思った。

が、すぐに風花は晴れ渡るような笑みに戻っている。

「いいから一緒にやろうよ。たったふたりの部員でしょう。部室に集合！」

僕の手からペットボトルをさらりと取ると、もう風花は部室に向かって歩き出す。

……今のは、見間違い？

ようやく足を動かし「早く早く」とせかす風花を追いかける。

確認するように横に並ぶと、すっとそらされる瞳。

恋はせつないな。相手の些細《ささい》な変化にも気づいてしまう。そうして、きっと今夜は
その理由について思い悩むのだろう。

気持ちを再確認するほどに、風花への想いはどんどん成長していく。まるでモンスターのように大きくなり、その存在を僕に知らせる。

ここにいるよ、と悲しく叫ぶ声が、僕を動けなくする。

梅雨《つゆ》入りしてから雨はぴたりと止まり、この数日初夏の陽気が続いている。

昼休みになると同時に新しい液肥を用務員室に取りに行った。どうやらまだまだ散布しなくてはならないらしい。

重いペットボトルを両手に持って歩くそばから、白いシャツの中に熱気がこもる感覚。

なにか声が聞こえるな、と思ったら、友梨と犬神が花壇のところではしゃいでいた。

「あ、来た来た」

「遅いな。なにやってたんだよ」

それはこっちのセリフだ。

「こんなところでなにしてるわけ?」

いぶかしげに訊ねると、

「犬神くんがスズッキイのこと探してたから、連れてきてあげたんだよ」

友梨が自慢げにあごをあげた。

「教室で待ってればいいのに」

部室の鍵を開けて中に入ると、当然のようにふたりともついてきた。

「へぇ。園芸部の部室ってすげぇな。秘密基地みたい」

キョロキョロと見まわす犬神が、僕の定位置の椅子にドカッと座った。

「ねぇ、その手に持ってるのなに？」

友梨の質問に「液肥」と前に下瓦さんに言われたままの言葉で答えるが、「ん？」と首をかしげている。

「液肥っていうのは、花にやる液体の肥料のこと。四十倍に薄めて、水と一緒に撒《ま》くんだよ」

先日、風花と一緒に調べたことを説明する。ちなみに主な成分は、油かすだそうだ。最近、いろんな花に撒いているが、酸《す》っぱいにおいに吐き気を呼ぶこともしばしば。

「そんなことまでやるんだ。園芸って意外に体を使うんだね。スズッキイも運動部の子みたいに焼けてるし」

たしかに僕の体は腕と顔だけが真っ黒に日焼けをしている。土や肥料を運ぶことも多いので意図しなくとも腕や足が太くなってきた気もする。

……なんで風花は園芸部に入ったんだろう。

最近はことあるごとに頭に浮かぶ風花の顔。意識して追い払うと、まだ室内を観察している犬神の前に座った。

「なんの用だったの？」

すると、犬神が迷ったような顔をしたから驚く。なんでもズバズバ言う奴だと思っていたから、こういう素振りははじめて見た。

「いや、なんか余計なお世話かもだけどさ、最近疲れてるだろ？」

「僕が？」

「ほかに誰がいるんだよ。部活が忙しいのかもしれないけど、元気がないのが気になっててさ、友梨に相談したら同じ意見だったし」

友梨も僕たちのそばに来ると大きくうなずく。

「今日だって昼ご飯食べてないでしょ。スズッキイはちょっとがんばりすぎなんだよ。部員がふたりってのは悲劇だけどさ、人間には活動限界点があるんだからね」

たしかに最近、体調が悪いことが増えた。いつもかかっている医者にも薬を処方《しょほう》されるようになっていたのは事実だ。やはりストレスや疲れが溜まってきているらしい。

そろそろ医者の言うようにちゃんとした検査をしなくてはならないだろう。

「疲れてないよ。それにがんばり屋なのはそっちのほうじゃん。サックスの練習大変みたいだし」

明るい口調で言うけれど、友梨は「そんなことない」という姿勢を崩さなかった。

「とにかく聞けよ。で、友梨と決めたんだよ」

犬神は友梨と視線を合わせる。ふたりして合図を送り合うようにうなずいてから、また口を開いた。

「おれたちも園芸部の手伝いをすることにした」

「え？　なんだよそれ」

冗談かと思い笑ってしまうが、ふたりは真面目な表情をしている。

「べつに入部するわけじゃないぜ。おれたちも部活があるし、毎日は無理。でも重い荷物を運ぶときとか、人手がほしいときは遠慮なく言ってくれ。友梨が運ぶから」

「なんであたしなのよ。ふたりで協力するんでしょ」

「冗談だよ、冗談。だからさ、スズッキイ――」

犬神が体を少し前にして顔を近づけてきた。

「つらかったら頼れよ。友だちなんだからさ」

「そうそう。あたしたちに任せなって」

どうやら本気らしい。

「……わかった。ありがとう。遠慮なくお願いさせてもらうよ」

そう言うと、ようやくふたりは表情を緩めた。

まさか表情や態度に現れているとは思わなかった。

これからは心配かけないように気をつけないと……。

部室を出て鍵を閉めていると、「そうだ」と友梨がうしろですっとんきょうな声を出した。

「風花がね、今日は部活参加できないってさ」

ビクッと跳ねる胸を誤魔化して、友梨を振り返った。

今、風花の名前が聞こえた気がしたけれど……。

「風花、すごく気にしてたよ。なんかの花を植え替える約束をしていたとか――」

「なんで？」

「家の用事だって。スズッキイに伝えてほしいって言われてたの忘れてた」

「そうじゃなくて――」

動揺を悟られないよう、鍵に集中しているフリで続ける。

「なんで友梨が風花のこと知ってるの？」

「え、もう呼び捨てなんだ。やるーぅ」

いや、それは風花から先週お願いされたことであって……。って、今はそれどころじゃない。

ようやく鍵をかけ終えてから振り返ると、友梨たちは歩き出していた。うしろにつく僕に友梨は「だって」とこっちを見た。

「風花とは小学校からの仲だからね。この町は小さいから、ある程度みんな知り合いだよ」

「へぇ」

興味のなさそうな声を意識する僕は、なんだか間抜けなピエロみたいだ。風花と友梨が知り合いなら、自分の気持ちは隠さないといけない。

体調の変化に気づくくらい敏感ならなおさらだ。

ふたりは親切で言ってくれているのに、大切な風花との時間が侵されるような気分になってしまう。自分のいやな部分を知ったみたいで気持ちが重くなる。

そんなことを考えてしまう自分もきらい。これが〝負のスパイラル〟ってやつかも。

「ほら、さっさと行こうぜ。腹減った」

犬神の声に「ああ」とうなずくけれど、今日は風花に会えないという事実にさっきよりも足は鉛《なまり》みたいに重く感じる。


最後の鉢を校舎脇へ移動させ終わるころには雨は本降りになっていた。犬神と友梨の手伝い宣言から二日が過ぎた。ふたりは約束通り、さっきまで文句も言わず鉢を荷台に乗せて運んでくれた。

雨に打たれているトルコギキョウはまだ満開とはいかないものの、ソフトクリームのようにねじれたつぼみは、夏いっぱいそのピンクの花を咲かせるだろう。本当なら脇枝をカットしたかったけれど、この雨では無理そうだ。

レインコートのフードを深く被り、部室へ戻るといつものテーブルについているのは風花だけだった。

六月も後半に入り、本格的に梅雨がこの町にも訪れている。今朝までは晴れていたのに、今はそれがウソのように大雨が降っている。

「あれ、ふたりは？」

レインコートを脱ぎながら訊ねると、

「ふたりとも部活に行くって慌てて出て行ったよ」

風花は読んでいたマニュアルから目を離し僕を見た。

「そっか。まあこの雨じゃ作業はできないしなあ」

「植木鉢の移動だけでも相当かかると思っていたから、助かったよね」

壁につけられたハンガーにレインコートをかけると、風花の前の席につく。

部屋の外では、雨が土を叩く音が聞こえている。

沈黙が怖くて僕は「ね」と声をかけた。

「珍しく早く終われたし、今日は帰ろうか？」

この提案はこれまでに何度かした。けれどそのたびに風花は首を横に振る。今も、まだ雨に濡れた髪を耳にかけながら、風花は一瞬表情を曇らせた。

が、次の瞬間には「そうだ」と明るい声を作った。

「トルコギキョウの花言葉ってどんなの？」

「……ああ、たしか『優美《ゆうび》』とか『思いやり』かな」

「見た目と同じできれいな花言葉だね」

「うん。それより雨も強くなってきたしさ――」

「もう少し勉強していくから先に帰ってもいいよ」

風花はきゅっと唇をかみしめてから、すぐに笑みを浮かべた。くじけそうな心を意識して隠そうとしている。

こんな少しの変化でもわかってしまうんだ。

「言いたくなかったら言わなくてもいいんだけどさ……家でなにかあったの？」

迷いながらも訊ねる僕に、風花はさっきと同じように口を閉じて、そして笑う。

「え？　なにもないよー」

ふにゃっとした顔で答える風花に、僕は「そう」とうなずく。小さな勇気も、結局は萎《しぼ》んでしまう。

余計なことを聞いてぎこちなくなるよりも、この瞬間を楽しめばいい。それはわかっているのに。わかっていたのに……。

「あの、さ」

まだ話しつづける僕に風花は「あ」と小さく口を開いた。

「液肥なんだけどね、聞いたら下瓦さんの手作りなんだって。少しでも部費を使わないように家で作ってきてくれているんだよ。やさしいよね」

「……そう」

「下瓦さんて本当に園芸が好きなんだろうね。そういうの知らなかったから、勝手に怖い人だって思いこんじゃってたから反省してるんだ」

急に饒舌になる風花は、この話題が続くことを拒否している。誰だって悩みはあるだろうし、人に言いたくないことだってある。

しくしくと胃が痛い。

「前にも言ったけどさ、無理して笑わなくていいんじゃない？」

ぽろりと言葉はこぼれる。

しまった、と口を閉じてももう遅い。風花は時間を止めたように固まっている。

――僕は。

「僕もうまく笑えないし、愛想もないって自覚している」

――なにを言っているんだろう？

「だけど、無理して笑っている風花を見るのは悲しい」

自分の気持ちを押しつけているだけだ、とようやく口を閉じた。風花はゆるゆると視線を落としてしまった。まるであの日に枯れた白いアネモネのように、力なく肩を落としている。

「違うんだ……。ただ、心配でさ」

言いわけのように後づけする言葉に、雨が屋根を叩く音が強くなった。まるでこの世界にふたりきり取り残されたような気分になる。

僕はただ、風花に本当の笑顔でいてほしい。

僕の前では素直な感情を見せてほしいだけ。けれど、それこそが片想いのエゴでありおこがましいことだと感じてしまう。

どれくらい黙りこんだのだろう。

「すごいね」

ぽつりと風花が口にした。見ると、彼女の髪の先からはまだ雫《しずく》がひとつテーブルに落ちるところだった。

「誰にも気づかれていない自信あったんだけどなー。花に詳しいだけじゃなくって、こういうこともわかっちゃうんだね」

「ごめん……。余計なことだよね」

首を横に振れば、またいくつかの水滴がテーブルで跳ねる。

「うぅん」

「わたし……ね、家に帰りたくないの。もうずっと前からそう思ってる。理由は言いたくない……」

「そうなんだ。ごめん」

また謝る僕に風花は「いいの」と言った。

「気づく人もいるんだな、って、ちょっとうれしかった」

言葉と裏腹に、風花は苦し気に目を伏せた。長いまつ毛が濡れているように見えるのは雨のせいなのか、それとも僕が泣かせた……？

「それじゃあアドバイス通り、今日は帰ろうかな」

マニュアル本を棚にしまうと、風花はエプロンを外した。

「濡れちゃうから作業着のまんまで帰る。明日は晴れるといいね」

部室のドアを開けた風花が「ばいばい」と出て行く。ゆっくりと閉まるドアにすぐにその姿は見えなくなる。

まるで追い出したみたいな罪悪感にため息をこぼした。きっと、これまでならそういう感情を押し殺していた気がする。だけど……。

カバンを手に取り、外に出る。雨は激しさを増し、少し先の景色も溶かしているみたい。傘をさせば、すごい勢いでビニールを打ちつけてくる。

走る足元で泥が騒がしく跳ねている。

校門の手前でようやく風花に追いついた。すぐに気づく。彼女は傘をさしていなかった。

「風花！」

「あ……。どうしたの？」

「どうしたのじゃないよ。傘は？」

「忘れちゃった。そっかぁ、部室のレインコートを借りればよかったんだ」

ふにゃっと笑う風花に、めまいのようなものが襲ってくる。

僕が、彼女を孤独にさせたんだ。

「ごめん。本当にごめん」

「どうして謝るの？　わたしが傘を忘れちゃったからなのに」

誰かを抱きしめたいと思ったのははじめてのことだった。柄《え》を握る手に力を入れ、その気持ちを押しとどめた。

「これ、使って」

「え……でも。いいよ、どうせ濡れてるし」

「僕の家、近いから」

余裕がないまま傘を無理やり渡すと、一気に全身がずぶ濡れだ。

受け取った風花が困ったようにうつむいたあと、

「じゃあ……バス停まで一緒に来てくれる？」

そう訊ねた。

「いいよ」

「バスを降りたら、すぐ目の前が家だから」

「うん」

「じゃあ……お願いします」

どちらの声もきっと雨音に負けている。

それから僕たちは身体を寄せ合いながらバス停を目指した。外灯《がいとう》もけむる細道を、遠くて近いバス停まで黙って歩いた。

なにか気の利いたことを言えればいいのに、言葉は無力だと知っている僕がいた。

雨の中、僕たちはふたりなのにひとりずつ。

騒がしいのは雨の音じゃない。

愛しい気持ちと、それを上回る罪悪感が叫んでいる。

雨は、窓からの景色をモノトーンに見せる。廊下で騒いでいるほかのクラスの男子をよけながらトイレへ。

最近は昼休みが終わる前になると、いつも気持ちが悪くなってしまう。生ぬるいため息が無意識にこぼれ、机に突っ伏したくなるほどだるくなる。ストレスのせいで胃がおかしくなっているのだろう。

毎回トイレの個室に籠《こ》もるけれど、吐き気はない。ただ便座に座って体の不調の波が治まるのを待つだけ。

今日もようやく落ち着いたのを確認し、廊下へ出るとさっきよりも雨の音は強くなっていた。

もうすぐチャイムが鳴る時間なのだろう。自分の教室に戻っていく生徒が扉に吸いこまれていく。

ふと、向こうから風花が歩いてくるのが見えた。ドキッと足を止めてしまう自分が情けない。

あの雨の日以降、風花は部活には来ていない。理由はいろいろ。

「用事があって」「宿題が大変で」「友だちと買い物に行く」

どれも友梨伝いで僕に知らされることだった。

彼女が僕に気づくのがわかる。

「やあ」

なんて似合わないセリフを吐く僕に、風花は足早に駆けてくる。

「校舎の中で会うなんて新鮮だねー」

先日の気まずい雰囲気などなかったかのように笑顔の風花。気づかれないよう安堵《あんど》の息を漏らした。大事そうに両手に抱えているのは音楽の授業で使うテキスト。

僕の視線に気づいたのか、

「花壇行ってたら遅くなったの」

照れたように風花は言った。

「花壇？」

「アネモネの球根、外に干しっぱなしだったから。屋根はあるけど念のため倉庫に入れてきたの」

風花が羽織っているカーディガンの肩の辺りがたしかに濡れていた。

「あ、ごめん。そこまで気が回らなかった」

「ううん。わたしの性格って、一度気になるとだめなんだよね。自己満足だから気にしないで」

前と変わらず明るい風花に胸を撫でおろしたのもつかの間、

「今日は部活、来られそう？」

という僕の質問に風花の表情が一瞬曇るのを見逃さなかった。

「今日は用事ができちゃって、ごめんね」

「そうなんだ」

「チャイム鳴っちゃう。わたし、行くね」

パタパタと駆けていくうしろ姿を見送る。

好きな人のウソならわかってしまうのが、うれしくて悲しい。

僕の話を聞き終えた友梨の第一声は、

「知らない」

だった。

あのあとも、ずっと風花のことが気になり、友梨にさりげなく訊ねることにしたのだ。

もしも、風花があえて部活に来ないようにしているのなら、それは僕のせいだ。

『無理して笑わなくていいんじゃない』なんて言うべきじゃなかったんだ。

あんなこと言われたら、どんな顔や態度で接すればいいのかわからなくなってしまう。毎日のように猛省《もうせい》しているけれど、それ以上に風花に会いたい気持ちが募るなんて、自分勝手すぎる。

この教室から風花のいる五組までは数十メートルの距離。休み時間や放課後、会いにいこうと思えばいつだって行けたはず。

なにかと理由をつけて避けているのは僕も同じだ。単なる臆病《おくびょう》で、だけどウジウジ悩んでばかりで……。

自分のことよりも風花が気になる。存在は日に日に大きくなり、一方でだめな自分はちっぽけに思える。

ドラマや漫画はこんな気持ち、教えてくれなかった。

「知らないって本当に？」

先生みたいに教壇に立ち、腕を組んでいる友梨にもう一度訊ねる。今日の放課後、友梨に残ってもらうよう頼んでいたのだ。

「知らないしわからない、教えない」

「なんだよそれ、『教えない』ってことは知っているってことじゃん」

「うっ」

言葉に詰まった友梨は、昔からウソをつくのが苦手だった。友だちならなにか知っていると、当たりをつけたのは正解だったらしい。

「もしも知っていたとして、なんで教えなくちゃいけないのよ。コジンジョーホーだよ」

「たったひとりの部員だしさ、部長として——」

違うな、とすぐに自分でわかるほど薄っぺらなコーティングをした言いわけだ。

言葉の途中で口を噤《つぐ》む僕を友梨がいぶかしげに見てくる。

風花を好きになってから、自分を誤魔化すことが多くなった。それは苦しくて苦くて、ささやかな幸せも感じるという複雑な感情。

自分でも処理できないから、こうしてウソの言いわけを繰り返している。

相手を好きになるほどに、自分のことをきらいになるような恋。

——僕が、風花を傷つけたんだ。

「違う、今のは間違い。部活とは関係なくって、ただ……心配なんだ」

「うん」

うなずく友梨の表情が少し緩んでいた。次の瞬間、僕のお腹に友梨のパンチが入った。身構えてなかったせいで鋭い痛みが走り、うずくまりそうになる。

「痛い、なにするんだよ！」

「それくらい我慢しなさいよ。カツを入れてやったんだから」

両腕を腰に当てた友梨が人差し指を真っ直ぐこっちに伸ばしてきた。

「風花とスズッキイはなんか似てるよ。不器用なところもそっくり。さっさと自分で聞いてきなさい」

「でもさ、聞かれたくないこともあると思うし」

「聞いてほしいと思っているかもしれないでしょ。子どものころのスズッキイはもっと素直だったぞ」

ふふ、と笑うと友梨はカバンを肩にかけて教室を出て行く。廊下に出た友梨が振り返った。

「あの子、部活には行ってないけどさ、夜まで家にも帰っていないんだ。だから自分の教室にいると思うよん。じゃあね」

え、と口にする間もなく友梨の足音が遠ざかっていく。


意を決して五組の教室に顔を出したのは十分後のこと。

友梨の言った通り、ぽつんと真ん中の席に座っている風花。いつだって見つめることができるのはうしろ姿ばかり。顔を見れば、自分の感情を隠してお互いに笑っているのかもしれない。

僕たちはやっぱり似ているのかも。いや、そう思いたいだけなのか？

わざと足音を立てて近づくと、風花が驚いた顔で振り向いた。

「隣、いい？」

答えを聞くよりも先に風花の隣の席に腰をおろしていた。落ち着け、と自分に言い聞かせる。

風花の手元には園芸部のマニュアル本があった。コピーをしたらしく真っ白い用紙に印刷されていて、赤いペンでたくさんの書きこみがあった。

恥ずかしそうに裏返してから、風花は目を伏せた。

「部活行けてなくて、ごめん……ね」

「全然いいよ。体調、大丈夫？」

「あ、うん……」

歯切れ悪くうなずいた風花を見て、なぜか心が落ち着くのがわかった。

「話があるんだ」

答えを待つこともせず、「あのさ」と言葉をつなげた。

「僕がこの町に来たのは親の離婚のせいなんだ」

突然の話題に風花が「え」と声にせずに口を動かした。ゆっくりと顔をあげた彼女に、僕のほうが驚いている。

なんでこんな話をしているんだろう。

「ご両親……離婚しているの？」

「母親についてこの町に来たんだ。離婚の理由はよくわからないけど、母親は納得しているのかやたら明るい。弟は中学をサボりがちだけど放置してる。仲が悪いわけじゃなくて、お互いに干渉《かんしょう》しないのは昔からだから」

「そうなんだ……」

「僕も弟みたいにストレスが表に出せればいいんだけどね。なんだか、最近体調を崩しがちなんだ。意外にダメージを受けているのかも」

風花は戸惑いを顔に浮かべている。突然こんな話聞かされても困るだろうし、どう対応してよいのかわからない感じだった。

「『花には人を元気にさせる力がある』ってばあちゃんが昔よく言っていたんだ。実際そうだと思うし、土をいじったり草むしりしているとなんだか安心できる。だから、園芸部に入った。一種の鎮痛剤《ちんつう》みたいなものなのかも」

「うん……」

小さくうなずく風花を守りたいと思った。

「こないだは、無理して笑っているなんて言ってごめん。あんなこと言うべきじゃなかった」

「ううん、全然……」

「園芸部に入ってよかったって思ったのは、風花が入部してくれたから。あのままじゃ、ひとりで全部やらなくちゃいけなかったからさ」

風花がいてくれるから、毎日がんばれる。恋とか愛よりも先に、彼女のためにできることをしたいと思った。

エゴ丸出しの気持ちなのに、そう思える自分がなぜか誇らしくもあった。

「風花を本当の笑顔にしたい。そのためには、風花の悩みも聞きたいんだ」

瞳を少し開く風花は、すぐに長いまつ毛を伏せてしまう。

「うん……」

「すぐにじゃなくていい。言えるときまで待ってるから。それまでは僕の悩みを聞いてもらうことにしようか」

「ふふ。それって面白いね」

作り物じゃなく、本当の笑みを浮かべてくれた気がした。

「今日じゃなくてもいいよ。少しだけ考えてみて。部室でいつでも待ってるから」

椅子から立ちあがる僕に、風花はなぜか自分の左手の指を開いた。

まるで「ストップ」と言われているようで、あっけなく僕は足を止めた。

「……わたしの左手、どこか変なのわかる？」

思ってもいないような質問に、再び椅子に腰をおろした。じっとその細い指先の辺りを観察する。

「べつに変じゃないよ」

そう言う僕に、風花は右手の人差し指で、左手の中指の辺りを指し示した。

「ここ、少し曲がってるの」

見ると中指がほんの少し内側に曲がっているように思えなくもない。首をひねる僕に、風花はそっと手を机に置いた。

「小さいころからずっとピアノを習ってたの」

鍵盤を操るように風花の美しい指が机を軽やかに叩いた。仕草とは反対に、どこか重い空気が教室を浸している。

「お姉ちゃんとふたりでよくピアノを弾いてたんだ。将来は『姉妹でピアニストになろう』って約束をしていたの。近所迷惑にならないよう、毎晩七時まではふたりで練習をしてた」

「へぇ、すごいね」

「ピアノを弾く時間は楽しくて、全然いやじゃなかった。指先から音が鳴っているのが魔法みたいに思えたの」

そこまで言ってから風花は言葉を止めた。ゆっくり首を振ってから大きく息を吐き出した彼女の顔に、もう笑みは浮かんでいなかった。

「でも、二年前にね……。二階の廊下のところでお姉ちゃんと言い合いになったの。今思えば他愛もない理由だったのに、お互い興奮しちゃって、最後は掴み合いになっちゃったんだ」

風花の唇が、再度躊躇《ちゅうちょ》したように動きを止めた。しんとした空気に自分の呼吸する音がやけに大きく聞こえている。

「わたしが……お姉ちゃんを突き放したと思う。だけど、その反動でバランスを崩したわたしのほうが階段を転げ落ちたんだ。それで、この指を骨折したの」

「風花……」

「お姉ちゃんはすごく泣いてて、何度も謝ってくれた。もちろんわたしも泣いて謝ったよ。それで終わりのはずだった。でも、骨折が治ったら……ピアノが弾けなくなっていたの」

顔をあげた風花の瞳に涙がいっぱい溜まっていた。今にもこぼれそうに光っていて、だけど目をそらせない。

「指が、痛むの？」

「違う。全然痛くないよ。ピアノも普通には弾けた。でも、何度やっても左手の中指にだけ力が入らないの。バランスも取れなくなっていて、強いメロディを鳴らすことができなくなっちゃったんだ」

「そのことをお姉さんには……」

乾いた声で訊ねる僕に、風花は「ううん」とうつむいた。

「言ってない。お姉ちゃんはきっと、わたしがピアノに飽きたと思ってる。実際わたしもそういうふうに演じている」

「そんな……それでいいの？」

「お姉ちゃんはね、その年にコンクールで二位になったんだよ。たくさんのお客さんに拍手をもらって、ライトの中で輝いてたんだ。わたし……きっと、ううん、たぶん嫉妬《しっと》しちゃったんだよね」

さびしげな口調に胸が締めつけられる気がした。息が苦しくて何度も大きく酸素を取りこむ。そんな僕を気遣うように、風花は首を振った。

「ごめんね、こんな話。だけど、聞いてもらえて少しすっきりした」

ウソだと思った。だったらこんな悲しい顔はしないはず。

「今でもお姉ちゃんは、音大を目指してピアノを続けている。『あんたもやればいいのに』なんて言ってくるんだよ」

ふう、と肩で息をついた風花が、「でも」とつぶやくように口にした。

「やっぱりピアノの音を聴くのはつらい。だから、七時までは家に帰らないことにしてる。わたしが家に帰りたくないのはそういうことなの」

風花が僕を見て言葉を続ける。

「無理して笑うのはよくないよね。でもさ、悲しい顔もできないじゃん。だから家ではいろんなわたしを演じているの。〝ピアノに飽きたわたし〟〝部活が忙しくて帰れないわたし〝〝休みの日も家にはいないわたし〟……どんどんわたしじゃないわたしが増えている気がする」

なんて自分勝手な言葉を投げてしまったのだろう。悩みに対する答えも用意していないのに話をさせるなんて最低だ、と思った。

「あ、違うよ」

僕の考えを読むように風花が右手を横に振った。

「このあいだ言われたことも一理《いちり》あると思ったの。家だけじゃなくて学校でも、無理していることは自覚していたから」

「なにも知らなくて、ごめん」

「いいっていいって。なんか、ズバリ言われちゃったから、部室に顔を出しにくくなっちゃったの。でも、今日来てくれてうれしかった。こういう話、友梨以外とはしたことがなかったから」

洟《はな》をすすった風花が目尻を人差し指で拭った。

さびしく机の上に置かれた風花の左手の中指に自分の両手をそっと重ねることに、勇気なんて一グラムもいらなかった。自分の意思とは関係なく、ただお腹の底から生まれる感情に体が動いていた。

冷たい指先が風花の苦しい心を表しているみたいだ。少しでも和らぐようにただ願いをこめた。

「こうやって魔法をかけられたらいいのに」

「……うん」

くぐもった声でうなずく風花。彼女の右手が僕の両手の上に置かれた。あまりにも小さい手。

「僕がそばにいるよ」

今、大きな渦《うず》がお腹の中で生まれている。

それはずっと前、そう、風花に出会った日からあったのかもしれない。

どんどん成長していく感情が僕を幸せにし、同じくらいせつなくさせていたんだ。

「僕といるときは、いつだって本当の風花でいてほしい」

「うん。でも……できるのかな」

不安げに瞳を揺らす風花に、僕はゆっくりと首を縦に振った。

「悲しいときは悲しい顔をすればいい。つらいとき、苦しいときもそのまま見せてほしい」

もしも僕がきみの不安を取り除けるならば……。

「きっとね」

風花の唇が動くのが視界の端に映っている。

「魔法はかかったと思うよ。ありがとう」

ゆっくりとその顔を見ると、泣き笑いの表情がそこにある。

きみの毎日を、もっと幸せな感情で埋めつくしてあげたい。そのためなら僕は、命を投げ出したって惜しくない。本気でそう思った。

「風花が本当の笑顔になれる日にそばにいたい」

気持ちが言葉になっていくようだ。止められないし、止めたくない自分がいる。

今、僕はきみに伝える。

「きみのことが好きなんだ」

と。

頭を抱えて過ごしているあいだにテスト期間に突入してしまった。

けれど、わたしの頭の中はそれどころじゃない。

「あー……どうしよう」

教室を出て廊下を歩きながらひとりごちると、隣にいた倫子に「なにが?」と訊かれた。

「今日のテストがやばいなって、思っただけ」

「そんなのいまさら気にしても仕方ないじゃん。今日が終わったんだから、また明日考えたらいいんだって!」

「明日になったらなおさら〝いまさら〟じゃん」

うははは、と倫子が豪快《ごうかい》に笑う。

倫子は最近、友人の紹介で出会った男の子といい感じらしく機嫌がいい。もともと明るい性格だったけれど、それが三割増しくらいになっている。そんな倫子がそばにいるとわたしも笑顔になれる。笑い飛ばしてくれると気が楽になる。

倫子に、本当はテストのことで悩んでいるわけじゃないんだ、と言えば、どんな反応を返してくれるのだろうか。

——『好きなんだ』

思い出すと胸の中がむずむずして、いても立ってもいられなくなってしまう。心臓がどどどど、と滝のような音を出して体中に血液を流していくのがわかる。

あの告白から、二週間。

まだ、返事はできないでいる。

文哉くんがわたしを好きだなんて、思いもよらなかった。あの瞬間の彼の表情も、声色も、すべてを覚えているというのに、それでも夢だったのではないかと思ってしまう。そのくらい信じられない。

どうしていいのか、わからない。

「ねえ……倫子は、突然、自分がそういう目で見ていなかった人から告白されたら、どうする？」

はあーっと息を吐き出してから、ゆっくりと問いかける。

「誰に告白されたの？　あ、いつも花の話をする男の子？」

きょとんとした顔を見せてから、倫子はすべてを悟って口角を持ちあげる。格段驚いた様子は見せない。

どうしてあの一言でそこまでバレてしまうのか。

「いや、その」

迷いのない倫子の言葉に、しどろもどろになってしまう。額にじっとりと汗が浮かぶのがわかった。それは、初夏の暑さから、ではない。

「わたしのことじゃ、なくて」

「その話の流れで、風花のことじゃないわけないじゃん」

ケラケラと笑われてしまった。そして、倫子はひとしきり笑ったあとで、「つき合えば？」と言った。

「っていうか、てっきりもうつき合ってると思ってたー」

「つき合ってないってずっと言ってたじゃん。え？　信じてなかったの？」

「恥ずかしいのかなって」

だってどっからどう見ても恋人同士だったんだもーん、と倫子はわたしを肘《ひじ》で突く。

「っていうか、風花がなにを悩んでるのかよくわかんないんだけど」

「だって、悩むよ、そりゃ。告白されたんだもん」

「好きな人に告白されたら、悩む必要なくない？」

好きな、人。

倫子のセリフを反芻《はんすう》させる。知らず知らずのうちに足が止まっていたらしく、数歩前に出ていた倫子が「風花？」と言って振り返った。窓から差しこんでくる太陽の光が、わたしの視界を一瞬真っ白に染める。

好きな、人。

もう一度、脳内で繰り返す。その言葉は、数年間わたしの辞書になかったものだ。言葉が体内に溶けこんでくる。

「まさか」

頭で考えるよりも先に、声がこぼれた。

「そういうんじゃないよ。ただ、話しやすいだけで。ただの、友だち」

そう、それだけの関係だ。

学校で顔を合わせ、話をする。彼は本当に花に詳しくて、訊けばすぐに名前や花言葉を教えてくれた。わたしが見たことも聞いたこともない花についてもよく知っていて、どんな色でどんな形なのかをわかりやすく説明してくれる。育て方がわからないときは、一緒に調べてくれたりもする。

そんな話しかしていない。わたしたちの会話のほとんどが花のことだ。

けれど、その時間の中で、彼はわたしの行き場のない迷子になった気持ちを見つけてくれた。そして、手を差しのべてくれた。

わたしは、それに気づかないフリをした。

園芸について話すだけの関係でいたかった。それ以外の話の仕方が、わからなかった。だから、なんとなく、彼に近づきすぎないようにと避けたりもした。

けれど、文哉くんはわたしに差し出した手を、決して引かなかった。それどころか、わたしの手を強引に掴み、けれどやさしく包んでくれた。

夕暮れの校舎で、彼は言ってくれた。笑みを封印《ふういん》したかのような真面目な顔で。

――『無理して笑っている風花を見たくない』

夏に差しかかろうという生ぬるい空気の中で、彼の額には汗が浮かんでいた。わたしを走って探してくれたのかもしれない。

そんなこと、言わないで。

その言葉を、どう受けとめたらいいのかわからない。

――『風花が本当の笑顔になれる日にそばにいたい』

思い出すと、胸がきゅうっと痛む。

記憶が溢れてくる。閉じこめておきたいものが、こぼれてしまう。それをこらえるようにぎゅっとこぶしを作った。

倫子は、わたしの様子になにかを感じたのか「ふうん」と言う。

「っていうか、風花にも今まで好きになった人とか、つき合った人とかいるんじゃないの？　なんでそんなにガードが固いの？」

ガードって。

倫子の言い方がなんとなく面白く感じて口元が緩む。

「ちなみに私は三人つき合ったけどね。はじめは小学生のとき」

「え。早すぎない？」

わたしが小学生のときは周りからそんな話を聞いたことがないし、自分でも想像したことがない。ピアノに夢中になっていたからか、誰かを好きになった記憶もない。

「で、風花は？　どうなのよ」

「……いるけど。ひとりだけ」

答えながらはじめてのつき合いを思い出す。初々《ういうい》しく、真っ直ぐだった自分が蘇る。好き！　という気持ちしかなかった。そのくらい、あのころのわたしは幼かった。そんなふうに思った自分にちょっと驚く。

でも、それらすべてをひっくるめて、やっぱりそれは幸せなのだと思う。

「今はあんまりそういうことに興味がないんだよね、わたし」

「えー、もったいない！　たとえそうでも、いい感じなら軽い気持ちでつき合っちゃえばいいのに」

「無理だよー！　倫子だって、そんなこと言いながら合コンで出会った男の子の告白断ったじゃない」

「あれはあれ、これはこれ。だって好きじゃなかったんだもの」

そう言われたら返す言葉がない。

でも、軽くつき合う、なんてできるほどわたしは器用じゃない。

なによりも。

「わたしに、自信がない」

「なんの自信？」

「文哉くん、絶対もてるじゃない。だから、今まで何人かの女の子とつき合ってるはずだよね」

聞いたことないけれど、あんな人が今まで誰ともつき合ってないとかありえない。

倫子も「まあそうだろうね」とあっさりうなずく。倫子にもそう言われたら確定だ。

「そう考えると、なんか、こう、ね」

「いや、意味わかんないんだけど」

ですよね。

わたしだってうまく説明できない。

「でもそれって、結局好きかどうか、っていう悩みじゃないんでしょ」

倫子が「じゃあ」と言葉を続ける。

「なんで、悩んでんの?」

倫子の言うことはもっともだ。

校舎を出て、花壇のそばのベンチに腰かけながらぼんやりと考える。しばらく図書室で勉強をしていたけれど、集中できないまま時間をつぶしただけになっていた。まだ閉館には早いものの、屋内でただただ流れる時間を過ごすくらいなら、とここでこうして過ごしている。

脳裏に彼を思い浮かべながら。

ゆっくりとゆっくりと太陽が沈んでいくのを感じながら、まだ咲き切っていないひまわりを見つめる。春に比べて、見える景色から心なし色味が減って緑が増えたような気がする。

月日は確実に過ぎていく。

なのに、わたしだけが同じ場所でずっと足踏みをしているのかもしれない。

今の悩みを友梨に話しても、倫子と同じような答えを返されるだろう。むしろ、倫子よりも友梨のほうが前向きに考えるようにと説得してくるかもしれない。カバンの中に入れっぱなしにしていたスマホを取り出し、友梨とのメッセージボックスを開く。

友梨に話してみようか。そしたらきっと――。

きっと?

頭に浮かんだ思いを黒く塗りつぶすように、アプリを閉じた。

「バカみたい、わたし」

もう、とひとりごちて顔をあげる。

すると、少し離れた場所から歩いてくるひとりの男の子が視界に飛びこんでくる。じっと見つめていると、彼もわたしに気がついたのか軽く右手をあげてそばにやって来た。

歩いているのは彼だけじゃなかったし、その中には彼によく似た背恰好の人だってたくさんいた。なのに、わたしはいつも彼を、文哉くんをすぐに見つけることができる。どれだけ離れていても。

「また時間つぶしてたの?」

「うん。文哉くんは? こんな時間まで学校でなにしてたの」

今はテスト期間なのでもっと早く帰れたはず。さっきまでわたしのいた図書室では、彼を見かけなかった。いったいどこでなにをしていたのだろう。そんなことを考えながら目の前に立つ文哉くんの足元に視線を落とすと、空色のスニーカーが泥まみれになっている。

「植木鉢の植え替え」

「え！　ずるい！　わたしもやりたかった！」

思わず声をあげてしまった。わたしをのけものにしてそんな楽しいことをしていたなんて。羨ましい。

「誘おうかとは思ったんだけど、テスト中だから悪いかなって」

「なんでー。いいなあ。そんなの気にしないのにー」

がっくりと項垂《うなだ》れると、ごめんごめん、と軽い口調で謝罪を口にしながら文哉くんはわたしの隣に腰をおろす。

「なに植えたの？」

「コスモス。咲くのはまだ先だけど。秋になったら目につく場所に移動させるんじゃないかな」

「楽しみだね」

文哉くんは、わたしを見て「そうだね」と言いたげに目を細めた。

その顔が思ったよりも近くにある気がして、慌てて目をそらす。一度意識しはじめると、いつもよりも彼との距離が近いように思えてきて、体が固まってしまう。

でも、文哉くんはまったく気にしていない。わたしだけが、狼狽《うろた》えている。

文哉くんは、告白してからもわたしへの態度をまったく変えなかった。見かけたら声をかけてくれるし、こうして話もしてくれる。

普段通りに振るまってもらえたことに、はじめはほっとした。けれど、あまりに変わらないので、彼は本当にわたしのことを好きなんだろうか、と思いはじめる。

彼の言った〝好き〟は恋愛感情としてのものではなかったのかもしれない。友情としての〝好き〟だったのかも。

そう考えると彼の態度も納得できる。

だからこそ、二週間もわたしは彼になんの返事も、あの日のことすらも話題に出さずにいるのだろう。

でも、それも結局は言いわけだ。彼がなにも言わないことに甘えて、返事を放置しただけのこと。気づかないふりをして、避けているだけのこと。

いつまでも、わたしは自分勝手な甘ったれだ。

自己嫌悪が募る。

無言になったわたしを、文哉くんが「どうした?」と首をかしげて覗きこんでくる。

間近で目が合い、大げさに体を反《そ》らして「いや、なんでもない!」と顔の前で手を振った。

「家に帰りたくないから、時間をつぶす方法でも考えてる?」

「あ、うん、まあ」

お姉ちゃんとのこと、ピアノのことを話しておいてよかった、と思った。それが原因だと思ってくれるほうがいい。それに実際、こうしていつまでも学校に残っている理由は文哉くんの言う通りだ。

しかも、文哉くんに言われたことで思い出してしまいちょっと気分が沈む。

「夜まで帰りたくないなあー。ずっとここで花を見てたいなあー」

あはは、と笑顔を見せると、文哉くんは眉を下げた。心配そうなその表情に慌てて言葉をつけ足す。

「あ、でも、文哉くんに話したら、結構楽になったとは思うんだよ！　ただ、今はなんかお姉ちゃんがアンサンブルの練習してて、その、彼氏が家に来てるっていうか。それを邪魔するのもなんだか悪いなって。練習に他人がいたら気が散るじゃない。だから、さ」

饒舌になってしまうわたしに、文哉くんは「そうなんだ」とだけ相槌《あいづち》を打つ。

今のわたしは、彼にはきっと〝必死に大丈夫なフリをするわたし〟が見えているんだろう。自覚もある。もう少し上手に演じることができるはずだったのに、文哉くんを前にすると、どうしてもうまくいかない。

自分で気づく前に、文哉くんにも気づかれるくらいだ。わかりやすいくらい伝わってしまっているだろう。

「……実はちょっと、最近またしんどいんだよね」

無理に取り繕っても仕方がないと思い、肩の力を抜いて素直な気持ちを吐露《とろ》した。

わたしを慰《なぐさ》めてくれるみたいに、頭上にある木々がさわさわと音を奏でる。緑が深まるその葉っぱを見あげてから、

「弱音吐いていい？」

と、文哉くんに訊いた。彼がこくんとうなずくのを確認してゆっくりと話を続ける。

お姉ちゃんはわたしのかわりに、彼氏の斎藤さんと一緒にアンサンブルをすることに決めた。歌劇『椿姫《つばきひめ》』の『乾杯の歌』だ。プレゼントにぴったりの選曲だ。その練習に、斎藤さんは週に一回か二回、家にやってくるようになった。本番が今月末だからという理由だけれど、ふたりの実力ならさほど練習しなくても誕生日会に弾くことくらいできるはず。にもかかわらず、だ。

まあ、それはべつにいい。

普段お互いに練習で忙しいからあまりデートもしていないみたいだし。

ただ、かわりに家にピアノが流れる時間が長くなった。おまけに斎藤さんが来ている日は晩ご飯を一緒にすることも多く、そういうとき、ふたりは仲睦《むつ》まじくピアノの話で盛りあがる。それを見ながら、聞きながら、わたしはご飯を食べなくちゃいけない。

ときに「風花も昔はピアノうまかったんだよ」とか「今も続けていたら私よりもずっとプロに近かったと思うんだけどなあ」なんてことを言われながら。ときに曲の解釈を語り合うふたりに意見を求められながら。

――斎藤さんの家で練習すればいいのに。

グランドピアノもあるならそっちのほういいはずだ。

なにか事情があるかもしれないけれど、そんなのわたしには関係ない。

そんな本音をご飯と一緒に呑みこんでいる。

こんなこと、誰にも言えない。〝なにも気にしていない妹〟という自分でいなくちゃいけない。間違っても、その仮面の下に〝妬《ねた》ましくて仕方がない自分〟が潜んでいることは悟られてはいけない。

そんな話を一通りすると、文哉くんは「やさしいな」と言ってくれる。

文哉くんはいつだって、それ以上のことを言わない。わかりやすい慰めも、根拠のない大丈夫という言葉も、そんなの気にしなくていい、といったわたしのための叱咤《しった》も。

ただ、いつだって耳を傾けてくれるだけ。

それが、なによりもほっとする。

そんな彼だから、わたしは家族や友人も知らない素直な一面を見せることができるのだろう。

「兄弟に、そんなやさしいことしたことないなぁ」

「そうなの？　意外」

でも男同士だったらそんなものなのかもしれない。姉妹で買い物に出かけるという話は聞くけれど、兄弟でそういうのはあまりないような気がする。女同士よりも淡白《たんぱく》なのだろうか。

「自分と違いすぎて、なんか、やさしくできなかったな。自分には真似できない姿に、羨ましさを感じているのかも」

「文哉くんもそんなふうに思うんだ」

「そりゃあ、聖人君子《せいじんくんし》じゃないからね。自分と違うところに嫉妬もするし悔しくなるし、もどかしくもなるし、それをこじらせてつい、相手にきついことを言ったりしちゃうよ。……昔は仲がよかったんだけど」

文哉くんはさびしそうに少しだけ目を伏せた。

じっと見つめるわたしの視線に気づいたのか、彼はついと視線を持ちあげて力なく笑う。わたしも、今までずっとこんなふうに無理して笑っていたのだろうか。

――『風花が本当の笑顔になれる日にそばにいたい』

あのセリフを、今、わたしは文哉くんに言いたくなった。

わたしよりも大きな体なのに、守ってあげたい気持ちになる。半袖から伸びる腕も、わたしよりずっとたくましいのに。

惹きつけられるように彼の顔を見つめつづけた。目元に、薄っすらと隈《くま》が浮かんでいる。額に浮かぶ汗が、暑さからのものではないように見えるのはどうしてだろう。

そういえば、少し痩《や》せたような気がしないでもない。

「風花？」

文哉くんが戸惑いを孕んだ声でわたしの名前を呼ぶ。そのときやっと、自分の手が彼の額に伸ばされていたことに気がついた。

「っわ、あ、いや！」

慌てて手を引き、「その、あの」とどもりながら言いわけを考える。

いったいなにをしようとしていたのか、自分でもわからない。おまけに大きな体だとか、たくましい腕だとか、どこを見ているのか。

恥ずかしすぎて目が合わせられない。

「あー、その、さい、きん、疲れてる？」

視線を泳がせ、最終的に自分の足先に落ち着いた。わたしのオレンジ色のローヒールパンプスが、左右に揺れている。まるで居心地が悪いみたいに。どこかに逃げ出したくてウズウズしているみたいに。

「え？　なんで？　どうしたの、急に」

「なんか、顔色悪くないかなって思って」

「……そうかな」

覗き見るようにちろりと視線を向けると、文哉くんは頬に手を当てて不思議そうな顔をしている。

「たしかに最近はあんまり寝てないかも。あんまり食欲もないし。夏バテかな」

「早くない？」

「テスト勉強で忙しかったから」

わざとらしくあごを持ちあげてわたしを見おろすように話す文哉くんに、ふふ、と自然に笑ってしまった。

「でも、ちゃんと食べないと。ちゃんと、健康でいないとだめだよ」

「母さんみたいなこと言う」

「だって」

頬を膨らませると、「大丈夫大丈夫」と言って腰をあげた。

「風花、まだここにいるの？　もうすぐ六時過ぎるけど」

「え、あ、うん。そうだね、もう少し……」

今から帰ればちょうどいい時間に家に着くだろうけれど、今日も斎藤さんが来ているかもしれないし、六時半ごろにここを出ればいいだろう。ただ、晩ご飯は一緒に食べることにはなる。それは仕方がない。

「でも、よかった」

なにが？　と言いたげに彼を仰ぐ。

「この前のことで、無理して笑ってるわけじゃなかったみたいだから」

たぶんだけど、と言葉をつけ足して、彼がはにかんだ。

文哉くんの言う〝この前のこと〟がなにを指しているのかすぐにわかり「違うよ！」と思わず大きな声を出して立ちあがる。立ったところでわたしと彼は数十センチの差があり、その距離が身長だけじゃないような不安を抱いた。

「うん、わかってる」

文哉くんはそう言ってうなずいてくれたけれど、ほっとすることなんかできない。

そんなふうに思わせていたなんて。

「あのとき、言ったことだけど……本当は言うつもりなかったんだ。だから、それで困らせてたら悪いなって勝手に思ってただけ」

わたしが二週間有耶無耶《うやむや》にしていたせいで、そんなことを思わせてしまった。

そんなこと、ないのに。

困って悩んでいたのはたしかだけれど、でも、それは文哉くんのせいじゃない。わたしの問題だ。文哉くんはなにも悪くない。

むしろ——彼の気持ちは、素直にうれしかった。

なんて返せばいいのかわからず、ただ否定を伝えようと首を振る。でも、それが余計に気を遣わせているように感じたのか、文哉くんは「ごめんね」と小さく言った。

「風花に、笑ってほしかったのに」

その言葉が、胸に突き刺さる。

こんなふうに思ってくれる人がいるだなんて、考えたこともなかった。何度も聞いたはずのセリフなのに、はじめて聞いたみたいな衝撃に体が震える。

でも。

「忘れていいよ。あの告白はさ、友情みたいな感じで受け取ってくれたらいい。それで十分なんだ。ややこしいこと言ってごめん」

そんなふうに言われたら、なおさらそんなふうに思えるわけないじゃない。

でも。

「ごめん、なさい」

自分の謝罪がなにに対してのものなのかはわからなかった。

文哉くんに言わせたくないことを言わせてしまったことに対してなのか、わたしの気持ちを優先しようとしてくれているやさしさに対してなのか。

それとも、彼の告白の返事なのか。

たぶん、すべてだ。

わたしは、つき合えない。

彼の気持ちに応えることができるほど強くない。そんな未来は、想像できない。

「うん」

文哉くんは、そんなわたしの気持ちもお見通しかのようにこくりとうなずいて「いいよ」とだけ言った。あまりにあっさりとした返事に、泣きそうになる。

「じゃあ、また」

また、という挨拶をしてくれているのに、同じ返事ができなかった。

文哉くんはいつも通りに背中を向けて歩いていく。

わたしの返事の意味は、きっと伝わっているだろう。いつだって、わたしが言葉にしなくても感情を読み取ってくれる人だ。だからこそ、落ちこむ様子も、過剰な明るさも見せなかったのだと、思う。

これまでと変わらず、友だちとしてそばにいてくれるだろう。

でも、本当に？

――もしかすると、もう声をかけてくれないのではないか。

そんな予感が頭に浮かんだ瞬間、突風《とっぷう》が襲ってきたみたいに体がよろめいた。

わたしは、これからも文哉くんと話がしたいんだ。だけど、彼がもうわたしと話すのはいやだと思うのならば、受けいれるしかない。だって、わたしが先に、彼を受けいれなかったのだから。つき合えないけど友だちでいたい、だなんてお願いは、ワガママになってしまう。

文哉くんに、無理をさせたくない。

彼を苦しめたくない。

でも、それでも。

――いやだ。

自分の左手の中指にそっと右手を添える。

大事なものをなくしてしまったわたしは、大事なものを手にするのが怖い。また、失ってしまうのがいやだ。もう二度と、あんな思いはしたくない。

でも、今、わたしの中にあるこの感情はなんだろう。これは、悲しいとか、さびしいとか、なにかを失ったときに抱くものだ。

今のわたしは〝大事な人〟を失うかもしれない、ということ。

それは、文哉くんが〝大事な人〟だということ。

「……もう、わたしの答えは、決まってたんだ」

失笑がこぼれる。

ずっと同じ場所にいたかった。なにかを失う変化を受けいれなければいけないなら、なにも得ない日々でいたほうがいい。

けれど、ずっと同じ場所にはいられないし、そんなことは不可能なんだ。

さっきわたしは友梨にメッセージでなにを言おうとしたか。そして、なんて言ってほしかったのか。

背中を、押してほしかった。

彼とつき合う理由が、ほしかった。

自分の足で踏み出す勇気がないから。

その時点で、わたしの気持ちはすでに決まっていた。

──『好きな人に告白されたら、悩む必要なくない？』

──『でもそれって、結局好きかどうか、っていう悩みじゃないんでしょ』

そうだね、倫子。

カバンから再びスマホを取り出して、メッセージ画面ではなく友梨の電話番号を表示させる。そして通話ボタンをタップして耳に当てた。呼び出し音が三回、そして四回目に「はーい、どうしたー？」と友梨の明るい声が聞こえてきた。

「あのね」

言葉に力がこもる。と同時にカバンを掴んで腰をあげる。

「友梨、わたし、好きな人ができたよ」

はっきりと、自信を持って口にすると、それは自分の胸にすとんと落ちてくる。

さっきまでもやもやしてたなにかが、まるで綿毛《わたげ》に変わり、飛散して体内から飛び出していくみたいだ。

体が、軽くなる。

彼と出会ったのは今年の春。話すようになってからたった四ヶ月弱だし学校以外で連絡を取り合ったこともない。

一緒に校内の花や景色を見てまわり、話をした。

それだけの関係で、彼は、仮面の下に隠していたわたしを見てくれた。見つけてくれた。わたしに、あたたかなぬくもりを与えてくれた。

そして、わたしはそんな彼に、いつの間にか惹かれていた。

ちょっとした仕草に暴れる心臓が、一番正直だった。どこが、とか、なんで、とかはわからない。はっきり答えられるほど彼のことを知っているわけじゃない。

ただ、一緒にいる時間が心地よかった。

彼と過ごす時間は、あたたかかった。

彼が隣にいると、自然に笑っている自分がいた。

――わたし、文哉くんのことが、好きなんだ。

突然の宣言に驚いたのか、友梨からの返事は数秒なかった。けれど、ふ、と笑いを漏らしてから、

「いいじゃん」

と声を弾ませて言ってくれた。

通話を終えるとすぐ、地面を蹴って駆け出した。カバンを振りまわし、校門を目指す。

まだそんなに遠くには行っていないはずだ。すぐに追いつけるはず。ろくに運動をしてこなかったので、あまり持久力はないけれど、今ならどこまでも、彼の背中を見つけるまで走りつづけられそうだ。

風に乗って、いつまでも。

「文哉、くん！」

校門手前で見つけた背中に向かって、お腹から声を出す。

「……風花？」

呼びかけに、文哉くんだけではなく周りにいた人も振り返った。

彼は目を丸くして立ち止まり、わたしが近づくのを待ってくれる。そういえば、驚く文哉くんの顔を見るのははじめてのことだ。

必死で足を動かし、彼との距離を縮めていく。

それがもどかして、我慢できなくて、

「わたしも、好き、です！」

乱れた呼吸のまま、叫んだ。

一度足を止めると、突然ひゅうひゅうと、喉《のど》が隙間風のような音を鳴らす。

さっきはどこまでも走れると思ったのに、結局二百メートルくらいが限界だったらしい。ふらふらと、ゆっくりと、文哉くんに近づいていく。やっと彼に追いついても、どうしても息が整わず、声を発することができなかった。かっこ悪い。

膝に手をついて、額に浮かんだ汗を手で拭った。カバンからハンカチを取り出す余裕もない。肩を上下させながら、目をつむり必死で深呼吸をしようとする。深く息を吸いこみ、吐き出す。

まだ心臓が尋常じゃない速さで動いているけれど、「あの」と改めて顔をあげる。わたしの正面に立っていた文哉くんは「はい」と肩を震わせて背筋《せすじ》を伸ばした。その様子がなんだかかわいくて、頰が綻《ほころ》んでしまう。そして、わたしも姿勢を正して文哉くんに向かい合った。

「わたしも、好きです」

今度は落ち着いて、目を見て、口にすることができた。

文哉くんは言葉を失ったみたいにしばらくぽかんと口を開けて、ゆっくりと頭を垂れる。頭に手を乗せて、なにかを考えているのかしばらく動かなかった。

……それは、どういう気持ちからの行動なのだろう。

さっきまでこれで両想いだ、と思っていたけれど……返事をしてくれないことに不安が胸の中で渦巻く。もしかして、考えたくないけど、本当に彼の告白には恋愛感情が含まれていなかったのだろうか。

もしくはいまさら調子のいいことを言うわたしに対して、怒っているのかもしれない。

あれから時間が経ったことで、彼の気持ちはもう変わってしまったとか。

流れていた汗が瞬時に冷や汗に変わる。

「あ、あの、その」

この場合、どうしたほうがいいのだろう。

あまりに長い沈黙に耐えきれずオロオロしてしまう。と、文哉くんは「ふは」と噴き出して肩を震わせはじめた。そして、顔をあげる。

隠れていた表情が顕《あらわ》になる。彼は、頬を赤くしてなんとも言えない笑みを浮かべていた。

「こんなところで大声で告白とか、びっくりした」

「え？　え、あ！　つい！」

文哉くんの言葉にはっとして辺りを見まわすと、近くにいた生徒たちの視線が集まっていることに気づく。やっと気づいたか、と言いたげに、周りにいた人たちが「がんばれよー」「かっこいいじゃん」「返事早くしてやれよ」と口々に言い出した。

恥ずかしすぎる！　勢いでとんでもないことをしてしまった。

「ご、ごめ、ん！　文哉くんまで注目されちゃって……！」

「いいよ、驚いただけ」

はは、ともう一度声を出して笑った文哉くんは、耳も赤くなっていた。

「俺も、好きです」

彼の両手が持ちあげられてわたしに近づいてくる。ゆっくりとしたその動作は、どことなく躊躇しているように思えた。けれど、文哉くんはその手をわたしの背中に回す。引きよせられたわたしの体は、すっぽりと彼の体に包まれた。

喧騒《けんそう》が耳に届く。誰かがおめでとう、と祝福してくれるのが聞こえた。

うれしいはずなのに、うれしいだけじゃない涙が浮かんでくる。

喉が萎《しぼ》んでなにも言葉にできない。

「笑っていてくれるなら、なんでもするよ」

耳元で、まるで独り言のように文哉くんが言った。その声は、かすかに震えていた、と思う。どんな表情で、どんな気持ちでそう言ってくれているのか、彼の胸板しか見えないわたしにはわからない。

ただ、なんとなく、今にも壊れてしまいそうだと思った。

抱きしめられているのはわたしなのに、彼を抱きしめたくなる。まるで不安で泣きそうになっている迷子の子どものような彼を、包みこんで大丈夫だと言いたくなる。

だから、わたしも彼の背中に手を回し、服をぎゅっと握りしめた。

文哉くんへのこの気持ちは、ウソじゃない。彼が口にしてくれた気持ちと同じように、わたしも彼を笑顔にしたいと思う。

そうしたら、彼に出会えたことの意味が見つけられるかもしれない。

ふわりと舞った生ぬるい風は、わたしの気持ちを少し重くさせる。

——運ばれてきたのは、罪悪感だ。

気がつけば秋嵐

8月

堤《つつみ》医師は、血液検査が書かれた縦長の用紙を見ると、

「ううん」

と咳《せき》払いするように唸《うな》った。

ここは町はずれにあるこの町唯一の総合病院。昔から町のシンボルで、八階建ての建物は遠くからでも見えるほど。

引っ越しをしてきてすぐに体調を崩して以来、たまにここに通っている。できれば、近所にある内科医がよかったけれど、母親は頑《かたく》なに譲らなかった。

循環器《じゅんかんき》科の堤医師が担当医だ。

「あまりよくない結果が出てるの。炎症《えんしょう》反応の数値が先月より悪くなっている」

血液検査の用紙を渡されるが、項目はすべてアルファベットで書かれていて、どこを見ればよいのかわからない。

「学校が大変なら少しお休みしてもいいくらいのレベルよ」

堤医師の進言に、僕が答えるよりも早く、うしろに座っていた母親が身を乗り出すのがわかった。

「私もそう言っているんだけど、この子ったら全然聞いてくれないのよ。部活も毎日のように参加しているみたいだし。姉さんからも言ってちょうだいよ」

不満を訴える母親と、目の前に座っている堤医師は姉妹の関係。つまり僕にとっては伯母さんに当たる人だ。だから、わざわざ総合病院に通う羽目になったわけで……。

「あらあら。どうりで体中真っ黒だと思ったわ」

五十代半ばの堤医師。すっぴんに近いメイクに黒縁メガネ、白髪交じりの髪をうしろでひとつに縛っている。ちなみに独身で、母親が言うには「姉さんは自分自身と結婚している」のだそうだ。

「たしかに部活も大変だと思うけど、今は炎症反応を抑えるほうが先よ。食欲もないみたいだし、微熱だってあるのでしょう？」

小さいころからの関係だからか、堤医師は子どもに言い聞かせるようにやさしく諭《さと》してくる。

「はあ……」

「それに、抗生《こうせい》物質って飲みすぎはよくないの。悪い菌だけじゃなくて、いい菌まで殺しちゃうから」

「そこまでストレスとかないと思うんだけどなぁ」

そう、ストレスなんてどこか遠くへ飛んで行ったはず。実際に今の僕は過去最強クラスのリア充なのだから。

考えるとにやけてしまいそうで、わざと咳払いをすると、

「もう」

と、うしろの母親が声をあげた。

「ストレスって知らないうちに溜まっちゃうのよ。だいたい、最近食事もろくにとらないじゃない。どんどん痩せていくし心配なの。夏休みなんだから少し安静にしてよね」

「わかってるって」

ひとりでここまで来たはずが、予約の情報が回っていたのか待合室に平然とした顔で母親は待っていた。ほんと、いつまでたっても子ども扱いなのだから。

「血液の検査範囲を広げたいから、もう少し血をちょうだいね」

まるでプレゼントでもねだるような口調の堤医師に顔をしかめてみせる。が、うしろの母親が「そうね」と聞いてもいないのに同意する。

「いくらでも取ってちょうだい」

「本当なら精密検査をしたほうがいいと思うの。ストレスにしては長引きすぎているし、ほかの病気が原因の可能性もあるのよ」

堤医師は僕ではなく母親に目線を送っている。『お前が説得しろ』と言いたげに目

を細めあごをクイッと動かすと、母親は大きくため息をついた。

「私もそう言うんだけどねぇ、この子、言うこと聞いてくれないのよ。反抗期かしら？」

「子どものいない私に聞かないでよ。言うことを聞かせるのも母親の務めでしょう」

ズバリと言ってのけた堤医師に母親はなにやらブツブツ言っている。ようやく僕に視線を合わせた堤医師が、「あのね」と続けた。

「CTスキャンと胃カメラだけでも今日やっていかない？　時間はそんなにかからないし、胃カメラは麻酔《ますい》を使ってもいいし」

「結構です」

「少しは考えてから答えてよ。お盆に入ってから具合が悪くなったら困っちゃうでしょう？」

「えっと……」

宙を見て数秒考えてから、

「結構です」

そう答えた。

クスクスと笑いながら堤医師がカルテをパタンと閉じて看護師に渡した。

「とにかく、今週は強い抗生物質出しておくから、そのあいだに数値を安定させせましょう。お盆が終わったらまた来てちょうだい。これで数値が悪かったら、最悪入院してもらいます」

「ええっ、入院!?」

そこまで悪いと思っていなかったので思わず大きな声を出してしまった。そんな僕に、堤医師はメガネを人差し指で直しながら鼻でため息をつく。

「それくらい数値が悪いの。自分の体にもっとやさしくしてあげなさい。以上、わかった?」

彼女の中では、まだ僕は子どものまんまなのだろう。

渋々うなずく僕に、堤医師は満足そうに微笑んだ。


駅の改札口に着くと、朝だというのに汗ばんでいた。空を見ればどんよりとした重い雲が流れている。

……傘を持ってくるべきだったかも。

そんなことを考えながらスマホをチェックする。今朝、風花から来たメッセージには、【おはよう。楽しみすぎて寝不足。十時に駅でね♪】と書かれてあった。

暗記するほど何度も読み返してしまう僕こそ、今日のデートが楽しみでたまらない。

まだ九時過ぎだというのに到着してしまった。

二ヶ月前に風花に告白をし、先月その返事をもらえた。

自分に恋人ができるなんていまだ信じられないし、実感もないままだ。そんな僕たちの関係は、夏休みに入ると同時に急に近くなった。

本来は水やり当番も交代でするはずだったが、約束したわけでもないのに毎日のように僕たちは夕方、部室で会うようになった。いつしか、待ち合わせ時間は早くなっていき、「こんな昼間に水やりするな」と下瓦さんに怒られてしまうほどに。

そんなときは、図書館で涼《りょう》を取ったり、ショッピングセンターのフードコートで夏休みの課題をしたりした。

一秒一分一時間、そして一日が愛おしかったし、同時に具合の悪い日は神様を恨んだりもした。

風花はやっぱり夜は家にいたくないようで、夏休みになってからは昼間も外にいることが多いようだ。

風花の姉は二歳年上の高校三年生らしい。

「もうすぐ音大の推薦入試があるんだって。今度の日曜日は一日ずっと練習するみたい」

ちょっと悲しげに言った風花を、今日のデートに誘ったのは自然な流れだったと思う。

けれど、よいことばかりは続かない。

「天気がなあ……」

今にも雨が降りそうな空模様。これから四つ先の駅近くにある植物園へ行くことになっている。デートに植物園に行くなんて、部活の延長みたいにも思えるけれど共通の趣味だからこその選択だ。

風花はほかにどんな趣味があるのだろう。彼女のことを、これから僕はどんどん知っていく。そのたびに、ふたりの距離は近くなるんだ。

考えるだけで胸がまた鼓動を速めるようだ。

ポケットの中のスマホが震えているのに気づいたのはそのとき。風花からだと、慌てて取り出すが画面には【犬神】と表示されている。

「スズッキイ、暇してる？」

開口一番訊ねてくる犬神に、

「おはよう」

と、わざとらしく朝の挨拶をしてやった。

「おはよう、ってもう九時だぜ。暇だからこれからどっか遊びにいかね？」

「……えっとさ」

返事に詰まる僕に気づくことなく、犬神は「ボウリングとかは？」と話を進めるので困ってしまう。

風花とつき合っていることはまだ誰にも話をしていなかった。言えない理由なんてない。むしろ大声でクラス中に宣伝したいくらいだ。

それでも言えずにいるのは、風花が恋人だという実感がないままだから。いや、自信がない、というほうが近い感覚かもしれない。

「今日はちょっと出かける用事があってさ」

「珍しい。どこ行くわけ？」

「べつにたいしたところじゃないよ。そっちこそ部活はいいの？」

「大丈夫。それより体調が悪いのに出かけていいのかよ」

「ボウリングに誘っておいてよく言うよ。ほっとけよな」

焦って乱暴な口調になる僕に、なぜか犬神はため息をついた。

「あーあ。おれの友だちは、なんにも話をしてくれないから悲しい」

「……なんだよそれ。そんなこと、ないって」

「あるある。初デートってこと、おれには内緒なんだな。くやしー」

「へ？」

周りを見まわすが、まばらな駅前に犬神の姿はない。まさか、とうしろを振り向くと、バスロータリー近くの歩道に、ジャージ姿の犬神が立っていた。

「げ、いたのか……」

「これから他校で練習試合ってわけ。バスに乗ろうとしたら、おめかしをした親友がいたからさ。どう見てもデートだろ？」

「………」

スマホを耳からはがせずに黙る僕に、犬神は「ふ」と笑った。

「デートの相手は風花ちゃん。友梨はとっくに風花ちゃんから聞いて知ってたみたいだぞ。おれにも正直に話をしてほしかったなぁ」

なんと答えていいのかわからないでいると、

「もしもーし？」

数十メートル先で友は片手をぶんぶんと振った。

「言おうと思ったんだけどさ……」

「照れんなよ。すげえうれしいニュースなんだからさ、堂々と宣言すりゃあいいじゃん。おれなら真っ先にお前に言うけどな」

昔から自分のことを周りに言って回るタイプじゃなかった。それでも、犬神の言うことはもっともだと思うし、逆の立場ならさびしくもなるだろう。

「ごめん。風花とつき合ってる」

素直に伝えると、向こうで犬神はピースサインを作った。

「おめでとう。幸せになれよ。んで、おれにも誰か紹介してくれよな。あっ――」

短く声を出した犬神が急に背中を向けた。

「じゃあおれ行くわ。風花ちゃんがそっちに歩いていく」

「えっ!?」

左に視線をやると、青色のワンピース姿の風花がこっちに向かっていた。彼女が僕を見つけてうれしそうに目を細める。

「なんかまるでスクープ映像みたいだな。動画でも撮ってやろうか?」

「……いいよ」

答えながらも風花から視線が外せない。曇り空なのも忘れ、まるで眩《まばゆ》い光の中にいるように見える。

いつの間にか通話は切られたらしい。

スマホをするんとジャージのポケットに滑《すべ》らせると、犬神は軽く片手をあげて行ってしまった。

追いかければ間に合う距離なのに、もう視界も、頭の中も風花で満たされている。

「おはよう」

夏色のきみが僕だけを見てそう言う。胸がなんだかパンパンに膨らんだみたいで、

「あ……おはよう」

うまく声が出せない。

「じゃあ、行こうか」

そう言うと僕はもう歩き出していた。横に並ぶ風花の横顔を見られずに、駅へと進む。

まるで、片想いみたいだな。

そんなことを考える頭上で、雷《かみなり》がひとつ鳴った。

園内に入った途端、降り出した雨は、目の前に広がる庭園の緑色をくすませた。

最初のうちは傘をさして雨に打たれる花を見ていたけれど、激しさを増す雨と雷にやむなく屋内に避難することに。

そばにある温室でサボテンやバラを見ているあいだにも、屋根を叩く音はどんどん大きくなり、僕たちはたまに顔を見合わせて笑った。

結局、温室を出たころには雨は本降りになり、屋内のカフェテラスで慣れないコーヒーなんかを飲んでいる。

事前にネットで調べた『夏の花コーナー』や『噴水広場』には行けずじまい。

もともと雨にはよいイメージがなかったけれど、最初のデートがこれではますますきらいになりそうだ。

「でね、アネモネは冬の寒さを実感させないと花が咲かないんだって。なんだかかわいそうだけど、十月になったらすぐに球根を土に戻そうね」

そう言うと風花は、この植物園特製のハーブティーに口をつけた。

「そうだね」

「液肥は月に一回程度だって。あげすぎると腐っちゃうからわたしがやるね。あ、下瓦さんにも言わないと。……って、なんで笑っているの？」

アネモネの話をするときの風花は本当に楽しそうだ。もちろん、ほかの植物の手入れを怠《おこた》っているわけじゃないけれど、贔屓《ひいき》しているのがバレバレで笑ってしまう。

「笑ってないよ」

「ウソ、笑ってるよ」

同じように微笑んでから、風花は窓の外の雨に目をやった。

今日の風花はいつにも増してかわいらしい。気のせいなんかじゃない。部活のためのパンツスタイルもかわいいけれど、青色のワンピース姿の風花を何度も見てしまう。

そのたびに緊張してしまう僕だ。

「これ、大事にするね」

風花の小さな手にのっているのは、さっきおそろいで買ったサボテンのキーホルダー。緑色のサボテンに丸い目が描かれている。

「花のやつにするかと思った」

まさかのサボテンに、さっきはずいぶん笑ったっけ。

「だってアネモネのキーホルダーがなかったから」

苦いコーヒーを飲んでからふと気づく。

「風花はどうしてそんなにアネモネが好きなの？」

ただ好き、というのとは違う気がする。枯れたそばから来年の開花を楽しみにしているのが伝わるほど、風花があの花に惚れこんでいるのはたしかだ。

「えっとね」と言ってから風花は少し目線をあげて考える仕草をした。

「はじめて会った日もね、家に帰りたくなかったんだ。それで学校の中を探検してたの」

あの日のことはずっと覚えている。アネモネに囲まれるように風花がそこにいた。

「はじめは『かわいい花だな』って思って見ていたの。でも気づいたらしゃがみこんでじーっと眺めてた。不思議なの、白いアネモネに吸いこまれるような感覚だった」

「あ、うん」

「そんな私に、花言葉を教えてくれたよね。アネモネが好きなのは、きっとわたしたちの出会いの花だから」

「あ、うん」

まさかそんな理由だとは思わなかった。同じ言葉で返す僕に、風花は恥ずかしそうに視線を伏せた。長いまつ毛が瞬きのたびに揺れている。

「僕もアネモネが好きだよ」

照れくさいセリフも平気だ。本当に思っていることなら、するりと言葉にできる。

さっきの雨が、風花のワンピースの肩辺りを濃い色に変えている。

「お姉ちゃん、今ごろピアノがんばってるかなあ」

少しの悲しみ、少しのあきらめが一瞬浮かんだように見えたけれど、瞬きと同時に消えた。

つき合い出してから、風花はたまに姉のことを話してくれるようになった。

相変わらず気の利いた助言はできないままだったけれど、風花は気にした様子もなくぽつぽつと話を続けることが多かった。

「最近は、どんな自分を演じているの？」

「うーん。〝お姉ちゃんを応援している自分〟かな。でも、少しずつピアノの音を耳にしても大丈夫になっている気がする。前に話を聞いてもらってから、受け止められるようになったんだと思う。本当にありがとう」

「僕はなんにもしてないよ」

そう言ってから、風花はなぜかぷうと頬を膨らませた。

「そんなことないもん」

「急にどうしたんだよ」

なにかまずいことを言ったのかと心配になる僕に、風花は「だって」と上目づかいに僕を見た。

「自分のすごさをわかってなさすぎ。わたし、すっごく助けられているんだからね」

「え？」

「まずアネモネの花言葉を教えてくれたでしょう」

左手をあげ、美しい指を一本立てる風花に変えていく。気圧《けお》されるようにうなずくと、今度は中指をげ指を二本にした。

「次にアネモネの育て方を教えてくれた」

「アネモネばっかじゃん」

苦笑する僕に、自分でも気づいたのかモゴモゴと口ごもってから、風花は「それに」と言葉を続けた。

「お姉ちゃんとの話を聞いてくれた」

「聞くだけだけどね」

「そんなことない」

「それってすごいことだよ。わたし、友梨にしか相談できなかったし、もちろん親にも言えなかった。こんなに安心して話せるなんて、なんでだろう？」

そんなこと訊ねられても困るけれど、悪い気はしない。

「花が好きな人に悪い人はいないから、とか？」

なんて誤魔化す僕に風花は感心したようにうなずく。

「たしかにそうだね。花が好きな人ってみんなやさしいよね。下瓦さんも最近いろいろ教えてくれるんだよ」

「そうかな。あの人、最近やたら命令してくるけど」

鉢の移動や雑草取りなどだけでなく、夏休みになってからは樹木の世話も任されるようになった。体力仕事ばかりで、毎日ヘトヘトだ。

ふと、ポケットに入っている薬の存在を思い出した。抗生物質は結局一回飲んだだけでやめてしまった。

飲めば気持ち悪さは軽減できるものの、逆に胃痛がひどくなったから。それに、今日の約束をしてからは頭の中がそのことでいっぱいになっていて、不調を感じている暇もなかった。

やっぱり恋をするってすごいことだ。こんな魔法にかかったように夢中になれることはこれまでなかった。

でも僕らは恋だけをして生きているわけじゃない。僕は体調のことが心配だし、風花は姉のことで今も悩んでいる。苦しさを紛らわすために好きになったんじゃない。

それは風花も同じだろうか？

そっと風花の左手を握ると、風花は少し驚いたように目を丸くした。

「魔法」

単語を口にすれば、

「魔法だね」

風花は柔らかく微笑んでくれた。

トレイを持った店員が横を通りすぎたので、慌てて手を離した。

そうしてから僕たちはぎこちなく天気の話なんかをする。

告白した日からもっと風花を好きになっている。このまま気持ちが止まらなかったら、自分はどうなってしまうのだろう。そう思えるほど夢中になっている。

片想いなんかじゃない。風花が僕の彼女だという実感は、心地よい不安とともに存在している。

こんな話ができるなら、雨の日も好きになりそうだ。

火曜日、久しぶりに不機嫌な朝。

理由はふたつある。

ひとつは、今日からお盆入りのため風花に会えないということ。彼女は親戚の住む岐阜《ぎふ》県に家族で行くらしく、平気なフリで昨夜も【行ってらっしゃい】とメールをしたけれど、全然平気じゃない。

もうひとつの原因は、母親がさっきから鬼のような形相《ぎょうそう》で台所のテーブルの向こうに座っていること。普段は怒ることは少ない分、たまにこうなるとかなり怖い。怒鳴ったり大声をあげるならまだマシ。うちの母親が本気で怒ると、なぜか無言になるのだ。長い時間、仏像《ぶつぞう》のように動かない母親に、重々しい空気がのしかかってくる。

今も、微動だにせず見つめてくる母親に、僕は修行のようにじっとうつむくことしかできない。

「で、なんで？」

数分前と同じ言葉で訊ねる母親の手元には、隠しておいた抗生物質がある。ブルーの錠剤《じょうざい》はひとつ空になっているだけ。

見つからないように、つねにズボンのポケットに入れていたのが逆効果《ぎゃくこうか》だった。うっかり洗濯物に出してしまったのだ。

「なんでちゃんと飲まないの！」

疑問形で訊ねないのが、母親が本気で怒っていることを示しているよう。普段ならすぐに謝るところだけど、今日はこれ以上言われたくない気持ちのほうが強い。

風花に会えないことのほうが、今はよっぽど重要な問題だ。

「べつに理由はないよ」

椅子から立ちあがる。食べかけのヨーグルトもそのままに出て行こうとする僕に、

「待ちなさい！」

焦った声を聞こえないフリでそのままリビングのドアを閉めた。

部屋にスマホと財布を取りに行きたかったが、きっと母親に捕まるだろう。そのまま鍵だけを持って外に出た。

「うわ……」

朝から鋭く目に飛びこんでくる日差しに目を細め、そのまま自転車に飛びのった。

こうなったら部活に逃げるしかない。

ペダルを漕《こ》ぐと生ぬるい風が体にぶつかってくる。足に力を入れてペダルを回すほどにスピードはあがっていくけれど、罪悪感がすぐうしろをついてくる気分。

風花も家にいたくないときはこんな気持ちだったのだろうな。

会えないと思うほどに会いたくなる。

こんな気持ち、今まで知らなかった。

校門をくぐり抜け駐輪場へ向かう。スマホがないからわからないけれど、まだ八時を過ぎたくらいだろう。

駐輪場の入り口が見えてきたとき、そこに風花がいた。思わず急ブレーキをかけるとすごい音が校舎に反響した。

え、なんで風花がここに……。

「おはよう」

ほっとした顔で駆けてくるのは、やっぱり風花だ。白いスカートがひらひらと踊っている。僕も自転車のスタンドを立てて近づく。

「どうしたの？　もう出かけたと思ってた」

「これから行くところ。でも、ひょっとしたら少しでも会えるかな、って思って来てみたの」

驚く僕に風花は胸に手を当てて息を吐いた。

「夕方にしか来ないってわかってたのになんでだろう？　でも、会えた。うれしい」

白い歯を見せて笑う風花。

僕を待っていてくれたんだ……。

「僕もうれしいよ」

擽ったい幸せをくれる風花に、今朝のいらいらはどこかに飛んで行ったみたい。

駐輪場に自転車を置くと、荷台に風花はふわりと腰をおろした。

「体調はどう？」

風花の問いに、一瞬今朝のことを知っているのかとドキッとする。けれど、風花は「ほら」と言葉を続けた。

「このあいだ、体調を崩してるって言ってたから」

「ああ」

納得すると同時に、心配をかけちゃいけないと思った。それは、決意に似ている。

「大丈夫。ストレスは風花がどこかへ打ち飛ばしてくれたから」

「ふふ。ホームランみたい」

「そ、ホームランだね」

クスクスと笑い合う。

「夏休みはどうしてるの？」

「とくに予定はないよ。犬神とたまに会うかも、ってとこ。戻ってきたらまたどっかに行こう」

「うん」

「映画もいいし、駅前にできた本屋さんも行ってみたい。結構広いみたいだし、カフェもついてるんだってさ」

行きたいところはたくさん。でも、それよりもそばにいたいと思っている。口にすれば、これから旅立つ風花に心配させてしまうだろう。

「とにかく楽しみに待ってるよ」

ニッと笑う。恋は、片想いじゃなくてもどこかせつないものなんだな。こんなもどかしい気持ち、はじめて知ったよ。

ちょっとした沈黙に、誰にも聞かれていないのに僕たちは小さな声で笑った。

「あ、もうそろそろ行かなくちゃ」

「うん。気をつけて」

本当に気の利いた言葉が浮かんでこない。風花は「うん」とうなずくと、

「いないあいだ、お花のことよろしくね」

と、頭を下げてから歩き出す。

わざわざ来てくれたうれしさと、これから数日会えないさびしさが同じ量で胸にこみあげてくる。

この瞬間から前よりももっと、きみのことばかり思うんだ。

鼻の辺りがツンと痛いし、お腹のなかは沸騰《ふっとう》したように熱くなっている。たとえ言葉にできなくても、今感じた気持ちを伝えたい！

「待って」

無意識に呼びかけると、僕は風花に向かって走っていた。笑顔のまま振り向く彼女をギュッと抱きしめる。

心がそうしたいと願っているように、あとから思考が追いつく感じだった。

驚いただろう、風花も僕の背中にゆっくり手を回した。

本当の気持ちなら、言葉なんていらないんだと思った。

すぐ近くで鳴き出すセミの声にようやく僕は体を離した。目の前には真っ赤な顔の風花がいる。

「気をつけて行くんだよ。走ったりしないで」

「うん」

そっと体を離せば、彼女のぬくもりがまだ残っている。なんだか幸せなのに泣きたい気分だった。

「じゃあ、またメールして」

精一杯の強がりに、風花は僅かにうなずいた。

「……うん。行ってきます」

見えなくなるまで風花の背中を見送ると、何度も振り向いて手を振ってくれた。

会えない期間、何度もこのことを思い出すんだろうな。自分のとった行動が恥ずかしくもあり、誇らしくもある不思議な気分だった。

鼻歌交じりに自転車を置く。

まずは気温があがる前に水やりでもするか。

自転車の鍵をポケットに入れ歩き出したときだった。思わず足が止まるほどの吐き気がこみあがってきた。今にも嘔吐《おうと》しそうになり口を押さえて息を止める。

久しぶりに食べた朝食のせい？　いや、ほんの数口ヨーグルトを食べただけだ。

そのあとすぐに自転車に飛びのったことも影響しているのかもしれない。

「ああ……」

薬は台所に置いてきてしまった。

しょうがない。母親とのけんかがあったからこそ、風花に会えたのだから。

何度か深呼吸をしているうちに、徐々に吐き気は消えた。慎重に足を動かしても、もう大丈夫なよう。

そしてまた、きみの笑顔が頭に浮かぶ。

今までそこにいたのに、もう風花に会いたくてたまらない。吐き気も忘れて、僕は大切な人のことを考える。

セミはさっきよりもボリュームをあげて、騒がしく夏に鳴いている。

風花に会えなくなって三日目の夕方、晴れ。

駐輪場に自転車を置くと、そのまま部室へ向かう。いつもの手順で作業着に着替えエプロンをつける。ホースを準備し水やりをしていく。

毎日のように風花とはメールや電話をしている。風花は親戚の人がいかにお酒を飲むかとか、従妹《いとこ》の子どもが大きくなっていた話などをしてくれた。

学校と家の往復だけの僕の日々は平凡だったけれど、ちょっとした花壇の変化などを話すと彼女はそれをうなずきながら聞いてくれた。

だから、毎日の水やりも風花に話をするために、よりしっかりとするようになっていた。

「あと三日か……」

つぶやく声がかすれている。ここのところ体調が悪い。

抗生物質は母親により管理され、強制的に飲まされている。飲んだあとの胃痛は相変わらずだったけれど、それでも日に日に吐き気は強くなっているようだ。

微熱があるのか今日は一日だるいままだった。それでも、水やりはしなくてはならない。

「おう」

声のするほうを見ると下瓦さんが近寄ってきた。

「お疲れさまです」

「ああ」

下瓦さんに夏休みはないらしく、お盆真っ只中の今日もいつもの作業着姿。両手にはなにに使うのかバケツを三つ持っていた。

「液肥はもうやらんでいい」

「あ、はい」

「裏門の木にハチがいたから、近くに巣があるかもしれん」

「はい」

「球根は乾燥したら小屋に入れておけ」

いつものように矢継ぎ早で出される指示を、必死で頭に入れる。熱のせいかうまく処理ができないまま、一礼して部室へ歩き出す。

「なあ」

下瓦さんの声に振り向くと、彼は眉間《みけん》にシワを寄せていた。

「明日からはしばらく休め」

言われた意味がわからず固まる僕に、下瓦さんは目を細めた。

「夏休みの宿題も多いんだろ。しばらくはそっちに集中しろ」

なかったぞ」

「水やりくらい俺ひとりで平気だ。実際、桜なんて今年の春休みは、一度も顔を見せ
なかったぞ」

顔をゆがめる下瓦さん。これが彼の笑みだということもすっかり理解している。

思い返せば最初はただおっかない人としか思っていなかった。誰よりも植物を大切
にしている下瓦さんのことを、見た目や態度だけで判断していたっけ……。

「下瓦さん」

「ん？」

「いつもありがとうございます」

「なんだそれ」

ケッと吐き捨てるように言う姿に、思わず笑みがこぼれてしまう。

彼は不器用だけどいい人だ。

「いつか下瓦さんのようになりたいって思っています」

「熱でもあるのか？」

怪訝《けげん》な顔もそのはず。自分でも素直に出た言葉に驚いている。

ああ、そっか。こういうのも風花が僕に教えてくれたんだ。早く風花に会いたい。

その日まではがんばらないと……。

「宿題は大丈夫です。もう終わらせましたから」

もう少しで風花も帰ってくる。そうすればまたふたりでここで会えるのだから。風花がいないあいだ、花たちを守ることが使命のような気さえしている。

「いいから休め。これは業務命令だ。九月になったら忙しくなるからな」

言うだけ言って下瓦さんはさっさと行ってしまう。

困ったな……。追いかけて「やらせてください」と言おうか、と思ったが、よく考えたら、逆に風花とほかの思い出を作れるチャンスだと気づく。

植物園のリベンジもしたいし、それならそれで……。

そこまで考えたときだった。

ぐにゃりと視界がゆがんだ。気づけば僕は、地面にお尻をつけて座りこんでしまっていた。

これまでにないほどの強烈な吐き気がこみあげてくる。

「ぐ……」

自分の声とは思えないほどの低い音が口から漏れた。

「鈴木？」

声に顔をあげると、ゆがんだ世界の向こうで下瓦さんの声だけが聞こえる。

「どうした？　おい」

返事をしようとすればさらに気持ち悪さが襲ってきて、口からなにかを吐き出していた。喉がひりひりとして、さっき飲んだオレンジジュースが土に吸いこまれていく。

「鈴木、おい、鈴木！」

背中をさすられる感覚がするが、それよりも寒くてたまらない。

やがて下瓦さんの声も遠くなり、僕の世界は真っ黒に塗り替えられた。


八月三十一日、夜九時。

しんとした部屋でクーラーの音だけが耳に届いている。さっきまで我が家の食卓はにぎやかだった。

学校をサボりがちの弟とも最近はよく顔を合わせるようになったし、母親は仕事であった出来事を面白おかしく話していた。食欲もずいぶんと戻ってきている。

あの日倒れた原因は『脱水《だっすい》症状』が原因と堤医師からは説明されている。実際、点滴や薬ですぐに回復したため、数日の検査入院で済んだ。

これまで拒んでいた検査もずいぶんさせられた。

下瓦さんに甘えて水やりに行くのはやめることにした。

風花とは何度か会うことができた。それはファーストフード店だったり駅ビルだったり、たまには学校の花壇を見にいったりもした。

僕はうまく笑えていただろうか。

彼女に教えてもらった〝違う自分〟を演じられたのだろうか。

こうしてひとりベッドにもぐれば、否応《いやおう》なしに見たくない真実と向き合うことになる。

知りたくない秘密ほど、人は知ってしまうものなのかもしれない。

自分の体に起きていた異変は、今になって大きなモンスターのように僕に襲いかかっている。もちろん、検査結果や病名を知らされたわけじゃない。

自分なりにネットで調べたり、母親や堤医師の反応を見て確信したことがひとつある。

どうやら、僕はもうすぐ死ぬらしい。

9月

「あー……あっついねぇ」

「暑いなあ」

授業の合間、太陽の日差しを浴びながら、いつものように花壇の前で文哉くんと並んで花を眺める。日光浴をしている草花は気持ちよさそうに見えるのに、わたしたちはぐったりだ。立っているだけで汗が浮かんで流れていく。早く秋になってほしい。

「最近体力落ちてるから学校しんどいなあ……」

はあーっと文哉くんはげんなりした顔でぼやいた。

文哉くんとつき合ってから約二ヶ月。

つき合う前は学校でしか顔を合わさなかったけれど、毎日のようにメッセージのやりとりをし、電話でも他愛ない話をし、デートも重ねた。つき合ってすぐに夏休みに突入したことで、たっぷりの時間を一緒に過ごすことができたのはすごくよかった。

最初はお互いに少し緊張していたけれど、最近はずいぶんと自然体で過ごせるようになったと思う。普段はやさしい口調の文哉くんの語尾も、たまに砕けることがある。

そんなちょっとしたことに、うれしくなる。

出会ったときの文哉くんは、つねに落ち着いていて余裕がある印象だった。けれど、この二ヶ月で、実際の彼はそうじゃない面もたくさんあることを知った。からかうと拗《す》ねるし、うれしいときは顔をくしゃりと崩して目を細める。そして、たまにまるで過保護な父親のようにわたしを心配したりする。

いろんな文哉くんに出会い、触れた。

今年の夏は、数年ぶりに笑顔で過ごした。

あのとき勇気を出して自分の気持ちを認めることができてよかった。あの一歩がなければ、今、隣に文哉くんはいなかった。今のわたしも、存在しなかった。

なにかが変わっているのがわかる。

でも、それをどう受け止めればいいのか、わからないわたしもいる。

「なに見てんの？」

じっと見られていたことに気づいた文哉くんは、照れているのか少し口を尖《とが》らせる。子どものような仕草がかわいくて、そういうところが好きだなあと思った。

「文哉くんの肌が、焼けたなあって」

自分の腕を前に出し、文哉くんの肌と比べる。ふたりともほどよい色だ。白すぎず、黒すぎず、健康的に見える。ほぼ毎日外にいたから当然といえば当然なのだけれど。

今までのわたしは、どちらかと言えばインドア派だった。

幼いときからピアノをしていたこともあるし、怪我《けが》をしてからも外で遊ぶようなことはあまりしなかった。一時期は外で過ごしていたこともあるけれど、ここ数年はとくに学校と家を往復するだけだった。たまに外出してもウィンドーショッピングをしたり映画を観るだけ。

自分の腕や肌を見るたびに、活動している感じがする。

生きている自分を実感する。

そんなふうに考えることができるようになったのは、文哉くんのおかげだ。

「……っていうか文哉くん、痩せたんじゃない？」

ふと並んだ腕を見て口にする。

前はもう少し、太かったような気がする。顔も心なしほっそりしているように見えるし、目の下には隈がある。肌が焼けているからか、顔色は悪くないけれど、少しやつれたような頬が、疲労を感じさせる。

「あー、夏バテが続いてるみたいなんだ。夏、苦手なんだ」

「夏前から言ってるよね？　もしかしてご飯もあんまり食べてないの？」

「いや、食べてるよ、たぶん」

たぶんって。

たしかに今年の夏は猛暑だったし、今もまだまだ暑い。けれど、こんなに長いあいだ夏バテが続いているなんて、おかしい。

不安が頭をよぎって「本当に大丈夫？」と顔を覗きこむ。額に手を伸ばして肌に触れる。風邪のような異様な熱は感じられなかった。もちろん、おかしいほど体温が低くもなさそうだ。

じいっと至近距離で文哉くんの顔を見つめる。

痩せてはいる、けれどそこまでひどくはない、ような気がする。

「本当に、ただの夏バテ？」

「大丈夫。そんなに不安そうな顔しないでよ」

ははは、と笑って文哉くんはわたしの手を取り額から剥《は》がす。恥ずかしいからそんなに見ないで、と言いながらわたしの手に自分の手を絡ませる。

「夏休み終わっちゃったなあ」

「そうだね。あっという間だったなあ」

とくにお盆を過ぎてからは、タイミングが合わず文哉くんと会う機会が減っていた。そのせいもあって、後半はまたたく間に過ぎ去ってしまった。

楽しい時間ほど時間の流れが速い。

「一日に二回映画観たの、はじめてだった」

「ふふ、さすがにちょっと疲れたよね。文哉くんが死んだ魚の目で恋愛映画観てたの、思い出すたびに笑っちゃう」

「あれはそうなっても仕方ない」

ポップコーンに手を伸ばしたときに見た横顔が、スクリーンからの光を浴びていた。

ああ、隣にこの人がいるんだな、と思ったと同時に、あまりにも無表情だったので、感動的なシーンだったのに噴き出してしまった。

「花火見にいけなかったのだけが心残りかなあ」

電車で行ける距離にある有名な花火大会を、わたしはずっと見にいきたかった。たくさんの夜店が並び、花火の打上数もかなり多いらしい。今年こそ行こうと思ったけれど、運悪くわたしが親戚の家に行くお盆に被ってしまったのだ。去年までは八月の上旬に開催されていたというのに。

あと、最近できたブックカフェにも行きたかったんだった。

あれもこれもと、やりたかったことが浮かんでくる。悔いのないようにと、全部叶えるつもりだった。けれど、なかなかできるものではないらしい。

「来年こそ、文哉くんと一緒に行けたらいいなあ」

「……うん」

文哉くんの手に力が込められる。

「植物園もいいよね」

一度行ったけれど、もう一度行きたい。文哉くんは、あれこれ訊くわたしにいろんなことを教えてくれるだろう。

「そろそろ教室に行く時間だね」

腕時計を確認した文哉くんが、ほら、と言って立ちあがりわたしの手を引きあげた。大きな手のひらを見つめて「文哉くん」と呼びかけると、彼は「ん？」と口を閉じたまま返事をして口角をあげる。

そのやさしげな、けれどどこか悲しげな、まるで〝自分じゃない誰か〟を演じているような笑みに背筋が冷たくなる。以前から不調そうな文哉くんに抱いていた小さな不安の種が、殻《から》を破って芽を出してくるのがわかる。

今日は帰りにショッピングモールにあるフラワーショップに行こう、と口にしかけた言葉を呑みこむ。

「ねえ、今日は早めに帰って」

「え？　なんで？　一緒に帰るんじゃなかった？」

「夏バテ、早く治してほしいから。それに、ほら！　元気になってもらわないと一緒にいても気を遣っちゃうし」

それに、久々に友梨から遊ぼうって連絡があったんだよね、と校舎に向かって歩きながらウソをついた。九月に入ってから遊べていないし、とペラペラとデタラメなことを喋るわたしに、文哉くんは少し怪訝な表情を作る。

「だから、今日は休んで。そしてちゃんと体調戻して、思い切り遊ぼう」

それに気づかないフリをして話しつづけていると、文哉くんはあきらめたように息を吐き出してから「わかった」と答えてくれた。

早く元気になってね、と今度はウソではなく本音で伝える。文哉くんはこくりとうなずいて、自分の教室に向かって歩いていった。

……ただの夏バテだ。しばらくゆっくり休めばきっとすぐに回復するだろう。

これ以上不安が大きくならないように、心の中で何度も大丈夫、と自分に言い聞かせた。


「惚気《のろけ》を言うためにあたしを呼び出したの？」

目の前にいる友梨が顔をしかめてストローに口をつけた。

文哉くんに友梨と遊ぶと言ったときはウソだったけれど、せっかくならばとわたしから友梨を誘ったのだ。サックスの練習があるから無理かも、と思ったものの、友梨はすぐに「行く行く！」と返事をくれた。

最近ゆっくり話をしていなかったので、時間を気にせず長居できるファミリーレストランで顔を合わせた。中途半端な時間ということもあり、店内には席の半分ほどのお客さんしかいない。

「惚気を聞かされるなら練習に顔を出せばよかったあー」

「どこが惚気なのよー」

久々に声をかけたことで「どうしたの？」と訊かれたから、今日あったこと――主に文哉くんとの会話――を伝えただけなのに。

「うわ、自覚がないんだ。やだなあ、幸せな人はこれだからー」

友梨は芝居がかったように、大げさに肩をすくませ唇を尖らせつつも、わたしにあたたかみのある笑みを浮かべた。

「でもさ、本当にただの夏バテなのかなあ」

「彼氏本人が夏バテって言ってるんだし、大丈夫でしょ」

「そうだけど……でもやっぱり、心配だよ」

自分でもちょっと考えすぎかもしれないと思う。以前に比べたら痩せたけれど、不健康なほどではないし足取りもしっかりしている。

夏休みに遊園地で一緒に走りまわったとき、かなり汗を流しヘトヘトになっていたので、夏が苦手というのも本当のことだろう。

でも、いやな予感を振り払うことができない。

「風花は元気になったけどねえ」

肌艶がいい気がする、と友梨が身を乗り出した。

「そう?」

「健康的な生活してるからじゃない? 前は、学校にはちゃんと来るけどあんまり遊んだりはしなかったじゃない。よかったよかった」

あたしも安心だ、と友梨はメニューを広げた。飲みものだけではお腹が空いてきたらしく、店員を呼んでデザートを注文した。せっかくなのでわたしもプリンをお願いする。

「風花見てると同じ学校でつき合うって、いいなあって思うわあ」

「そうだね。倫子の彼氏は別の学校らしくて、会えない! ってこの前さびしがってたよ」

友梨はあはは、と豪快に笑った。

たしかに、同じ学校のほうが毎日必然的に顔を合わせることになるので、わたしにとってはよかったな、と思う。じっくりと、文哉くんに向かい合うことができる。

「風花は、彼氏と夏休みはたっぷり一緒に過ごせて楽しそうだったもんね。そのせいであたしや倫子とはあんまり遊んでくれなくなっちゃって……」

「そんなことないじゃん! 結構遊んだよー」

「そうだっけー?」

からかうように言われて否定すると、ぼけたような表情をされた。

運ばれてきたデザートを目の前にして、友梨に言いたかったことがあったのを思い出す。そばに置いているカバンを一瞥《いちべつ》して「あのさ」とパフェに目を輝かせる友梨に呼びかけた。

「最近、家でなにか育ててみようかなって思ってるんだよね」

「そっか、いいじゃん。なに育てるの？」

まだ具体的には考えていない。

そもそもわたしは初心者だ。種を植えることも、植え替えも、液肥を散布したことだってある。でも、ほとんど手伝ってもらった、というかむしろわたしが簡単なことを手伝っただけ。

カバンからぼろぼろになったマニュアルのコピーをまとめたファイルを取り出し、パラパラとめくって、「なにか、いいのあるかなあ」とひとりごちた。

「風花、それ毎日持ち歩いてるの？」

「え？　あ、いや、たまにだよ。毎日はさすがに。ただ、なにか育てたいなって思ったから。できればこの中のなにかを。それを考えるために」

「……ならいいけど」

友梨は呆れたのか、ため息をついてパフェをスプーンですくった。

「アネモネにしようかなって思ったんだけど、やっぱり無理かな。そもそもまだ季節じゃないしね」

「別のにしたほうがいいんじゃない？」

だよね、とうなずいてから、高校で何世代も受け継がれていたマニュアルのコピーを眺めた。赤いペンで書きこまれているのは、わたしの文字。下瓦さんに教えてもらった、いや、怒られたことを忘れないようにと、いつもメモを取った。ところどころ滲んでいるのは、濡れた手で何度も触れたから。彼に教えてもらった花言葉を書き足してあるページを見て、つい「ふふ」と笑みをこぼしてしまう。

ふと視線を持ちあげると、わたしをじっと見ている友梨と目が合った。

「なに？」

「いや、幸せそうでよかったなって思っただけ」

友梨の眼差しはとてもあたたかい。

今まで心配や迷惑ばかりかけてしまった。そんな友梨を突き放し、八つ当たりしたこともある。けれど、友梨はわたしを責めたりしなかった。弱音を吐いたわたしを、ときに叱咤し、ときに慰め、そして手を引いてくれていた。一度だっていやな顔をすることなく、見放すこともなく、そばにいてわたしを見守っていてくれる。

友梨がいなければ、今のわたしはまだ、暗闇の中にいただろう。

「あ、ねえねえ、もうすぐハロウィンじゃない？」

「もうすぐって、まだ一ヶ月以上あるよ」

そう言ったけれど、店内はすでにハロウィンムードが漂っている。さっき注文したプリンもかぼちゃのものだ。期間限定のハロウィンデザート。それが終わればすぐにクリスマスムードが街中に溢れてくるのだろう。

クリスマスはあまりいい思い出がないし、寒いのも苦手だ。これから始まる冬を思うと気が重くなった。きっと、どこもかしこも、居心地が悪いだろう。

……でも、今年はもう少し楽しめるかもしれない。文哉くんがいるから、楽しく過ごさなくちゃいけない。

「犬神くんとこの前話してるときにパーティしよう！　って盛りあがったんだよね」

「えー」

「今回こそ参加してよね」

友梨はイベントが好きだ。誰かの誕生日には必ずサプライズを用意するし、去年もクリスマスに盛大なパーティを計画していた。イベントと言うより、人と一緒に楽しむ時間が大好きなのだろう。昔、誘われたので少しだけ顔を出したことがあるけれど、場違いな気がしてどうしても長居できなかったことを思い出す。

ハロウィンパーティも友梨は毎年計画しているけれど、参加したことはない。だからこそ、ハロウィンは大丈夫かも、と思った。犬神くんもいるなら、きっと盛りあがるだろう。

「楽しそうだね」

「でしょでしょ！　一緒に仮装しようよー」

「……それは、どうかな」

友梨が仮装、と言いだしたということは、本格的なものを求めているということだ。そういうのは向いていないというか、なんというか。そもそもやったことがない。みんな、どの程度の仮装をするのだろう。想像するだけでちょっと恥ずかしい。

答えを渋るわたしに「彼氏も一緒に参加したらいいんだって」と親指を立てた。

「参加しないと思うけどなあ」

仮装をしている文哉くんはちょっと想像しにくい。でも、どんな恰好でも似合いそうだなあ、とも思う。案外ノリノリでやったりするのかも。

……いや、でもなあ。

「まあ、一度聞いてみようかな」

「一度じゃなくて二度三度聞かなくちゃ！」

そんなことじゃ負けちゃうよ、といつの間にか勝負をするようなことを言われてしまった。このままでは、わたしがはっきりとした返事をするまで、あきらめてくれな

さそうだと思い、

「友梨は犬神くんと本当に仲いいね」

と、話題を変える。

「えー、やめてよ。まあ仲はいいけど、あいつは友だち、悪友。それだけ。倫子もいっつも茶化してくるんだよ。悪いけど、犬神くんはあたしの好みじゃないの」

それにしては仲がいいけれど、口にすると怒られそうなので黙っておいた。

友梨から恋愛の話は一度も聞いたことがない。何回か告白もされているはずなのに、友梨にその気がないのかすべて断っている。その理由を、倫子は犬神くんだと思っているらしい。わたしも、実はそう思っている。

「あたしの好みは、もっと繊細で、知的な感じの人なの」

「犬神くん、悪くないと思うんだけどなあ」

ただ、たしかに犬神くんは繊細さも知的さもあんまりない人ではある。どちらかというと大雑把《おおざっぱ》で豪快な人だ。デリカシーがない！　と友梨によく怒られていて、そのたびに「なにが？」とキョトンとした顔をしていた。

けれど、すごく友だち思いの熱い一面もある。

「いい奴なのは間違いないけど、それとこれとは別よ、別」

言い切る友梨を見て、ふたりのあいだに——少なくとも友梨には——恋愛感情らしきものはまったくなさそうだと思った。相当気の合う男友だちなのだろう。それはそれですごく素敵な関係だ。これからもそんなふたりでいてほしい。

くすくすと笑っていると、友梨は「幸せなんだね」ともう一度言って微笑んだ。

「――うん」

躊躇なく答えることができた自分が、うれしかった。

「最近はお姉ちゃんと話しててもなにも思わなくなったしね。彼氏の話もしてるよ」

「そうなんだ。風花のお姉さんは彼氏とうまくいってんの？」

「みたい。アンサンブルで仲が深まったのかも」

友梨はドラマみたい！　ピアノで愛を深め合うんだ！　と目を輝かせた。

その後はくだらない話をしながらふたりで時間をつぶした。

三時間以上喋っていたので喉が渇き、水をがぶがぶと飲んでしまった。そのせいでお腹がたぷたぷの状態だ。

まだまだ日が落ちるのは遅いけれど、気がつけば外は真っ暗に染まっている。時間を確認しようとスマホを取り出すと、ちょうどいいタイミングで文哉くんからメッセージが届いた。

【帰って今まで寝てた。明日は全快の予定だよ】

内容にほっとする。でも、明日会ってみないと本当かどうかはわからない。

【ちゃんとご飯を食べてね】と返信すると、すぐに【わかった】と返ってきた。

「なによもう、見せつけないでよー」

友梨が目尻を下げて顔を近づけてくる。そんなふうにからかわれるほどわたしの顔は緩んでいたのかと、頰に手を当てる。そんなわたしを見て、友梨が口の端をあげて微笑んだ。

「いい相手でよかったよね」

しみじみと言葉をこぼす友梨と並んで、駅を目指して歩く。街灯も多く、車もよく通るため、道は暗くなかった。昼間は汗が出てくるほど暑いけれど、日が沈むと結構過ごしやすい。このまま、あっという間に冬になるんだろう。

「風花のこと、全部受けとめてくれる人と出会えて、ほんとよかった」

そうだね、と相槌を返すつもりだったのに、喉がぎゅっと萎んだ。

足も、動くのをやめてしまう。

前を向いていた友梨が「風花？　どうしたの」と振り返る。

ここが、暗闇だったらよかったのに。そしたら、今のわたしの顔を友梨に見られることはなかったのに。

どうにか誤魔化さないと、と思うのに、言葉が出てこない。そんなわたしを見れば、友梨にはすべてがバレてしまう。

「……風花、もしかして、伝えてないの？」

唇に歯を立てて、いまさらウソは通じないと思い、ゆっくりあごを引いた。


どんよりと重たげな雲が頭上には広がっている。

太陽の光が届かないからか、窓の外にある草花も心なし元気がないように思えた。しょんぼりと項垂れているみたい。

「風花、傘持ってる？」

目の前に座っていた文哉くんの質問に「折りたたみならあるよ」と答える。

もうしばらくしたら雨が降るだろうと、今日は学食で過ごしている。雨の日はここで過ごすのがわたしたちの定番だ。屋内では、この場所が一番花壇をよく見ることができるから。

授業が終わったあとの学食は閑散《かんさん》としている。

昼休みは生徒でごった返していて騒がしいけれど、この時間は静かで落ち着く場所だ。窓際の席も早いもの勝ちじゃないところもいい。

「雨降らなかったらいいんだけどなあ」

「でも、草花にとっては恵みの雨かもしれないよ」

「毎日水もらってるんだから関係ないんじゃないか？」

言われてみればその通りだ。むしろ水分過多で、根腐《ねぐさ》れでもしてしまいそうな気がした。今までなんともないので大丈夫だろうけれど。

「でも、雨の日に静かなここから外を眺めるのも好きだよ、わたし」

「家の中だといいんだけど、ここにいたらいつかは外に出なきゃいけないじゃん」

ああ言えばこう言うんだから、と唇を尖らせると、文哉くんは「だってさあ」と子どものように口を結んで頬杖をつく。

文哉くんの隈は、少しマシになった、ような気がする。

あれからできるだけ早めに別れるようにしているし、土日もどちらかは会わないようにしている。ただ、そのおかげで文哉くんが元気になったのかどうか、はっきりとはわからない。たまに大きなあくびをしているので、寝不足気味は継続中なのかも。

なんともないといいな、というわたしの希望だ。

ご飯は食べているのか、眠れているのか、体はだるくないか、と訊いたら「大丈夫」と笑顔で答えてくれた。ただ、「母親みたい」と苦笑されてしまった。

「風花は心配性だよ」

「だって」

心配なんだもの。

大丈夫だって、と同じ言葉を繰り返し、文哉くんはわたしの頭に手をのせて、やさしい手つきで髪の毛を撫でた。胸がきゅうっと甘く痛む。

わかった、と伝えるためにこくりとうなずくと、安心してくれたのか文哉くんの手がわたしから離れる。そして、「あのさ」と、いつもと違う声色で話しかけてきた。

文哉くんは少し眉を下げて申し訳なさそうな表情をわたしに見せる。

「これから、少し会う時間減るかもしれないんだ」

「……どうしたの？」

「ちょっと、今家がバタついてて。って言っても学校には来るし、休みも今までみたいにどちらかは会えると思う。でも、平日はなかなか時間が作れなくなるかも」

必死で身振り手振りで説明する文哉くんは、いつもと少し違っていた。

──だから、たぶんウソなのだろう、と直感的に思った。

目の前にわたしがいるのに、視線がぶつからない。

ウソでしょう？　と口にすることはできなかった。彼とわたしのあいだに、それを言っちゃいけない、壁のようなものを感じた。

「そっか」

へらっと笑ってみせる。

返事にほっとしたのか、やっと文哉くんはわたしを見てくれたけれど、わたしの表情にすぐに目をそらす。わたしは、笑顔をうまく貼りつけることができていなかったのかもしれない。

文哉くんはやさしい。ときどきいじわるなことも言うけれど、よく笑ってくれるし、いつだってわたしのことを考えてくれる。彼からの愛情を感じることができるから、わたしの気持ちも同じだけ、いや、それ以上に感じてもらいたい。

だけど。

いつからだろう。

一緒にいて楽しそうにしてくれるのに、ふと、ほんの一瞬、一緒にいるのがつらそうに見えるときがある。痛みに顔をゆがませて、それを耐えているみたいに歯を食いしばっているときがある。

それは、わたしのせいなのだろうか。

もちろん、どうしてなのかはわからない。

わたしの中で今もずっと変わらず大事にしているものを、感じとっているのかも。

「……ごめん」

文哉くんは消え入りそうな声で謝罪を口にした。

「謝らなくていいよ。さびしくないって言ったらウソになるけど、でも、仕方ないよね。気にしないで！」

しょんぼりされてしまい、明るく振るまう。おそらく、今度はちゃんとできている。

「かわり、って言ったらあれだけど、今度、風花の行きたがっていた花屋めぐり行かない？　いくつかリストアップして、順番に回るツアーみたいなの。最近おしゃれな感じの店も増えてるから、見てるだけでも楽しいと思う」

文哉くんのあまりに必死な様子を見て、さびしさや不安が薄れる。

どうして会う時間が減るのか、どうしてウソをつくのかはわからないけれど、目の前でわたしのことを考えてくれている文哉くんのことだけは、信じることができた。

上手にウソをつけない人だからこそ。

「うん、行こう！」

喜ぶわたしに、あからさまに胸を撫でおろすところも素直だ。

「風花、いつなら行ける？」

ふたりしてスマホを取り出し、カレンダーアプリを起動して予定を確認する。今月は残り三週間。と言ってもわたしにたいした用事はない。けれど、ずいぶん前にメモしておいた予定を見て思い出した。今週末の土曜日は、ピアノ教室の発表会がある。ピアノの山脇先生の誕生日パーティに参加したときに、手伝ってと言われて引き受けたんだった。

お世話になった先生からのお願いだ。いまさら断るわけにもいかない。結構な重労働になるので、できれば次の日の日曜日はゆっくり休みたい。

そして、来週の日曜日にはお姉ちゃんの誕生日がある。せっかく花屋に行くのなら、お姉ちゃんへのプレゼントに観葉植物をプレゼントしてもいいかも。そろそろなにを買えばいいのかわからなくなってきていたし。そうでなくても出かけたら、なにか見つけることができるかも。

となると、お姉ちゃんの誕生日の前日がいいだろう。あまり早く渡すのもいまいちプレゼント感がないし、月末だったら誕生日が過ぎてしまっている。

となると、空いている日は一日だけだ。

日付を確認し、しばらく目を閉じて思案する。

どうしようか。

でも。

「――来週の土曜日は？」

なぜか文哉くんは動きを止めて、自分のスマホ画面を見つめたまま微動だにしなくなった。彼にも予定があるのだろうかと返事を待つ。

「ごめん、その日は、用事があるんだ」

文哉くんは画面を見つめたまま、どこか覇気《はき》のない声で言った。

どう考えても文哉くんはいつもと違っていたのに、わたしはなぜか、ハロウィンパーティの話をまだ文哉くんにしていなかったな、とどうでもいいことを思った。

結局、月末も文哉くんに用事があるということで、話をした週の日曜日に出かけることになった。

いくつかの花屋をめぐり、幸福の木と呼ばれるガジュマルの小さな鉢植えを買った。白い陶器《とうき》の鉢はシンプルなのに少し変わった形をしていて、育てるのも比較的楽だと言われて決めた。本当はお姉ちゃんへのプレゼントにしようと思ったけれど、渡さずに自分で育てている。ちょうどなにかを育てたいと思っていたところだったし、花をつけない観葉植物なら大丈夫だろう。

かわりに、プレゼントはオリジナル雑貨店で見つけたメガネケースと、いい香りのするハンドクリームにした。

誕生日には少し早かったけれど、それまで渡さなければいい。

それから一週間後の土曜日の今日、朝九時過ぎに家を出て、いつも利用する最寄り駅に向かわずバスに乗りこんだ。揺れるバスの中で、やっぱり今日に出かけることにならなくてよかったな、と考える。

きっと、わたしは後悔して、文哉くんとの時間を楽しむことができなかっただろう。

文哉くんに用事があって助かった。

あれから、文哉くんは本当に忙しそうにしている。先週一週間も、彼と顔を合わせたのは一度だけだった。しかも、たった三十分だけ。

疲れが溜まっているようにも見えたけれど、大丈夫だろうか。毎日やりとりしているメッセージや電話では、いつも通りにしてくれているものの、それが余計に不安に思う。無理をさせていないかと、落ち着かなくなる。

いや、考えすぎだ。

頭を振って心配を追い払うと、バスがちょうど目的の駅前に着いた。

バスを降りて一軒の花屋に向かう。

「すみません、花束をお願いします」

中に入り、店員に声をかける。奥から髪の毛をうしろでひとつに纏めた三十歳くらいの女の人が顔を出し「お待ちしていました」と言った。

「いつもありがとうございます」

二年ほど前から毎月花束を買っているので、すっかり顔と名前を覚えられてしまった。店員のお姉さんはなにも言わなくても旬の花を選び、わたしが求めるサイズの花束をふたつ作ってくれる。

ネリネと言われる白い花は、光が当たると花びらがきらきらと輝いて見えた。アキイロアジサイという、シックな色味のあじさいがネリネの白さを引き立てている。花の説明とともに、店員のお姉さんは「どうですか？」と笑顔を見せた。やっぱりプロの作ったものはきれいだ。

それを抱きかかえて電車に乗り、目的地に向かう。

――『……風花、もしかして、伝えてないの？』

あのセリフを口にしたときの友梨を思い出す。

――『どうすべきなのかは、わからないけど、でも、いいの？』

友梨は戸惑い狼狽えながら言った。

――『このままなにも言わないつもり？』

――『黙っているのも、覚悟がいるよ、風花』

――『風花が、苦しくなるよ』

友梨のセリフはどれもわたしのために言ってくれていた。

文哉くんに、すべてを伝えることが正解か不正解かはわからない。それは、友梨もきっと理解している。どちらを選んでも、最悪の結末を招く可能性はある。

友梨は、どっちにしても、覚悟がいることを言っていた。そして、それが、わたしにはないことに気づいていた。

だって、わたしが文哉くんに伝えていない理由は、ただ、言いたくないというだけ。

そこには、決意も覚悟もない。

だから、ときに申し訳なくなったり苦しくなったりする自分がいる。このままでいいのかと、自分に問いかけてくる声が聞こえるときもある。

結局、わたしは、いまだどこにも歩み出していない。

でも、それでいい。

今のままで、いい。

花束を抱えたまま、自分の左手を右手で包む。

――『魔法』

電車の中で、思わずふっと笑みをこぼしてしまった。

「……アネモネ、育てようかな」

ドアのガラスにこつんと頭をあてて、外を流れる景色を見つめながらひとりごちる。

その言葉がわたしに安心感を与えてくれる。

わたしは、そんな最低な人間なんだ。

文哉くんがわたしにウソをついたのには、なにか事情があるのだろう。本当のことを言えないのは、わたしのためなのでは、と思っている。

楽観的すぎるかもしれない。

そう思いこみたいだけなのかもしれない。
そういうことにして、目をそらしていたい。
問い詰めることができないのは、わたしにも隠していることがあるからなのに。
自分にやましいことがあるから、人に踏みいることができないんだ。
文哉くんを好きだと、彼がいてくれて幸せだと間違いなく感じている。
けれど、心の最深《さいしん》では、文哉くんを好きなわけじゃない、と思っている自分がいる。

10月

空には白い雲がひとつ浮かんでいる。

数時間ぶりに見る空は、今朝見たそれとは違って見えた。あんな柔らかそうな雲なのに、なんだか不気味に感じる。もし近づいたとしたら、強風と薄い空気にたちまち苦しむことになるのだろう。

まるで今の自分と同じだ。

これまでは、死ぬことなんて考えないで生きてきた。ニュースで芸能人が死んだと聞いても、町内の誰かが亡くなったと聞いても、自分には関係のないことだと思っていた。僕にとっては遥か遠い未来の話だ、と。

けれど、八月に倒れて以降、徐々に感じていた違和感は、数日前の検査入院によりはっきりとその姿を現している。

おどろおどろしくも、どこか甘美《かんび》で抗えないような魅力すらあった〝死〟は、近づけばあまりにもリアルすぎた。

先月はまだ周りの人にも平気な顔ができていたと思う。

けれど、もう限界がきている。

先週から背中に激痛を感じるようになり、四六時中だるさがつきまとっている。母親が何気なさを演じつつ口にした「入院」の言葉にもすぐにうなずいた。

個室であるこの病室で、丸椅子に腰かけて空を眺めている。

入院をして三日目。最後にした大がかりな検査について訊ねると、「ただの検査」と、堤医師は誤魔化していた。が、こっそり覗いたカルテには「ＭＲＣＰ」と記されてあった。

調べなくてもなんの検査なのか予想はついていた。

今ごろ母親は堤医師と検査結果を踏まえて相談をしているのだろう。

ふいにベッドの上に置きっぱなしのスマホが震えた。風花の名前が画面に表示されている。

風花……。

こんなに暗い気持ちなのに、風花の名前を見るだけでまだ胸に希望が灯るようだ。

「もしもし、風花？」

「ごめんなさい、お葬式の最中に電話しちゃって」

「ううん、大丈夫だよ」

病室のドアを見ながら答える。母親には学校に「親族が亡くなった」と説明してもらっている。

ひょっとしたら、病気なんてたいしたことがないのかもしれない。そんな望みも、いまや風前《ふうぜん》のともしび。少しの風で希望はたちまち消え、暗闇が世界を覆う予感がしている。

大げさだろ、と自分に言い聞かせる。すぐに、やっぱりそうかもという絶望にも襲われる。そんなことの繰り返し。

「本当に大丈夫？」

そう訊ねる風花に、今日が木曜日なのを思い出す。

「もちろん。それより今日は学校だよね？　ああ、そうか昼休み中か」

「急いで部室まで走ってきたところ。十月なのにすごく暑いよね」

なんでもない会話なのに、彼女が自分の病気に気づいているような気がした。

大丈夫なはず。体調の悪い日もあったけれど、なんとか表には出さなかったと思うし。

不安になるのは自分に自信がないからだろう。同時に、最近では風花のちょっとした言葉がウソを言っているような気さえしてしまう。

本当はなにか僕に言えない事情を抱えているんじゃないか。僕のことを好きな気持ちは冷めてしまったんじゃないか。

退屈な入院生活では、明るい未来なんて想像できないでいる。

「もしもし。聞こえてる?」

スマホ越しの声に我に返る。

「あ、うん。本当に暑いね」

まだひんやりとクーラーの効いている部屋から青い世界を見た。窓越しでは風花と同じ空気を感じられない。

さっき見た白い雲はどこかへ流れていったようだ。

「今日ね、友梨からハロウィンのことをまた言われたの。どうしても一緒に仮装したいみたい」

「ああ、そんなこと言ってたね。なにに仮装するの?」

「聞いてびっくりしちゃった。なんと、ゾンビだって。演劇部の子がペインティングしてくれるとかなんとか。もう、友梨はいつだって勝手に決めるんだもん」

膨れている頰が目に浮かんで思わず笑ってしまう。こうして話をしているだけでどれだけ救われているか、きっときみは知らないのだろうな。

「ちょっと、今笑ったでしょ。ふたりで一緒に参加するんだからね」

「え、聞いてないよ。そういうのは苦手だし」

「わたしだって苦手だよ」

「じゃあやめておこう。友梨はそういうの好きそうだから、ひとりでも参加するよ。

どうしてもパートナーがほしいなら、犬神を強制参加させればいい」

犬神なら喜んでやるだろう。風花がころころと笑う声がスマホ越しにやさしい。

「あー、お似合いかもね。じゃあ友梨に提案してみる。ふふ、電話してよかったぁ」

「僕も話せてよかった」

——本当によかった。

知らないうちに張りつめていた肩の力が、すとんと抜けた感じ。

風花がいればそれでいいんだ。

「いつから学校に来られるの？」

「うーん。お葬式が終わってから、いろいろ片付けとかあるみたいでさ。そのあいだ、花壇の手入れ頼むよ。アネモネの植え替えもせっかくだからやってみたら？」

よい提案のはずなのに、風花は短く息を吸って黙った。なにかを言おうとして途中で止めたように思えた。

「どうかした？」

もう昼休みが終わるのかと思い、スマホの画面を点灯させるけれどまだあと三十分もある。

「ううん。アネモネは、下瓦さんに聞きながらやってみる。きっとできると思う。でも……」

悲しげな声のトーンに思わず唾《つば》を呑みこんだ。

やはりウソがバレているのだろうか……。

しばらく黙ってから風花は「あのね……」と声を発した。

「お葬式なのにこんなこと言っちゃだめなんだろうけどね……やっぱりさびしい」

「……うん。さびしいね」

風花の話す言葉はいつだって魔法だ。さっきは楽しい気分になったのに、言葉にぐんと引っ張られるようにせつなさが胸を覆う。

──会いたい。風花に、会いたい。

「でも、ちゃんと花壇作ってみるから。早く戻ってきてね」

目の前に風花がいなくてよかった。無意識に握りしめるスマホやうつむいてしまう自分の姿を見せずにすんだから。

「もちろん早く帰るよ。風花こそ、アネモネ枯らさないでよ」

最後まで明るく言えた自分を、少しだけ褒めてあげたい。

切れた電話をしばらく見つめてから、検索画面に【ＭＲＣＰ】と打ちこむと、すぐに結果が表示された。光る画面に浮かぶ文字の列を目で追っていくときも、不思議と心は静かなままだった。

トントントン。

ノックする音に振り向くと、若い看護師が顔を覗かせた。

「鈴木さん、体調はいかがですか？」

「おかげさまでずいぶん楽になりました」

実際、薬や点滴のおかげでずいぶんと体が軽い。熱も体感的にはないように思える。

「先生からお話があるそうですが、大丈夫ですか？」

「大丈夫というのは、覚悟のことを言ってるんですか？」

「えっ……」

思わず投げかけてしまった言葉に動揺する看護師。視線を落とすとスマホにはさっきの検索結果がまだ表示されている。なに言っちゃってるんだろう……。

「いいえ」と、口元に笑みを意識する。

「なんでもないです。面談室ですよね、すぐに行きます」

「……お願いします」

戸惑った声の看護師がドアを閉めると、部屋に静けさが訪れる。廊下で聞こえるアナウンスも遠く、まるで世界にひとりぼっちのようだ。

静かに息を吐くと、

「大丈夫」

　自分に言い聞かせた。

　覚悟を決めると僕は〝現実〟に向かって歩き出す。

　面談室に一歩入ると、中にいた人たちが一斉にこっちを見た。四人がけのテーブルにパソコンがあるだけの部屋は、壁紙もテーブルも白で統一されている。

　黙って腰をおろす僕を、隣で母親が心配そうに見ている。向かい側には年配の看護師長、そして右には堤医師がいる。

　キーボードから手を放すと、堤医師がニッと笑った。

「いろいろと検査ばかりで大変だったでしょう？」

「いえ」

「夜はよく眠れている？　体調は少しはマシになったかな？」

　質問をすることで真実をぼやけさせているように思えた。実際、堤医師はどこか上《うわ》の空で、時折母親と目を合わせたりしている。

「話ってなんですか？」

　空気を切るように訊ねると、堤医師はすっと背筋を伸ばした。つられるように母親も居住まいを正した。

　手元にあるカルテを見ながら彼女は言う。

「検査結果なんだけどね、実はあまりよくないの」

「はい」

うなずく僕をいぶかしげに見てから、堤医師はぎこちなく笑みを作った。

「ちょっとした手術をしようと思っているの」

「手術、ですか」

「怖がらなくて大丈夫よ。執刀《しっとう》は私の上司が行うから」

そこまで決まっているのか……。

なにも答えない僕に、

「姉さんもそう言っているし、そうしましょうよ」

母親が上ずった声で助け舟を出す。看護師は記録を取っているのか顔をあげない。どう話をしていくのかを、何度もみんなでシミュレーションを重ねたのだろう。誰もがそれぞれの役割を演じているように感じた。

「手術をする前に病名を教えてください」

「ストレス性の腸炎」

間髪《かんはつ》容《い》れずにそう言う堤医師。はじめから用意していた答えだとすぐにわかった。

「腸炎で手術が必要なんですか？」

「そうよ。放っておくと大変なの。だからパパッと手術を……え？　どうしたの？」

堤医師が目を丸くするのを見て、はじめて自分が笑っていることに気づいた。感情が壊れてしまったのか、どんどん可笑《おか》しくなってってくる。

声を漏らして笑う僕を、それまでうつむいていた看護師までが不思議そうな顔で眺めている。

「いえ、すみません」

咳払いをして笑いを止めた。

誰も言葉を発せない様子で、戸惑った雰囲気が場を浸しているのを感じた。

「どうして笑っているの？」

代表で訊ねる堤医師。自分の中にある答えを言うなら今しかない。

「僕の本当の病名は、すい臓がんですよね？」

ヒッと短い悲鳴が聞こえた。両手を口に当てて目を見開く母親から、堤医師に視線を戻す。

「あまりにウソが下手だから笑っちゃった。もう、本当のことを言ってもいいよ」

「………」

「自分の体調がどれくらい悪いかはわかってる。それにこんなに何回も検査をするなんてよほどのことだよね。先月くらいからコソコソ連絡取り合っているのも知ってたし」

「そんなこと……ないわよ」

プロ意識からなのか、まだ微笑を浮かべて堤医師は否定をするが、かたや母親はこらえきれないようにボトボト涙をこぼしている。

やっぱりそうだったんだ、という気持ちをすぐに振り払う。今は、自分の病状について知ることだけに集中しなくちゃ。

肺に空気を入れ、そして静かに吐き出し深呼吸をした。

「MRCPがなんの検査かも調べました」

MRI検査と同時に行えるMRCPは、すい臓や胆《たん》のうなどの臓器をスキャンする検査のこと。主にすい臓がんを調べる、とネットに書いてあった。

「違うの。これはなにかの間違いなの」

涙声の母親に、僕は首を横に振ってみせた。母親の動揺した様子に、逆に心がしんと落ち着くようだった。

「大変な病気だから、みんなで必死で隠そうとしていたんだよね。すごくうれしかったよ。本当にありがとう」

「ちがっ――」

「知りたいんだ。自分の病気のことをちゃんと知りたい。だから、ウソはもうつかないでほしい」

言葉に力を入れる僕に、

「わかったわ」

堤医師がそう答えた。

「姉さん！」

身を乗り出し異を唱える母親。こんなときなのに、まるでドラマみたいだなんて考えている僕。

現実はいつも、予感や妄想のせいで境界線をあいまいにぼやけさせる。だけど、これは実際に起きていること。

真っ直ぐに堤医師を見ると、彼女はひとつうなずいた。

「だめよ。姉さん……こんなの、こんなの――」

「あなたの気持ちはわかるけれど、ここまで知っているんだもの。これ以上誤魔化すのは無理よ。それに、この子には知る権利がある。そうでしょ？」

理路整然と諭すと、堤医師は手元のカルテに目をやった。

「検査の結果、あなたはすい臓がんです。『I期』と言われる初期段階で、切除《せつじょ》可能な部位であることがわかりました。だから手術をしたいと思っています」

丁寧語で話す堤医師は対等なひとりの人間として話をしてくれているように感じた。

「よろしくお願いします」

深く頭を下げると暑くもないのに汗をかいていたらしく、額からひと粒の雫が流れ、テーブルに落ちた。

――僕は大丈夫。

自分に言い聞かせると、根拠のない勇気が湧いてくるようだった。

手術でもなんでもして、早く風花に会いたい。こんなところで立ち止まっている暇はないのだから。

感情は、見える景色さえも変えてしまう。

久しぶりに訪れた部室、いつもの席に座れば木や土のにおいがやけに懐かしい。古ぼけた木製のテーブルも、愛おしくてさっきから指の裏で何度も撫でてしまう。

【部室にいるよ】

さっき風花に、このメッセージを送るまでずいぶん時間がかかってしまった。明日からは学校に戻れることになっていた。

今日はずいぶん体調がいい。吐き気や痛みもなく、まるで日常が戻ったみたい。ここに来たのは、久しぶりに花壇を見たくなったから。

いや、それは言いわけだろう。風花に会いたかったんだ。

昼過ぎにこっそり部室にやって来た。もちろん母親には言っていない。

入院から三週間が過ぎ、十月も下旬に入っている。手術からは今日でちょうど二週間。最初は痛んだ傷痕も、内視鏡《ないしきょう》手術で済んだおかげで、ここ数日はたまに思い出す程度になっていた。

テーブルの上には風花が置きわすれたらしいマニュアルのコピーがぽつんと置かれていた。

前よりもさらに赤字で記入されている文字を見れば、早く彼女に会いたい気持ちだけが大きくなる。

大丈夫、きっとうまく誤魔化せるはず。

自分に言い聞かせていると、校舎のほうからチャイムが聞こえた。

外に出ると、足裏に土の感触が柔らかい。右側の花壇では一斉に小さな芽が生まれていた。

途中まで間引《まび》きしてあり、脇には『スイートピー』と風花が書いたプレートが立っていた。これから冬を乗り越え、春にはピンクの花を咲かせるのだろう。

吹き抜ける風は、彼女にはじめて会った春の日を思い出させる。あれからまだ半年しか経っていないのに、これほど自分の人生が変わるとは思っていなかった。

けれど、もう心配することはなにもない。

「鈴木くん！」

声に振り向けば体をふたつに追って息を切らしている風花がいた。メールを見て慌てて走ってきたのだろう、前髪が額に張りついていた。

「ただいま」

そう答えた僕に、風花はぱあっと顔を綻ばせた。が、次の瞬間、へなへなとその場に座りこんでしまうから驚いて駆けよる。

「ど、どうしたの？」

「ほんとにいるって思ったら力が抜けちゃった」

差し伸べた手を掴む小さな手。引き起こすと、やっと会えた大好きな人の顔がすぐそばにある。

ずっと会いたかった！と心で叫びながらニコニコと笑う僕はピエロみたいだ。それでも、この手で風花に触れられたことがなによりもうれしい。

「もう、体の具合はいいの？」

目を潤ませて訊ねる風花に大きくうなずいてみせた。

手術後の回復は順調で、あんなに感じていただるさや胃の痛みもない。

「ありがとう。あと、お見舞い断ってごめんね」

「ううん。わたしも同じ立場だったら、お見舞いは困るもん。好きな人には元気なわたしだけを見てほしいから」

風花は照れたようにスカートの土を手で払った。その仕草があまりにも愛らしくて、抱きしめたくなる衝動を抑えるのに必死。

「でもさ、まさかお葬式の最中に盲腸《もうちょう》になるなんてね。すごく痛かったの？」

「あ、うん」

ウソが下手なことは自覚している。それでも風花のために、ウソをつきとおさなくてはならない。

「なんだか……また痩せたみたいに見える」

つないでいる僕の手に視線を落とす風花に、

「体重は変わってないけどね」

笑顔を見せた。実際のところ、体重は入院前に比べて三キロ減っている。去年の今ごろと比較すると目も当てられないほどだ。今日は厚手のパーカーの下に何枚もシャツを重ねて誤魔化していた。

それなのに手を見ただけでわかるなんて、うれしくて少しせつない。

「もう大変だったよ。でもすぐに手術してもらえたから大丈夫」

ネットで調べた盲腸の辺りを指さす。いくらなんでも忌引《きび》きで三週間は休めないため、堤医師のアイデアで学校には『盲腸』ということにしてもらっている。

「もう病院には通わなくていいの？　これからは学校に来られるってこと？」

「そうだよ。もうなんにも心配いらない」

これは本当のこと。来週、もう一度精密検査があるが、今のところ腫瘍《しゅよう》の摘出《てきしゅつ》は成功と言えるらしい。

母親は喜び、退院後は部屋から出てくることの多かった弟も、最近ではまた籠もりがちになっている。あきらめかけていた〝日常〟が再びやって来たのだ。

一度真っ暗な未来を思い浮かべたせいか、あの日から生まれ変わったように日々は輝いている。

もうどこへも行かない。ずっと風花のそばにいるから。

「スイートピー、植えてくれたんだね。ありがとう」

「下瓦さんが教えてくれたの。間引きが途中だけど、今日には終わると思う。あ、そうだ。あとね、あとね、アネモネもそろそろ植えていいんだって。でも、それはふたりでやりたいから待ってたの」

話したくて仕方ない様子の風花が次々に報告をしてくる。

「下瓦さんにね、明日から学校に戻ることを言ったら『そうか』っていつもの口調でそっけなく言ってた」

「下瓦さんらしいね」

「でも絶対に喜んでいると思う。声が少し高かったし、表情が緩んでいたから」

「うん」

「それでね、アネモネの球根なんだけど、部室にそろそろ移して——」

「風花」

うしろから風花を抱きしめる。恥ずかしさなんてない。ただ、そうしたかった。

ずっと風花に触れたくて仕方なかった。

「——会いたかった」

入院中いつも思っていた。手術の麻酔が効く一秒前まで考えていた。ようやく自分が無事に戻ってこられたことを実感した。

「わたしも会いたかったよ」

風花の肩にあごを乗せて花壇を見ると、ウインターコスモスが淡い黄色の花を咲かせている。まるで星空みたいに光っている。空を見あげると、さっきよりも眩しい世界がそこにあった。

——神様、もう二度と風花を僕から遠ざけないでください。

願いは絶対に叶うはず。だって、こんなにも風花のことを僕は想っているのだから。キスをするのになんの躊躇《ためら》いもなかった。

入院中は悪いことばかり考え、風花の気持ちさえ疑ってしまっていた。青空の下ではそんなものどこかへ飛んで行ったみたい。

風花は照れたように、だけどうれしそうに笑っている。本当の笑顔を見せてくれた風花をずっと大切にしたい。

ここから僕たちの物語は第二章に入るんだ。

世界は眩しくあたたかく、そしてやさしい。今はすべてに感謝したい気持ちでいっぱいだ。

部活に行けない夕暮れはなんだかやるせない。外は夕暮れに傾いているのに、さっきから教室でぼんやり外を眺めている。

間もなく十一月という放課後。これから病院に検査結果を聞きにいかなくてはならない。母親の仕事が終わる時間に病院で待ち合わせをしている。

なのに、なぜ僕がまだ教室にいるか。

それは犬神に呼び出されたからにほかならない。

人を足止めしておいて、当の本人はなぜかどこかへ出かけてしまった。こんなことなら部室で待ち合わせにして、今日はひとりで水やりをしている風花を手伝えばよかった。

ブッブッと文句を宙に逃がしていると、廊下を走る足音が聞こえた。一歩一歩の音の感覚が長いのは犬神の走り方の特徴だ。

「悪い、お待たせ」

「遅いよ。てか、それなに？」

ユニフォーム姿の犬神が手にしているのは黒い布のかたまり。

「ハロウィンの衣装。演劇部から借りてきたんだよ」

借り物なのにひょいと投げてくるから慌てて受けとめる。黒いスーツに黒いネクタイ。まるで喪服《もふく》のように見えてしまう。

犬神は僕のそばにある机の上に腰をおろした。長い足を組むと、

「スズッキイにぴったりのはず。メイクも頼んどいたから」

なんて言ってくる。

「だから、ハロウィンは行かないって言っただろ？」

「え、聞いてないし」

「言ったしお前も納得してたじゃん。友梨とふたりで参加することになってるはず」

スーツを返そうとするが受け取らないので、机の上にそっと置いた。

「いや、それなんだけどさ……。友梨が『犬神とふたりなら参加しない』なんて言うんだぜ。なんか告白もしてないのにフラれた気分」

「ひとりで参加すればいいじゃん。もしくは部活のメンツとかとは？」

「わかってないな。スズッキイが来れば、女子ふたりも参加してくれるんだよ。な、絶対楽しいから参加してくれよ。駅前の道が仮装した人で溢れるなんて、年に一回しかないんだからさ」

「参加しない」

必死でプレゼンテーションをしてくる犬神に迷うことなく答えると、

「うわ、ひでぇ」

と顔をゆがめている。

「まあ、いいや。しょうがないから部のメンバーで参加するわ」

半年以上クラスメイトをしているから、僕がハロウィンに乗り気じゃないのはとっくに知っているらしい。あっさりとあきらめた様子なので席から立ちあがった。

「話ってそれだけ？　じゃあ行くわ」

「これから部活？」

唐突の質問に返事が一瞬遅れた。

「……ちょっと用事でさ。今日は部活は休むんだ」

「照れんなよ。風花ちゃんとデートだろ？」

ニヒヒ、と笑う犬神にグイとスーツを押しつけてやった。クラスで僕と風花の仲について、広まった原因のほとんどはこいつだからだ。

「違う。病院へ行くんだよ」

「病院？」

「盲腸の後日診断ってとこ。じゃあな」

ウソはついていない。カバンを肩にかけて歩き出す僕に、

「でもよかったな」

声が追いかけてくる。

振り向けば、夕暮れ迫る教室で犬神がさっきの姿勢のまま目を線にして笑っていた。

「夏ごろ、ずいぶん体調悪そうだったろ？　結構心配してたんだぜ」

「あ、うん」

なんて答えていいのかわからずに戸惑っていると、犬神はひょいと立ちあがった。

「もう元気になったならよかった。なにかあったらちゃんと言えよ。友だちなんだからさ」

そう言って教室の前のドアへ歩いていくうしろ姿。このまま行かせてはだめだと思った。

「犬神！」

「ん？」

「あ、ありがとう」

感情は言葉にすれば、いつだって使いまわされた単純なものになってしまう。

「やめろ。おれ、思いっきり照れてるんだから。慣れないこと言ったな」

「それでもうれしかった。ありがとう」

顔を真っ赤にしながら言う僕に、犬神はスーツを持った右手を一度あげてから出て行った。

「友だち、か」

静けさの戻った教室でひとりつぶやく。

病気さえなければもっと幸せだと思えるのだろうか。それとも、病気になったからこそ知ることができたのだろうか。

答えはまだ、わからない。

病院の自動ドアから中に入ったとき、すぐに違和感があった。

診察時間も終わり、薄暗くなった受付前には見舞いの人が行き交っている。その流れの真ん中で、いつもならいないはずの人物が立っていたのだ。

それは堤医師だった。

両手を白衣のポケットに突っこみ、まるで僕が来るのを待ち構えていたかのように真っ直ぐにこちらを見ている。

約束の時間にはまだ少しあるはず。壁にかかっている時計を見ているあいだに堤医師は早足でこちらに向かってきていた。

「悪いけど、ちょっと来てほしいの」

有無を言わさぬ様子で僕の右腕を引くと、右奥の廊下を進んでいく。突然のことで反応ができない。

誰もいない廊下を進むと、やがて『関係者以外立ち入り禁止』と書かれたドアが現れた。

「ちょっと寒いけど」

独り言のようにつぶやいて堤医師がドアを開けると、そこは建物と建物のあいだにある小さなスペースだった。

「あの……」

「待って。少しだけ待って」

質問をしようとする僕を右手で軽く制してから、堤医師は白衣のポケットからもどかしく煙草《たばこ》を取り出し火をつけた。

暗い空間にガスライターの炎が勢いよくあがった。

深く煙草を吸いこみ白い煙を吐く。暗闇にすぐに溶けていく煙を眺めながら、

「ごめん」

そう謝る堤医師。

「……母さんは？」

乾いた声になってしまう僕に、堤医師はため息で答えた。

「診察室で待ってもらっているの」

「どうして？」

聞きながら、一度は消えたはずの絶望がまた顔を出していることに気づく。さっきまでの幸せな気持ちは一瞬で消えさり、夜風が髪と体を震わせる。

堤医師はひとくち吸っただけの煙草を吸い殻《すがら》入れに捨てると、首を横に振った。

「あの子……お母さんにはまだ言っていないことなの」

そんなことはどうでもいい。

「お母さんに言うかどうか、まずはあなたの意見を聞きたくって」

早く、早くしないと心が折れそうだ。

「あなたは告知書にサインをした。本来なら未成年の場合は──」

「いいから言ってください！」

大きな声を出してしまった。

うわん、と響き渡る声のあと、恐ろしいほどの静けさが場を満たす。

悲しく目を伏せる堤医師に、まだモンスターが消えていなかったと知る。むしろ、前よりも大きな姿で僕の前に立っている。

苦渋《くじゅう》に満ちた表情で、堤医師は言う。

「転移《てんい》が見つかったの」

と。

見えない玉風《たまかぜ》

11月

リビングのソファで寝転びながら、スマホの画面を眺める。

一時間前の五時、文哉くんに【今家に帰ってきたよ】とメッセージを送った。けれど、まだ返事はない。というか、見てくれた痕跡《こんせき》すらもない。

「ちょっと、風花。ソファでいつまでもゴロゴロしてないで」

「はあい」

そう言いながらもソファに横になったまま。起きあがる様子のないわたしに、お母さんが「もう」とため息をついたのがわかった。簡易防音室からは、お姉ちゃんの弾くバッハの『ゴルトベルク変奏曲』が聴こえてくる。シンプルだけれど、その分かなりの技術力が求められるものだ。

前よりも、うまくなっている気がする。

心地よい音色に、瞼が重くなってくる――……。

「った！」

ふっと意識が遠のきはじめた瞬間、ガツン、と鼻にスマホが落下してきた。骨に直撃して涙が浮かぶ。

「もー、やだ。お母さんー。ねえ、ここ痣《あざ》になってない？」

「知らないわよ、そんなところでぐうたらしているからでしょ！」

起きあがってソファから顔を出し、キッチンにいるお母さんに鼻を確認してもらうけれど、視線を向けてもらえなかった。冷たい。

そのまま顔を出した状態で、晩ご飯の準備をしているお母さんに「今日のメニューなに？」と訊く。

「暇そうねえ、風花は。今日はビーフシチューよ」

「え、やったあ！」

「手伝ってくれたらお母さんはもっと喜ぶんだけどなあ」

そう言われては、これ以上ソファに居座るわけにもいかない。仕方ないなあ、とぼやきながら立ちあがりキッチンに向かった。なんの音沙汰《おとさた》もないスマホは、もちろんポケットの中に忍ばせる。

……少し前までは、スマホを家の中でも持ち歩くようなことしなかったんだけどなあ。

先月から文哉くんと顔を合わせる機会が格段に減った。今月はもっと少ない。それだけではなく、文哉くんからの返事にも時間がかかるようになった。とくに今月に入ってから。

といっても、無視されるようなことはない。必ずちゃんと返事をくれるし、その内容も冷たくはなく、むしろ毎回【返事が遅くなってごめん】と謝罪を入れてくれるくらいだ。

たぶん、数時間返事がないことはおかしなことではない。倫子も彼氏がなかなか返事をしてくれない、何日間も音沙汰がない、と落ちこんでいたり怒っていたりすることがある。

それに比べたら文哉くんはかなりマメなほうだ。

長いあいだ短いメッセージのやりとりをするタイプではないので、一回の会話でせいぜい2ラリーくらいしか続かない。そのかわり返事は早く、文章も多めだった。

なのに……最近どうしたのだろう。これも、彼のついたウソに関係していることなのだろうか。

今までこんなふうに不安になることがなかったのに、一度胸の中に芽を出した思いはなかなか消えてなくならない。それどころか日に日に大きく育っていく。

「風花、プチトマト洗ってくれない？」

「あ、うん」

お母さんに頼まれたことで我に返る。

大丈夫。文哉くんは遅くなってもきっと連絡をくれる。それに明日の日曜日は久々にふたりで出かける予定だ。待ち合わせ時間とか場所を確認したかっただけだから、返事を急ぐ必要はない。

気持ちを無理やり切り替えて、冷蔵庫からプチトマトを取り出す。

しばらくするとピアノの音が止まり、しばらくしてお姉ちゃんが「いいにおいー」とリビングにやってきた。

「あれ？　風花、いつ帰ってきてたの？　最近早いね」

「一時間半くらい前かな？　お姉ちゃんずっと弾いてたもんね」

またなにか課題でもあるのだろうか。でも、ずっと家で練習しているだけだ。本腰を入れなければいけないときはグランドピアノで弾くべきなのに、そんな様子はない。

それに、最近は決まった曲ばかり弾くことがなくなったことに気づいた。

新たにお母さんに頼まれたアク取りをしながら、「今練習してるのはとくにないの？」と訊く。

「今は指が鈍《なま》らないように毎日弾いてるだけ。最近は結構気が楽だよ。試験はあるけどね」

「そうなの？　プロってもっと厳しい世界なのかと思ってた」

中学でその夢は叶わないことがわかってから、できる限り音楽と距離をとって過ごしていたので現状がどういうものなのか、わたしにはよくわからない。

「え？　プロにならないよ私」

「え？　なんで？」

「いや、プロじゃないって言うとおかしくなるけど、風花、私が海外とかコンサートとかで弾くような演者になると思ってない？」

思っている。

顔だけで返事をすると「無理に決まってるでしょ」と呆れられてしまった。

「だって、お姉ちゃんうまいじゃん。賞も取ってるし」

「やだもう、それは身内の贔屓目だよ。私の取った賞なんて、ピアノを長く続けていたらそこそこの人が持ってるものよ。海外の大きなコンクールじゃあるまいし」

「そうなの？」

びっくりしてお母さんのほうを見るけれど、特別驚いた顔をしていなかった。ということは、お母さんはわたしと同じようには考えていなかったということだ。もっと前に、お姉ちゃんから話を聞いていたのかもしれない。

お姉ちゃんの言うプロってなんだろう。わたしのイメージでは大きなホールでコンサートをしたり、吹奏楽団のピアノを担当したりする人がプロなのだと思っていた。

そして、お姉ちゃんにはその才能があるのだと思っていた。

――わたしと違って。

わたしは、ぽかんと口を開けて、間抜けな顔をしていたのだろう。お姉ちゃんは「なにその顔」と苦笑した。

「だって」

「自分のピアノの腕がどの程度なのかはわかっちゃうんだよね。飛び抜けてうまかったら目指していたかもしれないけど、ビビるほどうまい同級生がいっぱいいるんだもん。無理だよ。それに、もともと私は先生になりたかったから」

お姉ちゃんの学校で開催される発表会に、わたしは一度も行ったことがない。なにかと理由をつけて断っていた。だから、お姉ちゃんの同級生たちの演奏を一度も耳にしたことがない。

そっか。

そうだったのか。

わたしが嫉妬したお姉ちゃんは、わたしの小さな世界でだけの天才だったのか。

胸の中に気づかないほど小さくなった、けれど決して消えることのなかった黒い塊《かたまり》が、溶けてなくなっていくのがわかった。

「先生って、ピアノの先生？　それとも学校？」

「はじめは学校かな。ゆくゆくは個人でピアノ教室をやりたいなあと思ってる。山脇先生、もうそろそろ引退を考えてるんだって。それを、引き継げたらいいなって」

「……そう、だったんだ。知らなかった」

でも、お姉ちゃんがいろんな人にピアノを教えている姿は、とても似合う。だって、お姉ちゃんは本当にピアノが好きだから。

わたしは、これほど好きでいつづけることができただろうか。もし、左手の骨折がなかったら、お姉ちゃんと同じように毎日ピアノに触れていたのだろうか。

指に力が入らないというだけでやめてしまったわたしが。

あれから、弾きたいと思ったことすらもほどんどないわたしが。

「お姉ちゃんなら、いい先生になれるよ」

そう口にすると、自然に顔には笑みが浮かんでいた。

「ありがと。なんかこういう話、風花とするの久々だね。私のこと、ピアノバカだなあって呆れられているのかと思ってた」

「すごいなって思ってるよ、ずっと」

これは、本心だ。本当にお姉ちゃんのピアノへの愛情はすごい。

「ピアノのことばかりで、から回ったり周りが見えないときがあるからさ……そういうときは、無理せず、遠慮せず、怒ってくれていいんだからね」

思わず体が反応してしまいそうになり、慌てて「なにそれ」と大げさに笑ってみせた。お姉ちゃんにそんなふうに思われていたなんて、考えてみたこともなかった。

「そんなこと、ないよ」

「えー？　ほんとにー？」

否定したものの、お姉ちゃんはケラケラと笑ってわたしをからかう。

「風花は気を遣いすぎるからなぁ」

お姉ちゃんの言う通りだった。

もしかすると、お姉ちゃんはずっと気づいていたのかもしれない。

わたしはうまくやれていると思っていた。

ピアノの話を避けるために園芸部に入り、遅くまで学校で過ごしていたのは間違いない。でも、無視をするようなことはなかったし、晩ご飯を一緒に食べているときに会話をすることも多かった。時間の経過とともに、少しずつだけれど、ピアノを弾くお姉ちゃんに黒い感情を抱くことも減ったのは間違いない。

なにより、わたしは気を遣わせないように振るまっていた、はずなのに。

「斎藤くんが家にいても、なにも言わなかったし」

思わず「え」と漏らしてしまった。それに気づいたお姉ちゃんは、

「風花は、いろいろあったからね。思うこともあるでしょ」

と、申し訳なさそうに微笑む。

いろいろ。お姉ちゃんのぬくもりを感じる声色が、胸に染みてくる。

お姉ちゃんは、すべてお見通しで、それでも、普段と同じように接してくれていただけだった。きっと、お母さんも。

わたしが、腫《は》れ物のように扱われるのをいやがることをわかっていた。

やだなあ、わたし、かっこ悪いなあ。

でも、お母さんとお姉ちゃんのやさしさに、目頭が熱くなる。——と、

「わ！」

「なによ急に！」

ポケットのスマホがブルブルブル、と震え出して、思わず大声をあげてしまった。

「ごめん、電話。ちょっとお姉ちゃん、これよろしく。アク取り」

「えー、ちょっとおー」

アク取りならば怪我の心配はあまりないだろう。お姉ちゃんに無理やりお玉を押しつけて、スマホを取り出しながらリビングを出た。秋が深まったからか、夜になると家の中でもひやりとする。

スマホ画面を確認し、文哉くんの名前を見てほっと胸を撫でおろす。でも、いつもは電話の前に必ず、今電話大丈夫？　というメッセージが届くのに。突然かけてきた理由はなんだろう。緊張しながら通話ボタンをタップする。

「も、もしもし」

「あ、風花？　ごめん、いきなり電話して」

「ううん、大丈夫だよ」

電話の向こうにいる文哉くんは、「返事送れてなくてごめん」と謝る。なにしていたの、と訊きそうになって慌てて呑みこんだ。

電話の内容は、近くで会えないか、ということだった。どこかに出かけていた帰りに、わたしの家の近くまで来てくれるらしい。というか、すでに向かっていたらしい。

晩ご飯の支度も始めていたけれど、家の近くならいいよとお母さんの許可が出た。お父さんが今日は出張で帰ってこない、というのもあるだろう。

急いで身支度をして家を飛び出し、家から最寄り駅に向かう途中にある公園で、文哉くんがやって来るのを待つ。

まだ昼間は暑く感じる日々もあるものの、日が沈むとさすがに寒い。薄手のジャケットを羽織ってくればよかった。ベンチに座りながらそっと腕をさする。

「もうすぐ、かな」

暗闇に独り言を吐き出しながら振り返ると、すぐうしろには花壇があった。かなり広いけれど、花壇というよりも一段上にあるただの草むらみたいで、ほとんど手入れはされていない。土もいろんな人が踏み歩いたのか、固くなっている。

けれど、そこにはチラチラと小さな花が咲いていた。街灯だけでは白なのか黄色なのかがよくわからない。雑草だとは思うけれど、とてもかわいらしい。なんていう名前だろう。……彼なら、教えてくれるだろうか。

「っ風花、ごめん」

走ってきたのか、息を切らした文哉くんがやって来た。

彼に会うのは、水曜日一緒に帰って以来だ。以前に比べたら少なくなったものの、そんなにあいだが空いているわけじゃない。なのに、すごく久々に会えたような気がする。

「走ってこなくてもよかったのに」

肌寒いのにうっすらと汗が滲んでいて、そんなふうに会いに来てくれたことがうれしくなる。

「っていうか、風花、そんな恰好で来たの？　寒かったんじゃない？　上着ないの？」

「油断しちゃった」

薄着のわたしに比べると、文哉くんはちょっと着すぎじゃないの？　ってくらい着込んでいる。薄手ではあるけれどマフラーもしているくらいだ。そして、それを解いてわたしの首に巻きつけた。

「首に風が入ってこないだけでもちょっとはマシになると思う」

「……ありがとう」

「上着もいる？」

「ふふ、わたしが着たら文哉くんが寒くなるじゃない。大丈夫だよ。それにそこまで寒くないよ」

ジャケットを脱ごうとする文哉くんを止めて、くすくすと笑ってしまう。

「いや、今すごい暑いくらい」

「走ってたもんね」

「それもあるんだけど、母親が風邪引くからって押しつけてくるんだよ。ちょっと心配性っていうか、過保護気味でさ」

いらないって言ってるのに、と文哉くんはブツブツと文句を言っていた。昼間は上着が邪魔で仕方がなかったらしい。

ということは、昼間は出かけていたってことだ。

……どこに？

「風花は今日、映画を観に出かけていたんだっけ？」

「あ、うん、おひとりさま映画鑑賞」

本当は家にいようと思っていたのだけれど、お母さんに用事を頼まれたり、あれをしろこれをしろと言われるので外に逃げ出しただけだ。

「あとは帰ってから、お姉ちゃんのピアノを聴いてた。っていっても、防音室から漏れてくる音なんだけど」

「そっか」

わたしの指の骨折の話を思い出したのか、文哉くんは微笑する。

「さっきさ、お姉ちゃんの夢を聞いたの。お姉ちゃん、ピアノの先生になるんだって。わたしてっきりプロになるものだとばかり思ってて、びっくりしちゃった」

「そうなんだ」

首に巻かれた文哉くんのマフラーをいじりながら「ずっと思いこんでただけだった」と言葉をつけ足す。

怪我をするまで、わたしはピアノが好きだった。練習は苦手だったけれど、好きな曲を弾くのが大好きで、先生にも「風花ちゃんはうまい」と言われた。うまいんだと、自分で思っていた。

でも、結局わたしはコンクールで弾くことができず、その日褒め称《たた》えられたのはお姉ちゃんだけだった。「うまい」ではなく「才能がある」と言われたお姉ちゃんが、羨ましかった。

だから、ピアノをやめた。

指に力が入らないわたしには、もう追いつくことができないから。

「たしかにピアノが好きだったけど、いつの間にか自然と、そんな気持ちはなくなっていたんだなって」

いつからか、ただ、わたしは意地になっていただけだった。

「話を聞いてもらったりしてから、少しずつ気にしないようにはしてたし、そうなってたんだけど。なんか今日、いろいろ腑《ふ》に落ちたと言うか」

平気なフリをする自分。ピアノが好きな自分。お姉ちゃんはすごいんだと思っていた自分。それらに、もしかしたらわたしはずっと、縛られていたのかもしれない。

お姉ちゃんはピアノがうまい。

それは間違いない。

だけど、わたしはお姉ちゃんを手の届かない存在だと思いこむことで、自分を慰めていた。かなわないのだと、言いわけをして逃げていた。そうじゃないと、あのときあきらめた自分を認められないから。

「すっきりした。けど、ちょっとショックだったんだよね」

「なんで？」

「びっくりしたけど、嫉妬しなかった自分に」

あのコンクールで抱いた気持ちは、微塵も残っていなかった。

わたしの気持ちは、いつの間にか変わってしまっていた。あんなにも悔しくて苦しかったのに、今ではもう薄れて思い出せないくらいに。

「今までなにを気にしてたんだろーって。全部なくなってたんだなあって。これからどうしたらいいのかなあ」

ふふ、と顔をあげてなんでもないことのように笑ってみせた。文哉くんはぴくりとも笑わず「そっか」とだけ返す。そして、わたしたちのあいだに静寂が降りてきた。

正直言えば、ピアノに関しては今はもうなんのわだかまりもない。すっきりしたとも思っている。

だからこそ、恐怖を感じている。

いつの間にか、でも、確実に時間は経ってしまう。それでも、過去は決してなくなりはしない。目をつむれば、思い出せるシーンがたくさんある。でも、その瞬間に抱いた感情は、いつしか過去になって、ただの〝苦痛〟だとか〝幸福〟だとかの言葉だけになってしまうような気がした。

――わたしは、それが怖い。

いつか、すべてを忘れてしまうのだろうか。

あのきらきら輝いていた気持ちも、日々も、苦しさも、悲しさも。

想像すると、体温が、ぐっと下がった気がした。

「なくなりは、しないよ」

　どのくらい時間が経ったのか、ぽつんと文哉くんがこぼした。

「なくなるはずがないよ。なくなった事実を受けとめたってだけなんじゃないかな。その変化に戸惑ってるから、そんなふうに思うんじゃないかな」

「そう、かな？　気持ちとかも、なくならない？」

「たぶんね。そう、信じてるし、信じたい」

　文哉くんにも、そういうものがあるのだろうか。首をかしげていると「今でも思い出すたびに、後悔に押しつぶされそうなときがあるよ」と苦笑した。

　なにがあったの、と口にしようとしたわたしを遮るように「それにさ」と明るい顔でベンチから足を投げ出した。

「風花はそのあいだに、映画っていう趣味も見つけてるじゃん。羨ましい」

「文哉くんにもあるんじゃないの？　花とか。あ、音楽も好きだよね」

「まあ……きらいではないけど、どっちも好きな気持ちから始めたわけじゃないから」

「そうなんだ」

　よくわからないけれど、へえ、と声を漏らす。

　そのふたつが趣味ではないとするなら、たしかに、文哉くんの趣味はほかに見当たらない。

「じゃあ、文哉くんは、なにが好き？」

「なんだろ、まあ……うん、うーん」

首をひねる文哉くんを見ながら、本当にわからないのか、わからないフリをしているのかは判断できなかった。

つき合って四ヶ月とちょっと。

わたしは今も、文哉くんのことをそれほど知らないんじゃないか。

彼が好きな映画も、音楽も、わたしは知らない。一番好きな花も、聞いたことはない。運動はするのだろうか。今までどんな部活動をしていたのだろう。走るのは速いのか。スポーツはなにが好きか。

いや、それよりも。

わたしは文哉くんの友人関係ですらほとんど知らない。

学校で顔を合わせるとき、そばに友だちらしき人がいるときもある。けれど、その人たちの名前をわたしは知らない。紹介してもらったこともない。文哉くんとの会話に、友だちの名前が出てきたこともないような気がする。

家族のことはたまに話してくれる。兄弟がいるということと、母親のこと。でも、どの辺りに住んでいるのかは知らない。

文哉くんのことでわたしが知っていることのほうが、少ないのではないだろうか。

突然、わたしと文哉くんとの関係があまりに歪《いびつ》に思えて、気持ち悪くなった。

まだ知り合って八ヶ月弱だから、これが当たり前なのかもしれない。でも、本当にそれだけの理由だろうか。

「……寒い？」

「あ、ううん、大丈夫」

心配そうに顔を覗きこまれて、ふるふると首を振る。

「でも、文哉くんもゆっくりしたいんじゃない？　わたしの家すぐそこだからちょっと寄っていく？」

ここから徒歩でたった五分ほどだ。

公園で過ごすよりもずっとくつろいで過ごせるだろう。

「いや、いいよ。はじめての訪問がこんな夜遅くなんて、なんか悪いし」

「あー……そうかな。でも気を遣うなら疲れるよね。っていうか、この公園がわたしの家から近いってよく知ってたね」

場所を指定したのは文哉くんだった。たぶん、なにかの会話で話をしたのだろう。

きっと文哉くんはそれを覚えていてくれたのだ。むしろ、わたしは知らないと思っているだけで忘れているのかも。

「そういえば、今日はどうしたの？」

突然ここまでやって来たのには、きっと理由があるはずだ。

手先が冷たくなってきたのでこすり合わせながら隣を仰ぐと、文哉くんは「あー、うん」と言いにくそうに言葉を濁《にご》した。

「ごめん」

「……なにが？」

話の前に謝られても、困る。

むしろ、今からどんないやな話をされるのかと、不安でいっぱいになる。

手をぎゅっと握りしめながら、いつものように笑っていなければと必死に言い聞かせて笑みを浮かべる。

「明日、用事ができたんだ」

文哉くんは視線を地面に落として、ゆっくりと、いつもよりも低い声で言った。なにも言えずにじっと見つめていると、しばらくしてからおそるおそるといった様子で顔をあげわたしを見る。

真剣な表情をしているのかと思ったら、まるで捨てられた子犬のような顔をしていたので、体から力が抜けてしまう。

「どうしても、ちょっと、無理で」

「ふうん」

「ほんとごめん。今度絶対埋め合わせするから」

目の前で手を合わせる文哉くんに、「絶対埋め合わせしてね」とわざとらしく頬を膨らませてから肩に頭をのせる。目の前にいる文哉くんの体温が、わたしを包みこんでくれるような気がする。

けれど、文哉くんの手が、わたしの背中に回されることはなかった。

あたたかいのに、すぐそばに彼がいるのに、さびしさで凍《こご》えそうになる。

「ごめん、本当に」

謝ってくれる。けれど、その理由は教えてくれない。

なにがあったのか、文哉くんは言わない。

「いいよ」

学校で過ごす時間を除けば、ふたりで過ごす日は徐々に減っている。顔を合わせても、前に比べたら短い時間だけだ。用事があるから、と言われたけれど、本当にそれだけなのだろうか。

避けられているのかもしれない。

わたしと過ごす時間を減らそうとしているのかもしれない。

なんで、どうして、と思うのに、強く思えば思うほど、わたしは口にできなくなる。なにも言いたくないと思ってしまう。

文哉くんから体を離して、「次のデートは期待してる」とにやりと口の端を持ちあげる。決して、その〝次〟がいつなのかは聞かない。そして、文哉くんも「わかった」と言うだけで決めようとしなかった。

もしかして、もう、わたしのことを好きじゃないのかな。

でも。

「そのマフラー、持ってて。風邪引いたら大変だろ」

文哉くんは首元のマフラーをさっきよりも強くわたしに巻く。風の入る隙間なんかできないようにと、固く、しっかりとわたしの首を守ろうとしてくれる。

「返事、遅れるかもしれないけど、必ず返信するからいつでも連絡して」

いつもごめん、と言いながらわたしの冷たくなった両手を包みこんでくれる。電話も出られないときもあるかもしれないけれど、絶対かけ直すから、と言ってくれた。

「気にしないで、いつでも」

わたしの気持ちを探るように、しっかりと目を合わせてくれる文哉くんからは、わたしへの気持ちをしっかりと感じることができる。

「寒いのに呼び出してほんと、ごめん」

「謝るためにわざわざここまで来てくれたの？」

それをメッセージや電話で済まさないところが、文哉くんらしい。

大事に想ってくれているのはわかる。

なのに。

だったら、なんでなにも言ってくれないの、という不満。

どうして、会えないの、という不安。

それでも、わたしのことを大切にしてくれるという、安心。

三つの感情がわたしの胸の中でマーブル模様になるくらいに混じって、そして溶け合って、ひとつになる。

近くを車がゆっくりと通りすぎていく。車のヘッドライトが僅かに公園に光を注いで、文哉くんの顔を半分ほど照らした。

少し、疲れたような目元をしている。寝不足なのか、以前のような隈もできている。

けれど、瞳はとても力強い。彼の双眼《そうがん》には、わたしが映っている。以前は少し、子どもっぽい雰囲気があったのに、最近は覚悟を決めたような大人っぽい表情をすることが多くなった。

視線に囚《とら》われて、胸がきゅっと締めつけられる。

「会いたかったから」

明日も会いたかったのに、と、彼は小さな声でつぶやいた。夜の、人気のない公園だからこそ聞こえるくらいの音量だ。さっきの車が今通っていたら、わたしはこのかわいい声を聞くことができなかっただろう。

文哉くんは、わたしの左手の中指を撫でる。そこから、じわじわと彼のぬくもりが伝わってくる。

普段よりも心拍《しんぱく》が早い。けれど、心地いい。

この行為に、もう、魔法の力はないはずなのに。

「好きだよ、風花」

「──うん、わたしも」

唇で弧《こ》を描き、目を細める。

対照的に、文哉くんの顔がぐにゃりとゆがんだ。

「……風花、に」

消え入りそうな声が、わたしの耳に届く。

けれど、その続きを文哉くんが発することはなかった。

かわりに、彼の手がわたしの頬に触れて、そして、ゆっくりと唇が重なった。まるで、自分の、わたしの、口を塞ぐみたいに。

それは、氷と口づけしているみたいに冷たかった。


家に戻ると、ちょうどいいタイミングだったらしく、お姉ちゃんとお母さんが晩ご飯をテーブルに並べていたところだった。普段よりも遅い時間なのは、わたしを待っていてくれたからだろう。

「彼氏連れてきたらよかったのにー」

ひとりきりのわたしを見て、お姉ちゃんが残念そうに言った。斉藤さんがよく一緒にご飯を食べるので、文哉くんもそうなるのだと思っていたらしい。お母さんもお姉ちゃんと同じように「えー」と肩を落とした。

「今度改めて来てくれるんじゃないかな。今日はもう夜だし帰ったよ」

「なーんだ。風花の彼氏が見れるとわくわくしてたのになあ。風花のことちゃんとお願いしようと思ったんだけど」

「いいよそんなの、恥ずかしいじゃん」

「なんでよ。お願いもあるけど、お礼だってしたいじゃない」

だって、ねえ、とお姉ちゃんはお母さんを一瞥する。目を合わせたふたりは苦笑するだけで続きを言わずに「まあ幸せそうでよかった」と話を変えた。

「……幸せ、か」

わたしにとって、なにが一番の幸せなのか、自分でもわからないのに。

そして、今までのわたしが不幸だったわけじゃないのに。

むしろ、今のほうが苦しいくらいだ。

ふっと、自嘲気味な笑みがこぼれてしまう。それを見ていたお姉ちゃんはさっきまでの明るい表情を途端に消した。

「なにかあったの？」

「あ、いや、なんでもないよ」

デートドタキャンされたから、とウソでも本当でもないことを言って、テーブルの前に腰かけた。お姉ちゃんは「ドタキャンは許せん！」とわたし以上に怒っていて、彼を許したわたしに「甘やかしたらだめだよ！」と言った。

三人でご飯を食べて、順番にお風呂に入った。リビングに顔を出しお母さんにお風呂が空いたことを伝えて、のろのろと自室に戻る。髪の毛を乾かさないといけないけれど、もう少ししてからにしようとベッドにどさりと倒れこんだ。

スマホのアプリを起動して、ラジオを流す。無音の空間では余計なことばかり考えてしまいそうで、とにかくなんでもいいから耳にしたかった。ただ、今の季節をすっかり忘れていて、聴こえてきた曲につい舌打ちをしてしまう。

来月はクリスマス。そのせいでリクエスト曲はそれっぽい曲が届くようになったらしい。軽やかなリズムと楽しげな声に、すぐにアプリを落とした。

むくりと起きあがり、タオルを首にかけたまま部屋にある小さなベランダに出る。髪の毛が濡れているせいで寒さが増した。

すみにあるこげ茶色の鉢を覗きこむ。土の中にある球根は、まだ静かに眠っているらしく表面になんの変化もない。

昼間はよく日の当たる場所。

この冬を越えたらきっと、かわいい花を咲かせるはずだ。

勢いで準備して取りかかったけれど、緊張に反して、わたしは冷静に記憶を呼び起こしながら作業をこなすことができた。それを、どう受けとめればいいのか悩ましい。

そして、わたしはこれを、どうするつもりなのか。

「クリスマス、か」

別れ際、文哉くんは「もうすぐクリスマスだな」と言った。そして、「二十四日は会おう」とも言ってくれた。なにをするつもりなのか、どこに行くつもりなのかはわからない。

わたしは当日、どんな気持ちで過ごせばいいのだろう。

楽しむのがいいのか。

やっぱり悲しむほうがいいのか。

「怖いな」

ぽつりと、鉢植えに落とす。

クリスマスになると、花屋にはポインセチアが並びはじめる。シクラメンも咲きはじめる。赤色と緑が街に溢れて、楽しげな音楽がそこらじゅうから聴こえてくるに違いない。もしかすると、学校の花壇も、クリスマスっぽく彩られるかも。花屋なんかは、絶対クリスマスコーナーができていて、かなり派手な装飾《そうしょく》になっているはずだ。どこかではイルミネーションが眩しいくらいに輝いているだろう。

机の上に立てかけている一冊のファイルを取り出して、ぱらぱらとページを捲《めく》った。クリスマスの時季にはどんな花があり、なにをするのか、どんなことをしたらいいか。何度も読んだせいで、この部分だけ紙がぐしゃぐしゃになっている。

わたしは文哉くんが好きなんだな、と思う。

たぶん、つき合ったときよりも今のほうが好きだ。人前で、大きな声で叫んだ気持ちよりも、今のほうがずっと大きい。

でなければ、今、さびしさも不安も感じることはなかった。

だからこそ、これ以上踏みこまないようにしなくちゃいけないと警報が頭の中で鳴り響く。この気持ちを、決してぶつけてしまわないようにしなくちゃいけない。じゃないと、きっとブレーキが壊れてしまう。

右手で左手をしっかりと握りしめる。

中指に詰まっている思い出が、ゆっくりと上書きされていく。やめてほしいのに、止められない。いやで仕方ないのに、わたしの気持ちは満たされていく。

――これ以上、好きにならないほうが、いい。

――これ以上、好きになりたくない。

記憶が、薄れていく。

あのとき、あの瞬間、わたしが感じた、息が止まるほどの悲しみが。幸福と隣り合わせにあった離別の、胸を引き裂くような激痛が。

――『会いたかった』

彼は、わたしの顔を見て、そう言ってくれた。

いつだって、微笑んでくれて、いつだってわたしに好きだって言ってくれた。

――『好きだよ』

彼の笑顔は、わたしの記憶の中で霧《きり》がかかっている。あのとき流した涙のせいかもしれない。でも、そうじゃないかもしれないと考えてしまう。

脳裏には、ちゃんとあのときの映像が、わたしの見たものが残っている。

でも、それが真実なのか自信がなくなる。不確かな記憶になっていく。

あのとき、わたしが流した涙は、どこに行ってしまったのだろう。

あのころ感じたわたしの気持ちは、どこに消えてしまうのだろう。

「いやだ、やだ、やだ」

自分の体をギュッと抱きしめて、奥歯をかみしめる。そうすると、今までのものすべてを、ここに閉じこめておけるような気がした。

消えてほしくない。

忘れたくない。

目をつむっているのに涙がこぼれた。

12月

きみの好きなところを挙げてみよう。

誰にでもやさしいところ。花を大切にするところ。笑顔がかわいいところ。声が丸いこと。家族を思っていること。がんばり屋さんでいつも一生懸命なところ。

ほら、いくつでも思いつくよ。

僕は自分自身にいつもうしろ向きだったと思う。頼りないし弱気だし、愛想もない。そんな毎日にきみは現れたんだ。きみに出会ってからの日々は、僕に新しい感情をたくさん教えてくれた。

きみのために変わりたいと思ったし、強くなりたいと願った。

――だけど、願いは叶わないんだね。

久々に登校したというのに、今日は雨降り。部室でいつの間に買ったのか『園芸のすべて』という本を開き、さっきからきみは熱心に冬の花について話を続けている。赤ペンでメモを取るのがきみの癖みたい。写真の横に大好きなきみの文字が並んでいる。

「だからね、桜先輩がマニュアルに書いているように、シクラメンは切り花にしてもいいとは思うの。教室に飾るアイデアも素敵だよね。でも、そうしたら花の命を縮めることになるでしょう」

僕の手元にあるマニュアル本には「シクラメンが咲いたらガラスの器に移し一年生の教室に置く」、と書かれている。

「たしかにシクラメンは一番奥の花壇にあるから目立たないけど、切るのはかわいそうじゃない？」

「切り花にするとだいたい一週間くらいしかもたないしね」

「できるだけ長く咲いていていてほしいんだよね。だからわたし、考えたの」

ちょっとあごをあげた風花が、カバンからスケッチブックを取り出した。そこには『クリスマスディスプレイ案』という文字と、色鉛筆で描かれたイラストがあった。

「シクラメンの植えてある花壇を『クリスマスコーナー』にするの。サンタの置物とか、ポインセチアの花とかを置けばにぎやかになると思う。できればイルミネーションのライトがあれば最高なんだけど、部費も残ってないし難しいよね？」

「……そうだね」

イラストに見惚《みと》れていて、返事が遅くなってしまった。風花の描いた案は、彼女の花への気持ちが詰まっている宝箱みたいだった。

「それにさ」

ようやく落ち着いたらしく、風花は肩をすとんと落とした。

「もう十二月に入っちゃったから、これから準備するんじゃ間に合わないよね。だから、来年はそうしない？」

来年……か。その言葉に急に部室が翳ったような気分になる。

そのころには、きっと僕はこの世にはいない。

「いいんじゃない？」

「あ、軽く答えてるでしょう？　いいもん、わたしが学校にかけ合うから。予算を多くください、って」

ふてくされた顔も好きなところだよ。

ネガティブな想像しかできないこの先のことも、風花のそばにいられれば乗り越えられる気がしている。

「そんなにクリスマスコーナーを作りたいの？」

彼女のイラストを指でなぞってみる。下書きを何度もしたのだろう、薄い鉛筆の跡がいくつも残っていた。

「うん。園芸部の目玉みたいな作品にして、たくさんの人に見てもらいたいし、そうすれば入部してくれる人も増えるかも」
目を輝かせた風花が「んー」と唇を尖らせた。
「というより、わたしがクリスマスコーナーを見たいだけかも」
ころころと表情の変わる風花。そんなことを言われたら、僕だってなんとかした
いって思っちゃうよ。
「わかったよ。僕からも交渉してみる。ただ、今年はやっぱり厳しいよ。来年に向け
て企画書を作ろう。桜先輩には悪いけれど、シクラメンはそのままにしておこうか」
「ほんと？　やった！」
子どものように無邪気なところも、きれいな髪も全部好き。風花がいてくれるから、
この絶望に満ちた世界でも生きていられるんだ。
堤医師からあの夜告げられたのは、僕の残された人生の期間について。
手術ではすい臓だけでなく肝臓《かんぞう》の一部も除去したそうだ。しかし、腹膜《ふくまく》や骨への転
移が確認されたらしい。
手術は意味がなく、あとは余命をどこまで延ばせるかにかかっていると説明された。
不思議だったのは、その話をきちんと受けとめられる自分がいたこと。母親のいな
いふたりきりの場所で聞けたことも大きかったと思う。
結局、母親を入れての話し合いは何度も行われ、父親まで飛んでくることになった。

そのたびに母親は泣き、弟はふてくされたような顔でそっぽを向いていたっけ。誰もが受けとめられない事実なのに、僕だけがすんなり理解しているような気分だった。それともあまりの衝撃に感覚がマヒしているのだろうか。

「ね、聞いてる？」

風花の声に我に返ると、眉をひそめた顔がそばにあった。

「聞いてるよ」

「ひょっとして、今日は体調がよくないの？」

先月から学校を休みがちになっている。熱が出たり、背中や胃の痛みに耐えられないことが多くなっていたからだ。

薬の調整ができたこの頃は、なんとか通えているものの、隠し通すのは難しかった。クラスでもウワサになっていると聞くし、顔色や目の下の隈を隠すためにかけているメガネもわざとらしかったのかもしれない。

「大丈夫だよ。数ヶ月で治るみたいだし」

「ホルモン系の病気、だっけ？」

「そう。春には完治するみたい。それまでは迷惑かけちゃうけど、ごめん」

軽い口調を意識して言えば、あいまいに風花はうなずいた。

「だったらいいけど……。部活はわたしに任せてくれていいんだからね。友梨だって手伝ってくれるし。でも、本当に具合が悪ければちゃんと言ってね」

「大丈夫だよ」

言葉とは裏腹に風花の手を握る。そして、元気さをアピールするように力をこめた。

きみには言えない僕の秘密。

もし本当のことを知ってしまったら、こんなふうに笑い合えなくなる。

あまり長いあいだ握っていては気づかれてしまいそうで、名残惜《なごりお》しく手を離す。もう指先がさびしがっているみたいだ。

「そういえばね」

スケッチブックを閉じながら風花が言った。

「このあいだ、お姉ちゃんと一緒にピアノを弾いたの」

「え？」

驚く僕に、風花は照れたように笑った。

「もちろん自分からじゃないよ。ただ、そういう雰囲気になって……。ずっと弾いてなかったから全然指は動かなかったけどね」

「すごいじゃん」

「すごくないよ。だって、やっぱり弾いているときは複雑な心境だったし。でもね、普通にお姉ちゃんと話ができて……ちょっとうれしかったんだ」

風花はちゃんと前を向いて歩けている。うれしいようで、なぜかせつない気持ちもあるから不思議だった。

「これから少しずつでもお姉さんとの距離が近づくといいね」

「うん。ね……今日は魔法をかけてくれないの？」

拗ねた顔をした風花に、しょうがない、なんて言ってみせてから左手の中指に手を置いた。きみの指が僕の指に絡まれば魔法は始まる。

「家族っていいよね」

そう言うと、

「うん」

きみは小さくうなずいた。

「病気してからはとくにそう思う。母親だけじゃなく、弟もなんか気を遣ってくれているし」

「そうなんだ。弟さんはもう学校に行ってるの？」

「反抗期は終わったみたい。最近は話をすることも多いんだ」

細く美しい中指を宝物のように両手で包んだ。

「でもさ、逆に自分の気持ちを出せないつらさはあるよね。風花がお姉さんに対して持つ感情、やっとわかった気がする」

悲しくて泣きたいのに、笑っていなくちゃいけない。核心に触れる話題は避け、元気に振るまう自分を遠くで見ているような孤独。きっと風花も同じような感情をずっと抱いているのだろう。

うつむく風花を下から覗くように見た。

「風花が本当の笑顔でお姉さんと話せるよう、魔法をかけるよ。即効作用はないけど、じわじわ効いてくるはずだから」

冗談めかして言うと、涙目の風花がぎゅっと口を結んでいる。包んだ両手に願いを込める。ただ願うんじゃなく、本気で風花がそうなるように強く強く。

手を離すと、風花は「ありがとう」と言った。

「なんだか、じわじわ効いてきた気がする」

こんなに好きな相手なのに、一緒に過ごせる時間は日に日に少なくなっているなんてつらいな。

もっと好きだと言えばよかった。もっとそばにいてあげたかった。

今からでもできるのに、その感情を見ないフリ。いつだって僕は弱虫だ。

「じゃあ今日は帰るよ。病院行かなくちゃいけないし」

「気をつけてね」

鈍い痛みを誤魔化して平気そうに立ちあがる。

部室のドアを開け、閉めるまでずっと笑顔のままで。

風花、僕はきみを失うことになる。残された風花は悲しみ苦しむだろう。それを知っているのに病気のことを言えないのは、まぎれもなく僕の弱さだ。

最後の瞬間まできみには笑っていてほしいから。

それは、僕の傲慢《ごうまん》な願いなのかもしれない。

校門のところまで行き、学校を振り返る。

入学をして八ヶ月。見慣れたはずの校舎はどこかくすんで見えた。

明日からまた入院が決まっている。といっても、治療はせずにがんの進行具合を見るだけだ。病気を知る誰もが抗がん剤治療を勧めてきたし、自分でもそうしなくてはいけないとわかっている。

けれど、ネットの情報や堤医師から説明された副作用《ふくさよう》について考えると、とてもそんな気にはなれなかった。僕の体を蝕《むしば》む病気のスピードは、現代医学ではかないっこないことは明らかだったから。

つらく苦しい治療が続くよりも、痛み止めを処方してもらって家にいることを選択した。病院で最期を過ごすのはいやだと結論づけたのだ。

抗がん剤治療をしないため、入院しても数日で退院できるらしい。

またこの校舎を見られる日は来るのだろうか。いやに弱気になっている自分を奮い起こすように校門を出た。

すると、そこに犬神がいた。陸上部のユニフォーム姿じゃなく、黒ずくめの私服で校門にもたれて立っている。

「よお」

短い挨拶に眉をひそめてしまう。

「部活は？」

「いいんだよ。それより一緒に帰ろう」

なぜか不機嫌そうに鼻を鳴らす犬神。友だちになってから、しばらく経つからこそわかること。こういうときの犬神はなにか言いたいことを抱えている。

たしか前回は……ハロウィンの仮装についてだった。結局そのあと参加したかどうかを聞くこともなく、世間はクリスマスムードに突入してしまっている。

時間なんてあっという間に過ぎてしまう。

隣に並んで歩き出すものの、犬神は横顔のままままだムッとしている。そしてそのまわざとらしくため息をついた。

「前にも言ったろ。なんでも話してほしいって」

「……ああ」

たしかにそう言われていた。犬神の言いたいことがわかる気がした。

「ホルモン系の病気なんてウソだろ。しばらくは治療をして春になったら治る？　んなの信じられるかよ」

「ウソじゃないよ」

ああ、やっぱり犬神は気づいているんだ。それでも、ウソをつかなくちゃいけない。

それはいったい、誰のために？

みんなを心配させないため？

それとも風花の耳に入らないようにするため？

「だったらなんで病名を伏せているんだよ。なんで言えないんだよ」

「それは……」

やめてくれ、と叫んでしまいたかった。それでも笑みを崩してはいけない。

「犬神は気にしすぎなんだよ。病名はちゃんと知らないんだよ。なんだか難しい名前で――」

「いいかげんにしろよ！」

イラつく感情を地面にぶつけるように、犬神がアスファルトを右足で叩いた。

「そんなにおれが信用できないのか？　だから言えないってこと？」

「違うってば」

笑えない。誤魔化さなくちゃいけないのに、笑みが作れない。喉元まで本音が溢れてきそう。それでも、それでも……。

「ちょっと落ち着けって。今日は体調がよくないんだよ」

はっと口を噤んだ犬神を見て、逆に胸がざわざわと落ち着かなくなる。心配させたくないのに、鼻の頭がツンと痛くなるのを感じる。

「悪い……。従兄がさ、すい臓がんで亡くなっててさ……。なんか、症状が似てるなって思って――。いや、忘れて。ごめん」

胸が、痛い。誤魔化せるはずもない真実は、どんどん僕を追い詰めていくようだ。

泣いちゃだめだ。言い聞かせてもあっという間に視界が滲んでいく。

このままウソをつきとおして帰ればいい。今の医学の進歩を信じるなら、この先、なにかが変わるかもしれない。

そんな期待は、転移がわかった日から消え失《う》せた。

だから僕は目の前にある〝絶望〟を見ないようにしたかった。

――奇跡なんて、この世にはない。

その言葉はずっと胸にあったはずなのに、今になってリアルにその姿を現している。

「犬神、前に言ってくれたよな？　『友だちだからなんでも言ってほしい』って」

「ああ、言ったよ」

さっきよりトーンを落とした犬神の姿がぼやけて映る。

「友だちだからこそ言えないこともあるんだよ」

「そんなに……重い病気なのか？」

「犬神にウソをつきたくない。だから聞かないでほしいし、誰にも言ってほしくない」

「……なんだよそれ。信用しろよな」

「してるよ。信用しているから、言いたくないこともあるんだ」

涙を誤魔化すように歩き出すと、犬神も遅れてついてくる。

木枯《こが》らしが僕を攻撃するように強く吹いている。そんなことにさえ、崩れおちそうになる弱い自分を痛いほどに感じた。

薬が効いていないのか、今にも倒れそうだ。

「なあ犬神、ひとつお願いがあるんだけど」

思いつくと同時に言葉にしていた。

「ん？」

「友だちにしか頼めないことなんだ」

そう言って振り返ると、夕日が眩しくて犬神の表情がよく見えなかった。

さびしげな口調の犬神に、僕は今考えたばかりのアイデアを話し出す。背中に吹きつける風の冷たさも忘れるほど、言葉にするたびに気持ちは固まっていくようだった。

「なんでも言えよ」

病室から見える空は雨模様。風にあおられた雨が、窓ガラスにぶつかって砕け散り流れていく。

痛み止めの点滴のおかげで、今日は朝から調子がいい。まるで病気なんてなかったかのように、駆けまわることもできそうなほど。

反面、病状が相当深刻なのは母親の表情でだいたいわかる。検査入院も今月二度目になり、退屈なテレビからは年末ムードが漂っている。

明日はもうクリスマスらしい。結局、犬神にした提案もそのままになっている。

——最後くらい、うまくいってほしかったな。

そんなことを考えてしまう自分と、それを慰める自分。ふたつの感情がぶつかって、戦って、ともに地面に叩きつけられているよう。

本来なら自宅療養《りょうよう》もできるだろうに、母親が頑として退院させてくれないのだ。たしかに食欲はまったくないし、体力はかなり落ちている自覚はある。

駆けまわることなんて、やっぱりできないのかも。

ああ、またマイナスな考えが頭を支配するようだ。

ノックの音に続いて、おずおずと母親が顔を出した。

「どう、体調は？」

「平気」

このやりとりを何度繰り返しているのだろう？　そんな気弱そうに訊ねられて、正直に答える子どもなんていない。

「なにか食べたいものある？　売店でプリン買ってきたんだけど」

丸椅子に腰かけてビニール袋から黄色いプリンを取り出す母親。冷蔵庫に昨日買ってきてくれたプリンがまだ残っていることを、忘れているんだろうな。

無言で受け取り、ひんやりとした容器を眺める。

なんだか不思議な気持ちだった。

まるで今起きていることは、全部ドッキリ企画かなにかのように感じてしまう。

「最近雨ばかりねぇ」

困った顔で雨空を見る母親に、思わず笑ってしまう。必死で明るく振るまってくれていることがわかるけれど、体調と天気の話ばかりだ。

「雨もいいよ。植物が育つから」

「あんたはこんなときにも園芸の話ばっかり。おばあちゃんそっくりね」

そうだったな、と思い出す。おばあちゃんは体が不自由になってからも、庭の植物のことばかり気にしていたっけ……。

「ねぇ、抗がん剤治療のことなんだけど」

何気なく口にしたつもりだろうけれど、声のトーンが下がっている。

「またその話？　もういいってば。堤先生も乗り気じゃなかったじゃん」

「姉さんは薄情なのよ」

うつむいてしまう母親から目をそらし、白いカバーのしてある布団を見た。

「僕が悪かったんだよ。もっと早く病院に行けばよかったのに、ほんとごめん」

「違うの。私がもっと強く言えばよかったの。ごめんね」

何度もしてきた延命《えんめい》治療の話。きっと母親も手遅れだということを、受けいれつつあるのだろう。この話題にかける時間は日に日に少なくなっている。

「それに」と、僕は伸びをした。

「少しだけ寿命を延ばしても、歴史に名を残せるわけでもないしさ」

プリンを脇にある床頭台《しょうとうだい》に置くと、ごろんとベッドに横になる。点滴からは一粒ずつ規則正しく体に痛み止めが運ばれている。

「そう、ね」

必死に本やネットで調べてくれていることは知っていた。

「それよりトール、学校行けてるみたいだね。あの反抗期はなんだったの、って感じ」

場を占める重いムードを消したくて弟の話題を振ると、母親は「ああ」と僅かに声を明るくした。

「あなたにも昔、同じようなことあったのよ。まぁ短かったけどね」

「えー、覚えてないなぁ」

「みんなそんなものよ。あの子も最近じゃ行きたい高校も見つかったみたいで、勉強ばっかりしてるのよ」

いろんな問題は少しずつでも解決していくんだな、と知る。

「ここにも来るように言ってよ。たまには兄弟で語ろう、って」

「ええ。伝えておくわね」

再び起きあがると、床頭台のプリンを手にする。食べられないことも、ないか。

「スプーンは？」

そう訊ねると、やっと母親は笑ってくれた。

その日の夜から続いた高熱は、土曜日になっても下がらないままだった。一日中うなされては、悪い夢ばかりを見る羽目になった。

風花からは花壇の写真が毎日のように送られてくる。【プリムラの黄色い花がきれい】【クリスマスローズって赤じゃなくて白色なんだね】というメッセージが添えられている。

花よりも風花の写真を見たいのに、それを言い出せないでいる。

もちろん、きちんと返事はしている。明日にでも退院できそうなほど元気な文章を意識した。

痛み止めは時間とともに効果を弱くしている。背中に鈍い痛みがずっとあり、横向きに寝てもそれは消えてはくれなかった。

窓からは月の光が心細く部屋を照らしている。額に手を当てても、熱があるのかどうかはわからなかった。

寝返りをうつ僕の耳に、病室のドアが開く音が聞こえる。

看護師の巡回《じゅんかい》だろう、とそのまま目を閉じるが、部屋の中に入ってきたようですぐ近くで足音がする。

ギイ。

丸椅子に腰かけたとなると、看護師ではなさそう。

振り向くと、うっすらとその輪郭《りんかく》が月光に浮かびあがった。

「あ、起こしちゃったか」

そう言った彼が、自分の弟であることはすぐにわかった。

けれど、まさか夜にやって来るなんて想像もしていなかったので、脳の処理が追いつかない。

まだ夢を見ているのだろうか。

「大丈夫？　なんか、ひどい顔してるけど」

率直な感想を口にしたトールに、

「え、なんでここにいるの？」

間抜けな声で答えてしまった。

トールは、その長い足を投げ出すように座ると肩をすくめた。

「見舞いに来い、って言ったのは誰だよ。兄弟で話をしたいんでしょ」

なにか言葉を返す前に、トールは顔を近づけてきた。

「体調はどう？　って、めっちゃ悪そうだな」

こいつは昔からデリカシーがないところが多かった。けれど、表に出さないだけで心配してくれていることは伝わるから不思議だ。

顔は兄である僕から見ても悪くない。サラサラの茶がかった髪に切れ長の目、身長だってまた伸びたみたいに思える。

が、思ったことをずけずけ言うのは今も昔も同じ。

「兄ちゃん、死んじゃうの？」

やっぱりデリカシーがない。

「そんな言い方するなって」

兄らしいことなんてなんにもしていない。お互いに干渉しないルールを勝手に作っていた気がする。

「あ、プリンあるじゃん。いただき」

「大きな声出さないで。もう面会時間は過ぎてるし」

「明日は日曜日だから、遅くまで起きてても平気だろ」

「お前の都合じゃないって。病院の規則のことを言ってるんだよ。水、取ってくれる？」

ベッドに上半身を起こし、冷えたペットボトルを受け取る。こうしてふたりきりで話をするのは久々だった。いつ以来かも覚えていないほどだ。

「めっちゃうまいし。入院ってのも悪くないね」

プリンだけでなく、遠い親戚の叔母さんが持ってきたフルーツゼリーまでたいらげると、ようやく落ち着いたらしくトールはあくびをひとつした。

こっちの気持ちも知らないでのんきなものだと呆れるけれど、今の僕の前でこういう態度を取る人も最近は少ないからほっとする部分もあった。

そう考えると、目の前の弟はいつもどんな気持ちだったのだろうと考えてしまう。同じ屋根の下に住んでいるのだから、もっと話をすればよかった。兄らしいことをするべきだった。

いまさら後悔しても遅すぎる……。

「行きたい高校が見つかったんだって？」

そう訊ねる僕に、

「まあね」

と答えると、トールは足を組んだ。

「エアコンがあって、プールのない高校を見つけた」

「なにそれ」

思わず笑う僕に、トールも「ふふ」と口のなかで笑った。

「俺にとっては大事なこと。三年間、快適に過ごしたいじゃん」

そういえば泳げなかったっけ、といまさらながら思い出す。

「ま、トールが行きたいとこに行くのが一番だよね。僕は、もう行けそうもないけど」

弱気な言葉にトールは顔をしかめた。

「そんなに学校が、好きだったっけ？」

たしかにこういう話もしたことなかったよな……。

「好きだよ。友だちもいるし、部活だってある」

「ああ、花のやつ？　前から聞きたかったんだけど、なんで花なんて育てているわけ？　ばあちゃんみたい」

「たしかにそうだね」

否定しない僕に、トールはなぜか口をへの字に結んだ。昔からなんでも知りたがる性格で、質問ばかりしていたっけ。あいまいな答えをすると、こんな顔で不満を表していたよな……。

「園芸ってさ、花だけじゃなくて植物全般を育てることなんだよ。なんで好きか、って聞かれても、理由なんてない。ただ、好きなんだよ」

たくさんの〝好き〟が毎日あった。友だちや家族、季節の花、そして風花。僕を形成するすべてが愛おしかった日々。

「へぇ……。俺にもそういう感情がいつか起きるのかなぁ」

「無理だろうね」

「ひでぇ！　兄弟ならそこは『起きる』って言うべきところだろ」

「大きな声出さないで」

まるで子どものころに戻ったみたいだ。漫才みたいなかけ合いをする僕らを、両親はいつもニコニコと見ていた。

いつから家族はバラバラになったのだろう。

それに対し、文句を言うつもりはない。与えられた日常をただ生きてきただけだったし、そういう点では僕たちのスタンスに差はないと思った。

「ひとつだけお願いがあるんだけどさ」

「なーに」

退屈そうに肩をコキコキ鳴らすトールの視線が泳いでいるのがわかった。きっとわざとなんでもないように振るまっている。

「お前は……ちゃんと生きろよ」

僕の言葉にトールは「は？」と顔を前に出す。伝わるだろうか、この気持ちが。

「トールが傷つきやすいのも知ってるし、やさしい性格も知ってる。ぶっきらぼうなのは自分を守るためなんだよね」

「そういう話、したくないし」

プイと顔をそむけてしまう。話ができるのはあと何回くらいあるのだろう？

「したくないならもうしないよ。でも、伝えられてよかった」

水を飲んだせいか吐き気が喉元に生まれている。ベッドに横になる僕に、トールは視線だけを向けてきた。

「今って、どんな気持ち？　すごく怖かったりする？」

「どうだろう？」

「質問してるのは俺なんだけど」

薄暗い天井を眺めてから窓のほうを見る。さっきよりも月の光は強く、さらさらと部屋に降りそそいでいる。

「不思議なんだ。予感があったからか、実感がないからなのかもわからないけれど、怖いっていう感情はまだないんだよ。ひょっとしたら僕も、そう思いこむことで自分を守っているのかもしれない」

「つき合ってる子には病気のこと伝えてんの？」

きっと母親が話をしたのだろう。ゆっくり首を横に振ってみせた。

「言ってない。きっと悲しむだろうから、『春には治る』ってウソをついてる。彼女にだけじゃない。学校にも友だちにも同じように伝えてる」

「なんだよそれ。そっちのほうがちゃんと生きてないじゃん」

「そんなことない。ちゃんと生きるためにウソをついてるんだよ」

ため息が熱を帯びているのがわかる。

「そうかなぁ。俺が彼女だったらつらいけど。あとで本当のことを知ったら、絶対後悔するだろうし」

「後悔？」

「そう、後悔」

そこで言葉を区切ったトールがやさしく目を細めた。

「兄ちゃんはすごいよ。俺にないものたくさん持ってるし」

少し声のトーンを落とし目を伏せた。

「こう見えてもちょっとは尊敬してんだぜ？　俺もちゃんと生きてみる。だから、兄ちゃんも逃げずに最後まで生きて生きて、生き抜いてみろよ」

真っ直ぐに僕を見つめる瞳に、トールの言った言葉を反芻する。トールの言うことも一理あると思った。いや、一理どころじゃない。

「たしかに逃げているのかもしれないね。……ちゃんと考えてみるよ」

軽くうなずくと、トールは「じゃあな」と部屋を出て行く。

静けさが戻る部屋で、もう一度天井を眺める。

友だちや風花に伝えたら……どうなるのだろう？

そのときの反応に、自分が耐えられるのか。それを考えること自体避けていたことを今さらながら知った。

僕と出会っていなければ、今ごろ不安な気持ちを抱えずに笑っていられたのかもしれない。病気になって、こういう〝もしも〟の話をよく考えるようになった。

残される人たちにとって、僕ができることはなんだろう。

これまで見ようとしていなかった世界を覗いてみれば、真っ黒な闇がうごめいている気がした。

目を凝《こ》らして見ると、まるで化け物が大きな口を開けているみたいだ。

もうすぐ、それは僕を呑みこんでしまうのだろう。

風花、きみに約束したよね。風花がいつも笑っていられるようにしたい、って。そのために僕ができること。

それは、ひとつしかないと思うんだ。

病院から抜け出すのは簡単だった。

日曜日の今日は朝から面会者も多く、廊下や雑談室には家族と思われる人もたくさんいたし、診察がないせいで看護師の数も少なかった。

昼食の時間までやり過ごしてから行動に移す。病衣から私服に着替え、一階まで降りる僕に気づいた人もいなかったと思う。

ベッドの上には【友だちと散歩に行ってきます】と書いたメモ用紙を置いてきた。

久しぶりに歩く町は新鮮で、今のところ不快感もない。熱も下がった様子だ。

家電量販店や一〇〇円ショップに寄ってから学校へ向かう。

部室の前には約束通り、犬神が立っていた。

「元気そうじゃん」

そう言った犬神に「まあね」と答え部室に入る。懐かしい香りに、少し気弱になりそうな気持ちを奮いおこすと、犬神に緑色のエプロンを手渡した。

「で、なにをやるわけ？」

「前にお願いしたこと。本当ならクリスマスに間に合わせたかったけど、できなかったから」

「やっぱりな。でも、もう二十七日だぜ？　時期的に遅いだろ」

「わかってるよ。でも、最近はほとんど学校に来られなかったから」

そう言う僕に、犬神は「まあ」と肩をすくめた。

「一応、ポインセチアは移動しておいたけど」

さすがは友だちだ。

犬神にお願いしたのは、「シクラメンの花が咲いている花壇を、クリスマスコーナーにしたい」というものだった。

花壇まで行くと、たしかにシクラメンの花の周りにポインセチアの鉢がいくつか置いてあった。

作業に取りかかろうとする僕の肩を、犬神は乱暴に掴んだ。

「おれがやるから座ってろよ」

「いや、いいよ」

「よくねぇよ。泥だらけで病院に戻ったらあとが大変だろ。おれまでとばっちり受けるのは困るし」

肩に置かれたごつい手を掴むと、そっと下へおろした。言うなら今しかない。

「時間がないんだ」

「……まだ昼だろ?」

「違う。人生の時間がないんだよ」

呆《ほう》けた顔になる犬神に、気づけば視線を足元に落としていた。

……ちゃんと伝えないと。

もう一度顔をあげると、真っ直ぐに犬神を見た。

「前に犬神に言われたこと、しっかりと考えたんだ。だからこそ、今日ここに来てもらったんだよ」

「え……」

「重い病気なんだ。治る見込みもないし、毎日どんどん悪くなってる。自分でもまだ実感がないけど、もうすぐ僕は死ぬんだって」

すう、と音を立てて鼻から息を吸いこんだ犬神が、

「……マジで？」

かすれた声で訊ねた。ひとつうなずく僕に、その目を伏せた。

「そんな……予感がしてた。でもまさか、当たるなんて、な」

言葉を区切って気弱に言う犬神を見ていたら、お腹の辺りが熱くなってきた。

自分の死を口にしたことで、タイムリミットが急にリアルになる。そんな感じだった。

「……風花ちゃんには――」

「言ってない。言わなくちゃと思うけれど、まだ勇気が出ないんだ」

「なんだよそれ……。じゃあ、なんでおれに言うんだよ」

犬神はもう泣いていた。大きな体で涙をぽろぽろとこぼしている。

なにか熱いものが喉元にせりあがってきて、それはあっという間に涙になってこぼれおちた。

――ああ、僕は本当に死ぬんだ。

ゆがんだ視界の中で、やっと現実を見ることができた気分だった。

それから僕は自分の病気について話をしながら作業を進めた。途中で何度もくじけそうになり、最後は通りかかった下瓦さんまで手伝ってくれた。

きっと僕の異変を察しているのだろう、

「ほら、これでも着ろ」

なんて分厚いコートを貸してくれたりした。大きすぎるコートに身を包むと心まで温まる気がした。

下瓦さんが淹《い》れてくれたコーヒーの香り、味、空に広がる赤い夕焼け。そして、汗をかいて作業を続ける犬神。どの光景も愛おしくて、僕は何度も泣きそうになった。

クリスマスコーナーは夕暮れ過ぎになり完成した。

風花の足音が耳に届いたとき、僕は犬神が置いていってくれた椅子に座って空を眺めていた。夜の紺《こん》色が空に広がっているのに、まだ白い雲がはっきりと見える。そんな不思議な空だった。

さっき背中に貼った痛み止めの湿布《しっぷ》のおかげか、ずいぶん体もラクになっている。

部室に向かおうとする風花に、

「こっちだよ」

明るい声で言えた。

風花は僕の姿を見つけると、一目散に駆けてくる。

「鈴木くん！」

立ちあがった僕の胸に飛びこむ風花を抱きしめた。大丈夫、もう涙は出ない。

「どうしたの？　もう退院できたの？　具合は大丈夫なの？」

矢継ぎ早に質問をする風花に、僕は笑みを作った。

「大丈夫だよ」

「でも……痩せたみたい」

頬に風花の指が触れたのもつかの間、彼女は首に巻いていた白いマフラーを僕の首に巻いた。

「大げさだよ」

意識して笑っていないと涙が出てきそう。マフラーを返そうとするけれど、断固拒否する風花。じゃあ、とマフラーの半分を風花の首に巻いてあげた。恥ずかしそうに、だけどうれしそうに微笑む。その姿を瞼に焼きつけたかった。

「ちょっと見せたいものがあって病院を抜けてきたんだ」

「え……」

体を離した風花が戸惑った表情を浮かべた。

「ほら、見て」

指をさすほうに、手作りのクリスマスコーナーがある。サンタやトナカイのイラストが描かれたビニール製の風船の下に、シクラメンの花壇。その周りには赤や緑のリボンで飾ったポインセチアの鉢植えが配置されている。

「すごい！　これ、わたしが描いたイラストと同じだ」

駆け寄る風花からマフラーがするりと抜けた。

「わー、アネモネも持ってきてくれたの？」

室内で育てているアネモネの鉢にまだ花は咲いていないけれど、風花のクリスマスコーナーならあるべきだと思ったから。

「気に入ってくれたならうれしいな」

そう言ってから電飾のスイッチを入れた。夜の闇に赤やオレンジのライトが僅かに灯る。

「本当なら華やかな電飾にしたかったけれど、クリスマスも終わっちゃったから、電池式のはこれしかなかったんだ」

「すごい……」

横顔の風花がほんのりとライトに浮かびあがっている。クリスマスコーナーの花は、夜の中で美しく咲いていた。

「これ、鈴木くんが作ってくれたの？　すごいよこれ！」

風花は両手で口を押さえて喜びの声をあげている。見たこともないくらいうれしそうに笑っているのを見て、ようやく安堵の息がつけた。

「僕だけじゃなくて、犬神や下瓦さんも手伝ってくれたんだ。遅くなったけど、クリスマスのプレゼントだよ」

「うれしい。すごくうれしい。ありがとう」

彼女の口からは白い息が生まれ、それがとても美しく瞳に映った。

しっかりとその顔を記憶に刻む。

風花の両手を僕は握った。

昨夜、トールに言われたことをしっかりと考えて出した答えは、作業中も揺らぐことはなかった。

病気のことを話せば、きっと風花は悲しむだろう。かといって、このまま内緒にしておくのは難しい。

僕がいない世界をこれから風花は生きていかなくちゃならない。

だとしたら、僕にできることは……。

何度考えてもこの結論しかないと思えた。

最後のきみへのプレゼントは、きみとの恋を終わらせること。

「あのさ――」

弱気な声を戒め、「話があるんだ」と言う僕に、風花の唇はまだうれしそうにあがっている。

「遠距離恋愛ってどう思う？」

「え、どうしたの？　急にびっくりした」

僕がきみの毎日から退場することで、きっと前を向いて歩いていけるはず。

冗談だと思っているのだろう。僅かに揺れる瞳が潤んで見えるのは、はかない照明のせいだろうか。

「僕は遠距離恋愛は無理だと思う。こうやってそばにいられないとくじけてしまう性格だから」

「……なんで、そんなことを言うの？」

髪が、頬が、瞳が、照明にキラキラと光っている。傷つけたくない。だけど、ちゃんと終わらせると決めたんだから……。

「実は、引っ越しをすることになったんだ」

風花が口を開く前に「だから」と僕は言葉に力を入れて続ける。

「もうそばにいてあげられないんだ」

僕の言葉を反芻するようになにかつぶやく風花が、

「本当に？」

かすれた声で訊ねる。

「……ごめん」

やがて静かに首を横に振ってから風花は僕の服の袖を握った。

「どこに行くの？」

「わからない。まだ聞いてないんだ」

不器用なウソなのに、風花はじっと考えるようにうつむき、そして顔をあげた。

「それでも変わらない。わたしたちは変わらないよ」

こんなときなのに、力強く微笑む風花に、自分の鼓動が鳴る音が聞こえた気がした。抱きしめたい気持ちが溢れ、あっけなく崩れそうな決意。だけど、ここで受けいれてしまったなら、この先、風花はずっと苦しくなる。

「僕は……無理だと思う」

「そんなことないよ！　だって、だってこんなに好きなのに。ねぇ、きっと大丈夫だよ」

あんなにきれいに輝いていたイルミネーションが悲しい色に思える。そこまで僕を思ってくれている風花のこと、僕も大好きだよ。

「わたし、がんばる。がんばるから、だから――」

涙に声をゆがませる。僕が彼女を苦しませているんだ……。

それでも僕は言わなくちゃいけない。

「ごめん」

袖を掴む手を振り払うように動かしたとき、胸はたしかに痛かった。

「きっと風花なら僕がいなくても大丈夫だよ」

「いや！ 一緒じゃなきゃだめなの。だめなのっ……」

嗚咽《おえつ》を漏らす風花の肩に伸ばした指先をそっとおろす。そしてこぶしを握りしめる。

きみとのラストシーン。すう、と大きく息を吸って僕は言う。

「風花、僕と別れてほしいんだ」

と。

1月

　クリスマスを、わたしはもう二度と好きになれないかもしれない。

　新しい年を迎え、正月も明けた。けれど、わたしの心は年末から変わらないままで、ずっと気分が重い。学校もそろそろ始まるんだな、と思うとずっと布団の中に籠もっていたくなる。

「風花ー、いつまでも寝正月してないで、たまには出かけたらどうなの」

　クリスマス明けからずっと家に閉じこもっているわたしに、お母さんがせわしなく部屋の中に入ってきて、カーテンをシャッと勢いよく開けてから布団を引きはがした。

　太陽の光が眩しくて顔をしかめる。

「んー……」

　自堕落《じだらく》な生活を送っている自覚はある。このままじゃだめだということも。けれど、少しのあいだくらい失恋に浸っていたっていいじゃない。

　気のない返事をしながら寝返りをうち、枕元にあったスマホを一瞥した。

　この数日、スマホは一日一回音が鳴ればいいくらいだ。

　倫子や友梨からの遊びの誘い、そしてＤＭ。――彼からはメッセージも電話もない。

それが一日、一日と重なっていくと、じわじわと、ああ、別れたんだなと実感が湧いてくる。

手を伸ばしても届かないそれを見ていると、目の奥がツンとしてきたので瞼を閉じた。涙のかわりに浮かぶのは、きらびやかなクリスマスの景色。

結局、学校が始まるまでわたしは家からほとんど出ずに過ごした。

久々に外に出ると、空気がピンと張りつめているみたいに冷たい。吐き出す息は瞬時に白く染まり、それを見ると寒さが増す。体をぎゅっと縮こまらせて小股で歩いた。数日なにもしていなかっただけなのに、体力はぐっと落ちてしまったらしく、駅からバス停に向かっているだけで息があがってくる。学校に着いたころにはぐったりしていた。

食事も必要最低限しか口にしていなかったから、顔もやつれたようで、顔を合わせた倫子の第一声は、

「なんか不健康な顔してるけど」

だった。

「食っちゃ寝してたにしても、せめて太りなよ。なんで痩せてんの」

「んー……まあ、いろいろと、あって」

いったいなにしてたの、と心配そうにする倫子に、力なく笑いながらあいまいな返事をする。けれど、倫子にはそれだけでいろいろ察しがついたらしい。きゅっと眉根を寄せる。

「あ、いや、たいしたことじゃないんだけどね」

慌てて誤魔化すと、倫子は怪訝な顔をして「ふうん」と深く訊くのをやめてくれた。それに胸を撫でおろす。

「それより休み明けの授業ってやる気しなくないー？　サボろ」

わたしの返事を待つことなく、倫子は食堂に向かって歩きはじめた。

「出席日数大丈夫なの？」呼びかけると、「代返お願いしとけば大丈夫だって」とスマホを掲げる。

まあ、いいか。どうせ授業に出ても耳には入ってこなさそうだ。

倫子の背中を追いかけながら、花壇の横を通りすぎる。寒空の下で咲く花々は、一年のうちで一番たくましい種類のように見える。

「で、なにがあったの」

まだお昼前だったけれど、学食はそこそこ人が集まっていたし、注文も可能だった。お腹は空いてないのでなにも買わずに席につく、と、倫子はぐいっと身を乗りだす。

誤魔化せたと思ったけれど、まったくできていなかったらしい。こんなふうに切り出されたら、素直に答えるしかない。

「なにがっていうか、まあ、別れたっていうか」

「文哉と？」

倫子が呼び捨てにするので、つい笑ってしまった。

ちなみに本人を目の前にして、倫子は文哉くんを呼び捨てにしたことはない。ふたりは、学校で会えば挨拶をするだけで、一緒に遊んだり話をしたことはなかった。倫子の彼氏とわたしは一緒にお昼ご飯を食べたことが何度かあるが、文哉くんは「気を遣わせるから」と言って席を外し、倫子とふたりきりにさせてくれていた。人見知りなのかなと思っていたけれど……実際どうなんだろう。

「なんで？　え？　なんでなんで？　意味がわかんないんだけど！」

「んー……なんで、なんだろう」

倫子は心底理解できないと言いたげな、驚いた顔をしている。

「どっちから？」

やっぱりその質問をされるのか、と思いながら眉を下げて「あっち」と短く答えた。

倫子が驚いた以上に、あの日、文哉くんに別れを告げられた瞬間、わたしは驚いた。

青天の霹靂《へきれき》だった。

それは、クリスマスイブのデートのことだ。

待ち合わせをして、カフェでランチを食べた。カップル限定の割引に、文哉くんは「ラッキー」と白い歯を見せたのを覚えている。それから一時間ほど電車に揺られて、庭園と小さな遊園地が一緒になっている有名なテーマパークに向かった。

この時期になるとイルミネーションが有名な場所だ。長い光のトンネルをくぐったり、まるで光の草原のような場所を歩いたり。真冬なのに桜のようにデザインされた場所もあった。途中で、その中だけで食べられるデザートを食べた。

日が沈むとイルミネーションを上から眺めることのできる乗り物に乗り、最後は文哉くんが予約してくれたという駅前のレストランに移動してディナーを楽しんだ。薄暗い、けれどムードの漂うおしゃれな店で、ふかふかのソファになぜか緊張したのを覚えている。しかも料理はクリスマス限定のフルコース。

そこで渡された文哉くんからのプレゼントは、来年の手帳と有名なブランドのボールペンだった。わたしから文哉くんへのプレゼントは、シックで大人っぽい財布。

お互いに目の前で開けて、お礼を言い合った。

その日のデートは、すべて、文哉くんが計画してくれた。今日をとびきりの一日にしようと、そう言ってずっとわたしの手を引いてくれた。記念日でもわたしの誕生日でもないのに、彼はすべての支払いをしてくれた。何気なく「これかわいい」「これいいね」と口にすれば、すぐにレジに持っていってプレゼントまでしてくれるものだから、途中から気をつけたくらいだ。

お金のことを訊くのは躊躇《ためら》ったのだけれど、わたしの表情から気持ちを察した文哉くんは「今日くらいは気にしないで」「今の俺はお金持ちだから」と冗談交じりに言って胸を叩いた。

文哉くんは、笑っていた。

わたしも笑っていた。

だけど、文哉くんはわたしが笑うたびに、うれしそうにしつつも、悲しそうに苦しそうに顔をゆがめていた。

でも、間違いなく幸せで、楽しい一日を過ごしていた。

そんなクリスマスデートが終わったあとのことだ。

いつもはわたしの家の最寄り駅で別れるのに、その日は家の近くまで送ると言ってきかなかった。もう十一時を過ぎているので心配だから、俺のために送らせて、と言われたので、その気持ちに甘えて公園まで送ってもらった。

歩くたびに、公園に近づくたびに彼は無口になっていく。

「もう少し、話をしようか」

ベンチを指さしたときの文哉くんの顔が、今にも泣き出しそうに見えてわたしはうなずいた。断ったら彼を傷つけてしまうように思えたからだ。

隣に並んで座り、ふたりで白い息を吐き出す。

楽しかった？　ありがとう。

よかった。楽しかったよ。

そんな会話を何度も繰り返す。けれど、彼が本当に言いたい言葉はそんなものではないことにすぐ気がづいた。

「楽しかった？」

何度目かわからない問いに、わたしも何度目かの「うん」と「ありがとう」を返す。

最初こそ笑顔だったものの、いつしかお互いの顔から笑みは消えていた。真剣な表情を向ける文哉くんを、わたしもじっと見つめ返す。わたしたちが話をやめると、一切の音がなくなった。

世界中にふたりきりみたいな、いつまでもこのままでいたいような、そんな空気がわたしたちの周りにはあった。

どのくらいそうしていたのかわからない。数分だったのかもしれないし、もしかしたら数秒だったのかもしれない。彼はゆっくりとわたしを引きよせて、両手でぎゅっと抱きしめてくれた。冷たい風にさらされていた彼の上着が、わたしの頬に触れる。

「うれしいよ」

それはわたしのセリフだ。

「ほっとした」

そんなに今日のことを考えてくれていたのだから、うれしくないはずがない。

「だけど……手放しで喜べない」

彼のセリフの意味がわからなくて抱きしめられたまま顔をあげると、それに気づいた文哉くんは、背中に回していた手を肩に移動させてわたしをゆっくりと引きはがす。

文哉くんの双眸《そうぼう》は、きらきらと光が揺れていた。街灯が、小さなイルミネーションみたいに見える。けれど、それは、彼の瞳が潤んでいたからなのかもしれない。

「ごめん」

謝罪の意味がわからず、黙ったまま続きを待った。

「別れよう」

文哉くんの言葉は短かった。

なにが起こったのか、理解するのに時間がかかった。

なにかよくないことを言われるかもしれないと思っていた。けれど、まさかこんなセリフだなんて想像もしていなかった。

けれど――。

「なにそれ！　信じられない！　ひどすぎない？」

話を終えた途端、倫子は目を吊りあげて叫ぶ。学食の視線がわたしたちに集まった。倫子は辺りを見まわし、こほん、と咳払いをして「意味がわからないんだけど」と今度は落ち着いた口調で言った。

「……うん、でも、仕方ない、かなって」

「はあ？　なにが？」

「うまく言えないけど……むしろよかったのかなって思うんだよね」

なんで笑ってんの？　と倫子が眉根を寄せる。そして、机に肘を起き、頬杖をついてため息をつく。うーん、と唸っているのは、わたしになにかを言おうとして、言葉を選んでくれているからだ。

「まあ……ふたりが決めたことなら私はなにも言えないけど、さ」

「心配かけてごめんね」

「私の心配なんてどうでもいいんだよ。でも、やっぱり、仲良かったのになあって思うと……なんか残念だよねえ」

ふと、ふたり同時に窓の外を見やる。

花壇は春に向けて少しずつきれいにしているからか、少しさびしげに見える。土が顕になっていて、これから大きくなっていくであろう緑がひょこんと顔を出している。

いったい、なんの花が咲くのだろう。

「たぶん、わたしが悪いんだと思う」

ぽつりと本音をこぼすと、倫子は「え？」と視線をわたしに向ける。首をかしげて、「どういうこと？」と訪ねる。

うまく説明できなくて肩をすくめるけれど、それでわかってもらえるはずがない。

倫子はわたしの言葉を、なにも言わずに待ちつづける。問いつめられているような気がしてして、息苦しくなる。テーブルの上で自分の両手を絡ませる。そわそわと落ち着きがなく動く指先を見つめながら、自分でも筆舌《ひつぜつ》に尽くしがたいこの感情を紐解《ひもと》こうとするけれど、心のどこかがそれを拒む。

倫子はわたしがなにも言わないことにしびれを切らして「ねえ」と呼びかける。

「文哉くんのこと、好きじゃなかったの？」

好きだった。

「もうきらいになったの？」

そんなわけがない。

「だったらなんで別れたの」

別れたかったわけじゃない。

ひとつ質問をされるたびに、胸がキリキリと痛む。なにも聞きたくなくて耳を閉じたくなる。

「風花」

「これでよかったの！　だって怖かったんだもの！」

学食に今度はわたしの声が響く。自分の叫びにはっとして顔をあげると、倫子は神妙な顔つきでわたしを見つめていた。

「なにが、怖いの？　なにも怖くないよ、人を好きになることは」

「……違う、そういうことじゃないの」

「違わないよ」

はっきりと否定される。そうじゃないんだと、どうやって説明すればいいだろうと唇に歯を立てて倫子の目を見る。

と、ふと彼女の視線が友梨のものと被った。

そんなこと、あるはずがないのに。わたしは、倫子にはなにも伝えていない。

「倫子は、なにも知らないから……」

口にしながら、もしかして、と思う。

「知ってる」

倫子はやさしく、小さく首を振ってわたしの言葉を否定した。

なんで、いつから、どうして。友梨が話したのだろうか。それとも別の誰かから？　その可能性もないとは言い切れない。けれど、おそらく友梨だろう。どうして勝手に倫子に話したの。なんでそんなことしたの。

なにかを言いたいのに言葉にならない。目の前にいる倫子に、すべてを知られていたのだと思うと、いたたまれない気持ちになり、気がついたときには学食を飛び出していた。

家に帰り、誰もいない防音室に足を踏みいれる。

部屋の中にはアップライトピアノが一台と、エレクトーンが一台あった。エレクトーンなんて、なんで買ったのだろうと思っていたけれど、お姉ちゃんが先生になりたかったからなのか、といまさら納得する。

壁際の本棚にはたくさんの楽譜。そしてトロフィーも。

ぐるり、と部屋を一周してからピアノに触れる。鍵盤蓋《ふた》に手を添えて、差さったままになっている鍵を回して持ちあげた。

白と黒の鍵盤が並んでいて、右手で押すとぽんっと音が鳴る。

しばらくそこに佇《たたず》んでいたけれど、椅子を引いて腰をおろした。鍵盤に両手を添えると、緊張が走る。

前に弾いたのは、お姉ちゃんと。それもほんの少しだけだ。ひとりで一曲演奏したのは怪我をする前で止まっている。左手の中指はまだ少し曲がっているし、今もまだ、力がうまく入らない。一度こぶしを作り、開く。それを何度か繰り返してから息を吸いこんで鍵盤を思い切り叩いた。

何年も忘れていた感覚がわたしに襲いかかってくる。

カスキの『夜の海辺にて』は、わたしが発表会で弾くはずだったものだ。何度も練習したからか、もう忘れたと思っていたのに、楽譜が自然と脳裏に蘇る。指が自然に動く。

けれど当然うまく弾けない。ところどころ詰まるし、指はまったくなめらかに動かない。強弱なんかあったものではなく、ただ、音を鳴らしているだけ。それを昔は、許せなかった。受けいれられなかった。

ピアノが好きだった。わたしはうまいんだと、信じていた。それ以上に、ただただ、楽しかった。よく、決められた音符《おんぷ》を無視して弾いて遊んでいた。自分で勝手にリズムを作り、好きに歌いながら弾いたりもしていた。

それを失った。

お姉ちゃんのせいじゃない。わたしも悪かった。それでも悲しかったし、あのときはお姉ちゃんのせいだと思って悔しかった。お姉ちゃんだけが褒められることに嫉妬した。お姉ちゃんだけが続けているのをずるいと思ったこともある。

責めたいわけじゃないのに、責めてしまいそうになる自分がいやで、まったく興味のなかった部活を始めたりもした。

いろんな感情がごちゃまぜになったあの苦しさを、忘れたわけじゃない。

——だけど、今のわたしにそれはもう、欠片《かけら》も残っていない。

弾けば思い出すと思ったのに、やっぱりなにも感じることができなかった。わたしは、本当にすべてを、忘れてしまった。悔しいとも、悲しいとも、自分の動かない手へのもどかしささえも抱けない。

今のわたしは、こんなにも簡単にピアノを弾くことができる。

以前は、そんなふうに受けいれられるようになった自分にほっとしたこともある。

彼のおかげで変化しはじめたことを、うれしく思った。

今も彼がいてくれたら、きっと今の自分を自慢に思っただろう。

でも、文哉くんの存在が、あのころのわたしさえも変えてしまった。

アネモネを育てはじめたとき、わたしは思っていたほど悲壮《ひそう》感に襲われなかった。

クリスマスだって、イルミネーションを見てきれいだなと思った。今までのわたしなら、避けていたことなのに。

知らず知らずのうちに笑っている自分。

彼のことを少しずつ思い出さなくなる自分。

今、ピアノを過去のことだと思うように、あのときわたしを襲った感情のすべてが、いつの間にか柔らかな思い出に変わっている。お姉ちゃんが彼氏と一緒にいる姿を見るのが苦しかったはずなのに、そんなふうに思うことすらしなくなっていた。

そんなの、許せない。いやだ。あのままでよかったのに。幸せだったのに。

あのときの気持ちが風化して、そのまま いつか、彼のことも忘れてしまうんじゃないか思うと、怖い。そんな薄情な自分にはなりたくない。だから、文哉くんと別れることになったのも、よかったのかもしれないと思えた。

これで、わたしはこれからもあの日に留まっていられる。

だけどもう、思い出に浸りつづけるには、手遅れだった。

悲しくて仕方がない。

もう文哉くんと一緒にいられないことを受けとめたくない。彼に対して、壁を作って接していたのはわたしなのに。

こんな最低なわたしは、フラれて当然だ。鍵盤に涙がぽたりと落ちて、手が滑った。

耳障りな音を鳴らして、音楽が止まる。かわりに部屋の中にはわたしの嗚咽が響いた。

パチパチパチ、と拍手が聞こえて振り返ると、いつの間に部屋に入ってきたのか、お姉ちゃんがドアに背を預けて手を叩いていた。涙でぐちゃぐちゃのわたしの顔を見て「どうしたの」と肩をすくめて笑う。驚かないことにわたしが驚く。

「いつから、いたの？」

「……久々に風花のピアノ聴いたなあ」

わたしの質問の答えになっていない。けれど、おそらくずいぶん前からこの部屋にいたのだろう。

「弾いてなかったからね」

「怪我してても、続けていればよかったんだよ」

へ、と声にならない声を出す。びっくりして涙が止まってしまった。

「知らないと思ってたの？　そんなに鈍くないよ私」

お姉ちゃんは呆れながら近づいてきて、わたしを少し押して同じ椅子に腰かけた。

鍵盤をやさしく叩いてぽろん、と音を出す。

「……そんな素振り、見せなかったから知らないと思ってた」

お姉ちゃんはずっとお姉ちゃんだった。

わたしに過剰に気を遣うこともなく、いつも通りわたしに話しかけ、笑って喋っていた。わたし自身も、笑っていたから、そう振るまっていたから、てっきり気づいていないと思っていた。

でも、そういうお姉ちゃんでいてくれただけだったんだ。

「気づいてたけど、言わないから、知らないフリしてただけ」

「そう、だったんだ」

「いいんだよ、風花」

なにが、と答える前に、お姉ちゃんはなめらかに曲を弾きはじめる。ゆらゆらと体を揺らしながら、やさしい音色を響かせる。

「私を責めてもいいし、ムカついてピアノを壊したっていい。私からピアノを奪ったってよかったんだよ」

「……そんなの、できるわけじゃない。お姉ちゃんだって怒るでしょ」

「そりゃ怒るよ。当たり前じゃん。だからこそ、好きにすればよかったんだよ。誰かが怒るんだから。それをかわいそうだからって、なにしても許すような人はいないんだもの」

もちろん、犯罪とかはしないでよね、と言う。

わかってるよ、と肩をすくめると「だからね」と言葉を続けた。

「忘れちゃってもいいんだよ」

　そんなこと、誰も言わなかった。

　忘れないでと誰かに言われたことはない。忘れてもいいと言われたことはある。でも、故意にするのと無意識にするのとは大きな違いがある。

「安心して身を任せればいいんだよ」

　なにに？　時間の流れに？　思うように好きなように振るまって、その結果どうなれば正解なのか。むしろ、意味がない未来しか思い描けない。だって、ピアノを壊しても、自分の手が以前のように動けるようになるわけではない。お姉ちゃんにとっての大事なピアノを壊してしまうだけのこと。

　思うがままに行動するなんて無意味だ。

　時間を巻きもどしたって過去は変わらない。ならば、それを受けいれるしかない。

それを抱きしめて、宝物として大事に。

　だから……。

「わたしは忘れたくない。忘れられない」

「今も、ピアノを弾きたい？」

言葉を絞り出すと、お姉ちゃんに訊かれた。それに対して反応ができなかったことを、お姉ちゃんは見逃さない。

「ごめんね、いじわるな質問だったね。でも、それでいいと思うよ」

そう言って、わたしの手を包みこむ。

「ピアノのことを忘れても、私は怒らないよ」

「わか、ってる」

「それに、あの子のことも」

びくっと体を震わせて、首を垂れた。

今まで必死に演じていた自分が、剥がれおちる。涙が視界を滲ませる。喉の奥が、萎む。

「もしも風花が本当にひどいことをしたときは、誰かが怒って止めてくれるよ」

誰か、に対して目の前にいるお姉ちゃんと、そして倫子と友梨が浮かぶ。

「今自分の周りにいる人が、風花のこと責めると思う？」

好きな人ができたと報告したときの友梨を思い出す。電話越しだったけど、友梨は笑ってくれた。彼氏ができたと倫子に報告したときは、羨ましいと拗ねられた。彼氏の話をするときのふたりや、お姉ちゃんは、いつもうれしそうだった。

「忘れたら、怒られる？　誰も怒らないよ。風花以外は」

「でも、そんなの、悲しすぎる」

「風花が怒っているあいだは、周りが忘れてほしくても忘れないんだから、いいんじゃないの？」

そんなの屁理屈《へりくつ》だ。自分がいやなのだから、しない。それだけのこと。

──なのに、安堵の涙がぼたぼたと瞳からこぼれおちる。卑怯《ひきょう》なわたしを認めてくれる、もがくわたしを知ってくれている、それに、ほっとする。

でも、それでも。

「わたしは、忘れたくない。すべてを、あのときの気持ちを」

「だったら最初から、彼氏とつき合わないでしょう。どっちもほしいだなんて、欲張りだなあ風花は」

その通りだと思った。

あれもほしいこれもほしいと、わたしは手を伸ばしてばかり。

会いたい、一緒にいたい、そばにいてほしい。そればかりだった過去の自分となにひとつ変わっていないのを思い知らされる。

だからこそ、今の苦しさの原因が、顕になる。

「いやだったのに、なのに」

本音を認めて口にしようとすると、視界が弾けて砕けた。

いいのかな。忘れるかもしれない未来を求めても、いいのだろうか。

ずっと覚えていたいのに、思い出す時間が減っていく自分が許せないのに、そう思いながらも、今、わたしは文哉くんがいない事実に対して悲しんでいる。

それでもいいのだろうか。

やっぱり、別れたくなかった。
だって——文哉くんが好きだから。

涙を流してうつむくわたしを慰めるように、お姉ちゃんが音を奏でる。

「私ね、風花が先生に褒められたとき、悔しくって、負けたくなくて、必死になってうまくなろうって思ったの」

そんなふうに思っていたなんて知らなかった。

「忘れるって、難しいよ。私は風花に傷を負わせたことを忘れる日は来ないし、あの日泣いていた風花も忘れない」

お姉ちゃんの手が、わたしの頬に移動してくる。子どものころのようにわたしの頬を撫でてくれる。昔はわたしが泣くと、お姉ちゃんはいつもこうやってを慰めてくれた。あの日、怪我をしたときも。

「あの事故のあと、風花が私に『ピアノ弾かないの?』って訊いてきたときのことも、罪悪感を隠して弾きつづけた日々も」

「そんなの、忘れたっていいのに」

お姉ちゃんに言われて思い出した。お姉ちゃんはわたしがピアノをやめると言ってから、しばらく弾くことをしなかった。そして、わたしの指を見るたびに悲しそうな顔をするのがつらかったから、なんともないのだとウソをついて、わたしのことなんか気にしないでいいようにと言ったセリフだ。

でも、あのあとわたしは……部屋で閉じこもって泣いていた。

誰にもバレないように枕に顔を押しつけて泣いた。次の日、腫れた瞼の理由を必死に考えて、結局思いつかなくて、お姉ちゃんと顔を合わせる前に家を飛び出した。

今まで忘れていたけれど、でも、覚えている。

「忘れてても、思い出すんだよ。もうピアノなんかやめたいって思っても、蘇るの。そして、あのころ悔しかったな、とか苦しかったな、て思い出すと同時に、今の私ががんばってよかったな、て思うの」

だから。

「忘れちゃってもいいんだよ。忘れられないから」

うん。目を閉じてうなずく。

瞼の裏に見える笑顔と、痩せ細った手で力強くわたしの手を握ってくれたやさしさを、忘れられるはずがない。そんな簡単に忘れられるはずないことくらい、わかっているのに。

そのくらい、文哉くんに惹かれる自分が怖かったんだ。

それでも、譲れない〝今〟のわたしがここにいる。

「いいのかな」

ぽつんとつぶやくと、お姉ちゃんは「もし間違っていたら周りにいるみんなが、教えてくれるよ」と言ってくれた。我慢してブサイクな笑顔を見せられることより、そのほうがいい、と。

わたしはちゃんと、自分ではない自分を演じられていると思っていた。けれど、そう思っていたのはわたしだけだったのかもしれない。

ブサイクだったのか、と思うと少し笑ってしまった。

今まで自分が文哉くんにしたことを思い返せば、なんて中途半端だったのだろうと自己嫌悪で胸がつぶれてしまいそうだ。

好きだったのに、その気持ちを認めたくなくて踏みいらないように壁を作って接していた。こうして自分の気持ちを認めて、彼が好きだと思えば思うほど、これまでの自分がどれほど勝手だったのかを思いしらされる。

それでも、ちゃんと話をしなければいけない。

文哉くんと向き合って、話をして、話を聞きたい。

聞けなかったことも聞きたい。

自己満足のためだけの行動なのかもしれない。けれど、あのままなにもわからないまま終わりにできない。したくない。


次の日、学校に着くとすぐに文哉くんがいるはずの校舎に向かった。そろそろ二時間目が終わるころだ。お昼に会うときは、いつもこの辺りで待ち合わせをしていたから、この廊下を通るはず。

緊張しながら待っていると、突然教室が騒がしくなりドアが開かれる。順番にいろんな人が外に出てくるけれど文哉くんの姿は見つけられなかった。

欠席しているのかもしれない。

もし学校に来ていなかったら、どうすればいいのだろう。

スマホを取り出すものの、昨晩【もう一度、話がしたい】と送ったメッセージはいまだに既読にならないし、電話も通じなかった。おそらく……ブロックされている。

どうすれば会うことができるのだろう。

——本当にわたしは、なにも知らないんだ。

つき合いが終わってしまえば、会うことすら難しい。そんな、薄っぺらい関係しか結べていなかったことに後悔が襲う。

いや、だからって、なにもできないわけじゃない。できることを探すんだ。

うしろ向きになりそうな思考を振りはらい、唇をかみしめて顔をあげる。と、見覚えのある男の子ふたりがちょうど教室から出てきたところだった。

「あの！」

近づいて呼びかけると、ふたりは振り返る。真面目そうな男の子と、スポーツマンらしくガタイのいい男の子。

「いつも文哉くんと、一緒にいる子だよね？」

「ああ、文哉の彼女さんだ」

「どーしたんすか」

ふたりはどうやら、わたしと文哉くんが別れたことを知らないらしい。

「あいつ休みっすよね」「まだ正月休みだと思ってんじゃねえの」「あいつやる気ねぇからなあ」とケラケラと笑う。彼らの話す文哉くんは、わたしの知っている彼とは少し違っているように思えた。男友だちにだけ見せる一面があるのかもしれない。

「あの、文哉くんの、家知ってる？　教えてほしくて」

ふたりはきょとんとする。

つき合っていたのに知らないの？　と思っているに違いない。けれど「まあ、一応」と答えてくれた。

「ひとり暮らしのマンションは知ってるけど、実家は知らないっすよ」

ひとり、暮らし？

そんなの、聞いたことがない。母親や兄弟の話は聞いていたから、てっきり実家暮らしだと思っていた。料理はできるのかと聞いたとき、それなりとしか答えなかった。デートのときも、電車の方向とだいたいの時間しか教えてくれなかった。

いや違う、わたしが訊かなかっただけだ。

「……じゃあ、え、とマンション教えてもらっても、いい？」

動揺を隠せないまま、とりあえず訊ねる。男の子たちは怪訝な顔をしつつも最寄り駅とそこからの道順を教えてくれた。地図アプリでそこを登録し、確認する。

「でも、たぶんいないと思う」

「あいつ、今実家に帰ってるよな？」

実家なんか、見当もつかない。地方から出てきているのであれば、それこそお手あげだ。

どうしたらいいだろう。

誰なら知っているだろう。

気を抜いたら、目眩《めまい》で倒れてしまいそうだ。でも、こんなことであきらめるわけにはいかない。

「あの、わたしも調べるので、もしできたらでいいので……調べることができたらお願いしてもいいですか？」

「まあ、いいけど」

ふたりは誰か同じ学校出身の奴とかいたっけ？　とか、教授なら知ってるんじゃねえの、と話をしている。不思議そうではあるけれど、協力してくれるようでほっと胸を撫でおろす。

「よろしく、お願いします」

深々と頭を下げてから、ふたりと連絡先を交換した。

住所を聞いてからすぐに、文哉くんがひとりで住んでいるというマンションを訪ねたけれど、チャイムからの応答はなかった。もしかしたら帰ってくるかもとしばらく待ち伏せもしたものの、空振りで、そんなことを数日繰り返していたらあっという間に後期のテスト期間に入ってしまった。

それでも、学校で彼を見かけることはなかった。

さすがにテストを欠席するとは思えないので、わたしを避けているのだろう。実家の情報をお願いした彼の友だちふたりからも、一切連絡をもらえなかった。

倫子に相談すると、「口止めされたんじゃないか」と言われてしまい、結局なにもかもが振り出しに戻ったような状態だ。

彼に会えないまま、季節は冬から春に変わろうとしていた。ベランダの鉢植えにはしっかりと茎が伸びはじめている。

文哉くんを探し出すことができないまま、ずるずると時間だけが過ぎていく。

藁《わら》にもすがる思いで友梨や犬神くんにメッセージで文哉くんのこと、今の状況、そして探しているのだけれどなにかいい方法がないかと相談した。

すると、すぐに友梨からメッセージではなく電話がかかってきた。

「風花が探してる彼氏って、同じ大学の一年で、鈴木文哉なの?」

友梨の口調は、まるで、彼を知っているように聞こえた。

「そう、だけど」

話したことがなかったかな。倫子とは何度か顔を合わせたけれど、友梨とは会ったことがなかったかもしれない。名前も、彼氏、としか伝えていなかったかも。

わたしの返事に、友梨が冷静さを取り戻すかのようにゆっくりと息を吐き出したのがわかった。

「あたし、その子のこと、知ってるよ」

振り向けば清風《せいふう》

2月

「……それで、別れを告げました。それからは会っていません」

そこまで話し終わると、やけに喉が渇いていた。ベッドの横の椅子で話を聞いてくれていた溝口《みぞぐち》さんが、

「そうなんだ」

と、ため息とともに応えた。

自宅の二階にある部屋。毎日、午後になるとやって来る溝口さんは、母親が依頼した訪問看護師とのこと。白衣姿ではなく、上下白いジャージを身に着けている。年齢は三十代半ば。小さなお子さんがいるそうだ。

初対面から気さくな印象で、たまに様子を見に来る堤医師からは「患者さんには敬語を使いなさい』と注意されていることもあった。

「体調はどう？」

差し出されたパウチに入ったゼリータイプのスポーツドリンクを受け取る。やけに塩味が強く感じる。

「平気です。でもなんか不思議な気分。こういう話、親にだって話したことないの

に」

「ふふ。私、聞き上手だから」

寝ている僕の右腕に血圧計をセットすると、溝口さんは聴診器《ちょうしん》を耳に当てた。

毎日のように顔を見せる溝口さんとは、最初は世間話に終始していた。テレビのこと、学校のこと、部活のこと。やがて風花との話をするようになったのも、自然な流れだったと思う。

体調は日々変わり、たまにひとことも話せない日もあったけれど、この一週間で、風花との出会いから別れまで辿《たど》ることができた。

きっと他人だからこそ話せるのだと思うし、人生最後であろう新しい登場人物である彼女に、僕たちの話を知ってほしいと願う自分がいた。

気持ちを整理するために語った物語も、話しながら思い出すこともたくさんあって、想いがまだ残っていることを思い知らされるようだった。

風花は元気でいるのだろうか。

きっと泣いたり、悲しんだりしているんだろうな……。

思い出せば心の中に嵐が吹き荒れるみたいだ。自分から別れを告げたのに、勝手だとは思う。だけど、恋はそんな単純じゃないから。

「血圧は問題なし。飲みものだけじゃなくて、なにか少しでも食べたほうがいいんだけど」

「大丈夫です」

「そう言うと思った」

薄化粧で微笑む溝口さんが、

「それで」

と前置きを言葉にする。

「今の話だけどね……。なにか意見とか質問とかしてもいい？」

「はい、どうぞ」

主観的なこの物語に、なにか意見をもらいたかったのも事実だったし。

「私は女だから、どうしても風花さんの立場に立っちゃうんだけど、彼女にとって鈴木くんは大好きな彼氏さんだったわけよね。なのに、クリスマスコーナーでムード満点の中、別れを告げられたってことになる」

「そうなりますね」

あの夜、風花が見せた悲しい顔を、今日まで何度も思い出していた。

風にあおられた長い髪、瞬きもせずに固まる瞳、小声で訊ねる理由。それに答える余裕もなく、その場をあとにしたこと。

自分から言い出したことなのに、頭をよぎるたびにズキンと胸が痛む。傷つけたことに傷つくなんて、自分勝手すぎることもわかっていた。

「それ以来、会ったりしていないの？」

「会っていません」

「電話とかメールは？」

「スマホの電源を切っているのでわからないです」

「それはひどいよ」

あからさまにいやな顔をする溝口さんに、僕はうなずいた。

「わかっています。でも、ああするしかなかったんです」

「その子がこの家まで来ることはないの？」

「うちを知らないから。犬神にも教えないよう伝えてあります」

僕の言葉に目を丸くした溝口さんは、

「ちょっと失礼」

と、バッグから水筒を取り出して一気にあおった。

「ごめんね。私、ちょっと理解に苦しんでる。どうして好きなのに別れなくちゃいけないの？」

そうだろうな、と思う。僕だって何度も自問自答したから。

「もしも、つき合ったままで僕が死んだなら、きっと風花は立ちなおれないと思うんです。だったら、先に別れたほうがいい。僕をきらいになることで、前に進めるはず」

「本当にそう思っているの？」

「はい」

奇妙な間が訪れた。血圧計をしまった溝口さんが、記録用紙になにやらペンを走らせている。

「じゃあ、今日はこれでおしまい。明日、また来るね」

「待ってください。溝口さんは、僕のやったことは間違いだと言いたいんですか？」

ドアのところで足を止めて振り向いた溝口さんが、迷ったように口を開く。

「この仕事をしているとね、いろんな人の最期を見送るの。年齢なんて関係ない。若くても老いても、死ぬときにはみんなこれまでのことを思い出すものよ」

「…………」

「人生最後の日に必要なのは、どう死ぬかということじゃない。どう生きてきたか。それが大事だと思うの」

「どう生きてきたか……？」

「そう。鈴木くんがちゃんと生きられたなら、きっと風花さんも生きていけると思うの。どうか最後の瞬間まで必死で生き抜いてほしい」

あまりにも真剣な口調で言うから驚いた。溝口さんは、ふうと息を吐くと、口の端をあげて笑う。

「余計なこと言っちゃった。よく知りもしないのにごめんね」

「いえ、いいんです」

布団にもぐるときゅっと目を閉じた。ドアの開閉する音が終われば、部屋にひとりきり。

そして、僕はまた風花のことを考える。


毎日は気だるく過ぎていった。体温調節もうまくできていないようで、暑くなったかと思えば、寒さに震えることもあった。

奪われていく体力に、やがてトイレに行くのにもずいぶん時間がかかるようになっている。

昨日久しぶりに顔を見せた堤医師は相変わらずのポーカーフェースで、〝余命〟を訊ねる僕にあいまいにうなずくだけだった。

今朝は朝から雪が降っている。久しぶりに体調のいい朝、窓の外に大粒の雪が風にあおられて踊るのを飽きることなく眺めた。

溝口さんは僕が起きていることに驚いていたが、なにも言わずに記録をまとめている。

一階を大股で歩く足音が聞こえる。

冬休み明けから、トールはまた中学をサボっているらしい。本人から聞いたわけじゃないけれど、昼間も階下から足音が聞こえるときがあるから、きっとそうなのだろう。

「トール、下にいました？」

そう訊ねると、溝口さんが「トール？」と首をかしげる。

「あ、弟です」

「トールくんって名前だっけ？」

「いえ、あだ名です。昔から僕より背が高かったから、TALL《トール》ってあだ名をつけたんです」

何度もしてきた説明を繰り返す。

「ふふ、それって面白い」

クスクス笑った溝口さんが、ゴム手袋をはめた手で湿布薬の封を開けた。強い鎮痛作用のある薬なので、皮膚《ひふ》から吸収されるのを防ぐためだそうだ。

「さ、そろそろ横になって」

言われた通り、ベッドに横になり溝口さんに背中を向けた。この湿布を背中の真ん中に貼ってもらえば、ずいぶん体も楽になるのだ。

病気になって知ったのは、普段何気なくできていたことが、少しずつできなくなっていくということ。今では、ベッドから起きあがることもままならなくなっている。

風花と花壇の手入れをしていたときの土のにおい。

水を撒くホースが蛇《へび》みたいにうねっていたこと。

夕焼けが夜の黒に塗りつぶされていく様子。

世界はあんなに美しかったのに、元気なときは気づかずに過ごしていた。

「弟さん、何度か見かけたことがあるわよ。今日も私の顔を見た途端、慌てて逃げていっちゃったけれど。一階の奥にある部屋が、彼の本拠地なのね」

「あいつ、すぐに学校をサボるんですよ」

「あらあら」

笑い声のあと、背中にひんやりとした感覚があった。湿布を丁寧に貼ってくれているあいだ、ベッドに投げ出された自分の腕を眺めた。

ずいぶん痩せてしまったな……。まるで最期の日を、ただ待っているだけのような気分だ。

「このあいだは彼女のことで、余計なことを言ってごめんなさい」

「気にしていたんですか？」

「そりゃそうよ。あれからずっと気にしていたんだから。こう見えても繊細なの。はい、終わった」

ぺしゃんと背中を叩かれ、仰向けになる。いったん横になると一気に自分の体力のなさを実感する。もうベッドに引っついたみたいに体が重く感じる。

ぼんやりとした視界に映る天井は、ぐにゃぐにゃと曲がっていた。

死はすべてを奪いさっていくもの。だから前もってつないでいる手を離してあげようと思った。

僕のいない世界を彼女が生きられるように。僕が死んだことを知っても、大きな悲しみの波にさらわれてしまわないように。

だけど……溝口さんに話をしてからは、後悔ばかりが生まれている。

『最後まで必死で生きて』という言葉がずっと胸に残って、ざわついている感じがした。

「結局は自分勝手だったのかもしれません」

かすれた声でつぶやく僕に、溝口さんはなにも答えてくれなかった。

〝風花のために〟した決意は、本当は自分が傷つくのを避けただけなんだ。後悔が毎日大きくなり、そのたびに風花の顔を思い出す。

「溝口さん」

「ん？」

「帰るときに、トールを僕の部屋に呼んでもらえませんか？　話があるんです」

その言葉を最後に意識が遠くなるのを感じた。薬が効いてきたのだろう。眠気の波に漂いながら、愛する人のことを考えても、うまく思い出せない。

きみは今、どこでなにをしているの？

僕のいない人生を、きみは歩いていけるの？

ぽっかりと空く黒い穴が足元にある。もう、すぐそこまで終わりの日が近づいている。


「兄ちゃん寝てるの？」

声が聞こえる。ゆっくり目を開けると、いつの間にか部屋はオレンジ色になっていた。夕暮れどきになっているようだ。

横を見ると、ふてくされた顔のトールが腕を組んで立っている。

「トール……。なんでここに……？　あれ、溝口さんは？」

「もう帰ったよ。てか、顔色悪いけど大丈夫？」

「ああ……すっごく悪い」

声がうまく出せない。おもちゃの電池が切れかかっているみたいに、ひとつずつ体の機能が弱まっているようだ。

「なんか、また背が高くなったみたいに見える」

「はは。成長期だし」

と笑うトール。無理している、ってすぐに伝わってくる。兄弟だからわかること。

「母さんは？」

訊ねると、トールは「ああ」と肩をすくめた。

「買い物。兄ちゃんに柔らかくて美味しいもの作るって」

「そう……」

背中や腰に鈍い痛みが生まれている。痛み止めが切れかかっているのか、それとも効かなくなってきたのか……。

「なんか用事があるって聞いたけど、どうかした？」

そうか、とようやく状況が頭に入った。僕がトールを呼んだんだっけ。

時間の感覚も、寝ているのか起きているのかもわからなくなっているみたい。

「話がしたいんだ。一度、トールとちゃんと話がしたかった」

「…………」

黙ったまま窮屈《きゅうくつ》そうに椅子に腰をおろす彼に、僕も起きあがろうとするけれど、体に力が入らずにぺしゃんと横になってしまった。まるで軟体《なんたい》動物になった気分。

背中を支えてくれるトールに「ありがとう」と言うが、聞こえなかったのか返事はなかった。

すぐに音を立てて椅子に座ったトール。片目だけを細め、挑むように見てくる瞳の奥がかすかに揺らいでいる。強がっているときに彼がよくしていた目。

「いいよ。話、しよう」

覚悟が決まったのかトールがそう言った。

ちゃんと、彼に伝えなくちゃと口を開く。

「あのさ、このあいだの話なんだけど……」

「このあいだ？　なんか話したっけ？」

「ほら、『逃げてる』って言われたよね。あのことなんだけど」

ようやくトールも思い出したらしく、「ああ」と軽くあごを引いてまた腕を組んだ。

「あれからずっと考えたんだ。トールの言うように逃げてちゃいけないって思った。だから、男友だちには話をしたよ」

「犬神さんだろ？」

トールの口からその名前が出たことに驚いてしまう。

「え、なんで犬神のこと……」

「中学校まで会いにきた。トールってあだ名しか知らないくせに、それだけで何人もの生徒に訊ね歩いたみたいでさ。会えたときはえらく喜んでた」

「……犬神が」

「そう、その犬神ってイケメン。放課後待ち合わせてさ、マックをおごってもらった」

「全然知らなかった」

まだ心臓がドキドキしている僕に、

「言ってないから知らないのも当然」

なんてトールは得意げな顔で答えた。

「犬神さん、すっげえ兄ちゃんのこと心配してたよ。あと、風花さんとのことも聞いた。なんで別れちゃうかねぇ」

「……いろいろあるんだよ」

違うな、と思った。穏やかな関係だったのに一方的に断ち切ったんだ。

「兄ちゃんのことだから、『自分がいなくなっても生きていけますように』なんて考えで別れたんだろ。俺から言わせれば大バカヤローだけどな」

「そんな言い方ひどいよ」

「風花さん、すごく落ちこんでいて見てられない、って言ってた。毎日園芸部で泣きながら花の世話してるらしい。兄ちゃんは、風花さんのための別れだって本気で思っているの？」

「…………」

重いもやもやがお腹に広がっていく。それを見越したようにトールは顔を近づけた。

「人はどう死ぬかじゃなくてどう生きたか、なんだろ？」

ボソッと言うトールの顔を見た。

「盗み聞きしてたの？」

「……なあ兄ちゃん。ちゃんと最後の瞬間まで生き抜いてみせろよ。じゃないと、俺もどうしていいのかわからないよ」

ああ、そっか……。トールはずっと僕のことを心配してくれていたんだ。学校にも行けないほど、気にかけてくれていたんだ……。

「でも……いまさらどうしていいのかわからない。もう学校にも行けないのに。なにもかも遅すぎるんだよ」

「最後の瞬間まで生き抜くってことはさ、自分の気持ちに正直になるってことだよ。下手に隠そうとするから、余計にややこしくなってんじゃね？」

トールは体を折ってなにかを手にした。それは、茶色の植木鉢。ぼやけた視界に鮮やかな緑色の茎が映った。

「アネモネ……」

誰からトールが託されたのかすぐにわかるよ。風花は、いつだってアネモネを愛していたから。

添えられたカードには、丸文字でひとことだけ記してある。

『今年も、アネモネが咲いたよ』

指先で触れると、彼女の好きな白色の花が揺れた。

まるで彼女が僕に笑いかけているみたい。

わたしはここにいるよ、と言っているみたい。

ああ、だめだ。涙が一気に溢れた。もう迷わないと決めたはずなのに、まるで風花がそばにいてくれるみたいな気になる。

「風花さんが友梨さんに託して、それが犬神さんに渡って、最後は俺に回ってきた。そんなにたくさんの人を介してでも渡したかったんだってさ」

風花が好き。この気持ちは彼女にはじめて会った日から、別れた今でもずっと心にある。

風花……。指先で手紙の文字ひとつひとつに触れていく。

僕は、彼女の気持ちを知っていて……それなのに逃げ出したんだ。風花はどんなに悲しかったのだろう。どれだけつらい思いをしているのだろう。

自分なりに最後まで正直に生き抜くには……。

湊をすすってから植木鉢をサイドテーブルに置いてもらう。

——会いたい。

それが丸裸になった僕の気持ち。すべて失う直前になって、やっと見つけた答えなんだ。

「悪いけど、僕のスマホを取ってくれる？」

「そうこなくっちゃ」

バッと立ちあがったトールからスマホを受け取る。電源を入れると、何十件もの着信履歴とメールを知らせる通知が表示された。

視界の周りが黒く濁っていて、うまく文字が見えない。アドレスから風花の名前を選び電話をかけるとすぐに呼び出し音が聞こえた。

上半身を支えられず、布団に突っ伏すようにしてその電子音に集中する。遠く、そして近く響く音はやがて、留守番電話の非情なアナウンスに変わった。

「どう？」

心配そうな顔を隠さなくなったトールに、顔をうつむけたままで首を横に振った。

体が重く、全身に強い痛みが広がっている。溝口さんを呼んだほうがいいのかもしれない。

そう思った瞬間、トールが「あ」と大きな声を出したかと思うと、僕に向かってなにか言っている。

なんだろう……。左右に揺れる世界の中で、手元にあるスマホを指さされていることに気づいた。

一気に着信音が耳に届く。

「早く出ろよ、風花さんから！」

慌てた様子のトールの声に、スマホの通話ボタンを押して耳に当てる。

風花から……？

「鈴木くん！」

間違いない。風花の声が耳に届いた。

「ああ……風花」

「鈴木くん、鈴木くん！」

涙声で僕の名前を何度も呼んでいる。僕がきみを泣かせたんだね。

「風花、ごめん──」

あとの言葉が続かない。嗚咽を漏らす僕に、風花は『うん』と何度も応える。

「鈴木くん、体調はどう？　ずっと学校にも来ないからわたし……」

自分のことよりも僕を心配してくれる風花。それなのに、僕は……。意識が遠のきそうになるのを必死でこらえる。

ちゃんと伝えなくちゃ。残された時間を正直に生きることを決めたのだから。

「風花、聞いてほしいんだ。どうしても言わなくちゃいけないことがあるんだ」

彼女の息遣いが耳に届く。

「僕は……全然やさしくなかった。風花のことを思っていたはずなのに、ひとりよがりだったんだ」

「そんなことない。そんなこと、ないよ……」

「僕は、自分の気持ちを整理するために、きみを傷つけたんだ」

――神様、僕に残された時間はどれくらいあるのですか？

まるで真冬に外に放り出されたように寒い。すぐそばにいるはずのトールも見えないほど視界がどんどん暗くなっていく。

「きみが好きだよ。誰よりも好きなんだ」

言えた。そう思った途端、体から力が抜けるのを感じた。そのままベッドに仰向けに横たわる。スマホを持つ手の感覚が秒ごとに遠ざかるようだ。

「わたしもだよ、同じなの！　好きだよ。好きだよう……」

嗚咽に紛れる声を心から愛しく思う。最後に話ができてよかった。気持ちをたしかめ合えてよかった。

体がベッドからふわふわと浮いている気分。

「会いたい。鈴木くん会いたいの」

すがる風花に、

「会いたいね」

僕は言った。もう一度きみを抱きしめられたら、ちゃんと顔を見て好きだと言えたなら……。

だけど、もう叶わないんだね。

「ねぇ、風花。アネモネ、ありがとう。すごくきれい」

「うん。うん……」

涙声の風花に、そっと目を閉じてから僕は訊ねる。

「アネモネの花言葉を知っている？」

僕たちのはじめての会話。きみは青空の下で美しい横顔だったよね。

「知ってるよ。『はかない恋』、でしょう？」

「そうだね……。でも――」

　そこまで口にしたときだった。激しい痛みが体を襲った。あまりにも強い衝撃にスマホが手から逃げるのがわかった。

　体をのけぞらせ、うめく僕の体を誰かが掴んだ。

「兄ちゃん！」

　声は聞こえても、もうなにも見えない。必死で痛みに耐える僕に、トールがなにか言っている。違う、電話口の風花になにかを言っているようだった。

　早く痛みが引くことを願うけれど、痛みはどんどん増していく。

　気がつかないうちに覚醒《かくせい》と失神《しっしん》を繰り返していたらしい。

　何度目かに目を開けたとき、ようやく色の薄い世界が確認できた。溝口さんが湿布を貼ってくれたところだった。

「すぐに効いてくるからね」

　やさしい口調の溝口さんにうなずいてから、横を見ると両手のこぶしを握りしめたまま立っているトールが見えた。なにか怒っているように、顔をしかめたトールの目から涙がボロボロとこぼれている。

「兄ちゃん、しっかりしろよ。母さんも父さんもすぐに来るって。風花さんも今向かっているから」

「トール……。家、教えたの？」

「当たり前だろ。そんなの当たり前じゃん……」

痩せてしまった両手を伸ばすと、トールは僕の手を握ってくれた。こんな大きな手をしていたんだな、全然知らなかったよ。

「……トール。お願いを聞いてほしいんだ」

「そんなこと言ってるときじゃないだろ。いいから今は休んでろよ」

握り返す手に力をこめると、トールははっとしたように目を開いた。

「風花のこと、見守ってもらえないかな？」

「最期みたいなこと言うなよ。聞きたくないよ」

子どものように泣くトール。でも、もう時間がないんだ。

「風花はやさしいけれど傷つきやすいんだ。いつも笑っていて、だけど僕がいなくなったら……きっと悲しむと思う」

「…………」

「だから、見守ってやってほしい。彼女の行く道が明るくなるよう、見守ってほしいんだ」

「……わかったよ。だから死ぬなよ。死なないでくれよ！」

窓辺に飾られた白いアネモネを見る。僕と彼女をつないでくれたアネモネ。

「風花にいつか伝えてあげてほしい。白いアネモネの花言葉を」

「花言葉？」

声がうまく出せない。耳を寄せるトールになんとか言葉にすると、彼は大きくうなずいた。

――伝えられた。

そう思った瞬間、目の前がうっすらと明るくなった気がする。

この感情をなんと言えばいいのだろう。こんなに満ち足りた気持ちになったのははじめてのことだった。

体を蝕んでいた痛みももう、ない。

風花、最期にきみに会いたかったけれど、もう無理みたいだ。

どうか神様、僕のいない世界を生きていく力を、彼女に与えてください。

きみを自由にしてあげるよ。たんぽぽの綿毛のように、僕のもとからふわりと飛んで、いつかまた美しい花を咲かせてほしい。

真っ暗になっていく視界。冷えていく体。

恐怖はなかった。これまでの記憶が一気に頭の中で流れている。どの思い出にも感謝の気持ちが溢れていて、僕は今、幸せだった。

体から抜けていく力を感じていると、遠くでなにか聞こえた。

これは……玄関のチャイムの音だ。

トールが部屋を駆けて出て行くのがわかった。

遠くから聞こえるいくつかの足音。その中のひとつ、僕に幸せをくれた彼女の足音がしている。僕の名前を叫ぶ声が聞こえる。

風花、ああ風花。もう少し、もう少しだけこの世にいさせてほしい。

愛しい人の顔を見てから、僕は旅に出たい。

誰かが僕を呼ぶ声。僕の体に抱きつく甘い香り。

きみなんだね？

大粒の涙をポロポロとこぼしている。

ああ、やっと会えた。風花、やっと会えたね。

大きな化け物が今、その口を開けて僕を呑みこんでいく。

だけどもう、僕は怖くはないよ。きみがそばにいてくれるから。

ありがとう、風花。

さようなら、僕の愛した人。

3月

まさかまた、この家を訪れる日が来るとは思わなかった。

趣のある一軒家を目の前にして、手が震える。今までと今の感情が昂《たか》ぶって心臓がありえないくらい伸縮している。体中から鼓動の音が響いてくる。

鼻からたっぷりと空気を吸いこみ、ふうっと細く息を吐き出してから、生唾を呑みこんでインターフォンを鳴らした。

この家のインターフォンがカメラ付きでなくてよかった。でなければ、わたしがこの家に来たと知られて、文哉くんは絶対に顔を出してくれなかっただろう。

玄関に向かってくる足音とわたしの心拍音が重なる。

「はい」

ガチャリとドアが開いて、中にいる文哉くんの顔が驚愕《きょうがく》で固まった。

「……なん、で」

門を開けて、敷地内に足を踏みいれる。ドアに近づいて文哉くんの正面に立った。

「鈴木くんに、手を合わせてもいい？」

文哉くんはきゅっと唇を固く閉じ、なにも言わずわたしを家の中に招きいれてくれた。地面に向けられた目元はひどく弱々しい。

奥の和室のすみにある小さな仏壇《ぶつだん》には、高校一年のときにつき合った、やさしくて大好きだった、そして、すい臓がんで亡くなった鈴木——鈴木和真《かずま》くんの笑顔が飾られている。

ここに座るのは、二度目だ。

前に来たのは、鈴木くんの最期の日だった。

本当は何度か家で手を合わせたいと思ったけれど、迷惑になるかもしれないと思い一度も近づくことができなかった。

「……ここで会うのは、はじめてだね」

写真の中の鈴木くんにほほ笑み返してつぶやいた。

あれから四年。月命日の週末は左右の花立てに活《い》けるために、小さな花束をふたつ用意して、必ず彼のお墓参りをした。何度か鈴木くんのお母さんと顔を合わせたことがあり、そのたびに頭を下げられたのを覚えている。そんなことしなくていいのだと、幸せになってくれていいのだと、そう言われた。

それがわたしのために言ってくれているのはわかっていたけれど、受けとめられなかった。一周忌《いっしゅうき》を過ぎたくらいからは一度も会っていないけれど、きっとわたしが来ているのを知っていたはずだ。

リン棒を手にして小さく一回、リンを鳴らす。そして両手を合わせて目をつむった。

高校一年の春に、わたしは鈴木くんと出会った。

そして告白されてつき合った。

毎日のように一緒に園芸部で水やりをし、花壇の植えかえをし、下瓦さんに怒られたりもした。やさしくて、いつもわたしのことを考えてくれて、わたしはそんな鈴木くんのことが大好きで仕方なかった。

好きだと何度口にしただろう。

好きだと何度言ってもらっただろう。

会えなくなるたびにさびしいと電話をしていた。メッセージも毎日何通も送った。

鈴木くんは一度もわたしを邪険にせずに、それどころか気を遣って元気なフリをして、落ちこむわたしを慰め、励ましてくれた。

——誰よりも、苦しかったのは鈴木くんだったのに。

病気のことを最後までわたしに言わずに、気丈《きじょう》に振るまってくれた。わたしはそのことに、最期の日まで気づけなかった。

どうして、なんで、彼がこんなに早くに亡くならなければいけなかったのか。みんなにやさしく、みんなを大事にして、そして誰からも愛されるような人だったのに。

今でもアネモネを見るたびに、彼の声が風に乗って聞こえてくる。
――『アネモネの花言葉を知ってる？』
――『無理して笑わなくていいんじゃない？』
――『風花が本当の笑顔になれる日にそばにいたい』
――『きみのことが好きなんだ』
――『会いたかった』
――『風花、僕と別れてほしいんだ』
今、確信する。わたしが、鈴木くんのことを忘れるはずがない。
できもしないことに、ありもしない未来に、わたしはどうしてあれほど恐れていたのだろう。
彼がわたしのそばにいてくれたあの一年間があったから、今のわたしがいるのに。
鈴木くんとの日々を思い出せば、今もこんなにも、胸が苦しくなって、涙が止まらなくなるのに。
それが、四年前とは同じものでないとしても。
深呼吸をしてから瞼を持ちあげて、もう一度写真の中の鈴木くんと目を合わせた。

彼の笑顔はいつだってわたしを見守ってくれているみたい感じる。

くるりと振り返り、背後にいる文哉くんと向き合った。彼は気まずそうに目を伏せて「リビングは、こっち」と立ちあがる。

母親は仕事に出かけているらしく、帰ってくるのは夕方とのことだった。大学が休みに入っているので曜日感覚がなかったけれど、今日はたしかに平日だ。お姉ちゃんも大学四年で、なんとか非常勤講師ではあるけれど就職先が決まってから、ずっと家にいる。

「突然ごめんね」

キッチンでお茶を用意してくれている文哉くんに謝ると、彼は「いや」と首を振った。そして、トレイにお茶とお菓子をのせてソファの前のローテーブルに並べる。

「俺のほうが、ごめん」

テーブルを見つめながら細い声で謝る文哉くんは、小さな子どものようだった。

鈴木くんに弟がいることは聞いたことがあった。両親の離婚でこの家に引っ越してきてから、学校をサボりがちになってしまった、ひとつ年下の弟のこと。

それが、文哉くんだった。

「まさか、鈴木くんの弟だったなんて、気づかなかった」

「……似てないって昔からよく言われてたから。背も俺のほうが昔から高かったし」

「……パッと見は似てないけど、やっぱり、似てるところも多かったよ」

はじめのうちは、だからこそ彼に惹かれたのも正直な気持ちだ。もちろん、つき合っていく中でそれだけではない文哉くんを見つけて、もっと好きになった。

でも、おかしな部分は多かった。それに気づかなかったのは、これ以上好きにならないようにと思っていたからなのだろう。

鈴木なんてよくある苗字では、彼の弟だとすぐにわかることは難しい。今までだってふたりの鈴木くん、そしてひとりの鈴木さんと出会っている。

鈴木くんの最期の日に、そばに弟がいたような気はする。お通夜やお葬式では間違いなく会ったはずだ。なのにまったく記憶にないのは、あのころのわたしは周りを見る余裕がなかったからだろう。

「……いろいろ偶然が重なった、のかな」

大学内で一度でも友梨と文哉くんを会わせていたら、すぐにわかったはずだ。

「大変だったんだよ。マンションにもいないし、電話も通じないし」

「冬休みと春休みだし、帰ってきてるだけだよ。スマホは……なくした」

「……てっきり友だちからわたしのこと聞いて、隠れてたと思ったけど」

その返事はなかったのでおそらく図星だったのだろう。

「誰も家を教えてくれないし……それで、なんとかならないかと友梨と犬神くんに連絡して、やっと鈴木くんの弟だってわかったんだから」

でも。

「わざと、だったんだよね」

友梨と一緒にいるときに声をかけてこないようにしていたのだろう。家も、鈴木くんという家族を亡くしたことも、両親が離婚したことも、文哉くんはなにも言ってくれなかった。

鈴木くんにつながりそうなことは、決して口にしなかった。

文哉くんの顔を見るのが怖くて、目の前にあるお茶から立ちのぼる湯気を見つめる。

ゆらゆらと揺れて、消えていく。

信じていたものが、消えてなくなる。

文哉くんはそんな存在だったのだろうか。そうあろうとしたのだろうか。

「なんのために、わたしに声をかけたの」

文哉くんはわたしを知っていたはずだ。知らなかったはずがない。

鈴木くんの彼女だったのを知っていて、わたしに話しかけてきた。

「……騙《だま》してたの？　好きだって、言ってくれたのも、全部」

文哉くんと過ごした時間を思い出せば、そんなことはありえないと思う。けれど、いやな考えが拭えない。

涙をこぼしそうになって手の甲で拭うと、文哉くんははっきりと否定をしてくれた。

「――違う！」

おそるおそる視線を向けると、彼は今にも泣きそうな表情で、歯を食いしばっている。

「……ちが、う。違うけど、違うわけでも、ない」

意味がわからない。

「教えてほしい、全部」

すんと洟をすすって、ぐっと涙を呑みこんだ。話を聞くために、話す文哉くんをちゃんと見るために、涙でぼやけた視界のままでは、だめだと思った。

「あの日、最後の日、兄貴に風花を頼まれた。見守っていてほしいって。傷つきやすいから、きっと悲しむから、笑っていてほしいからって」

だからといって、すぐにそんなことをする気にはなれなかったらしい。わたしと文哉くんはほとんど面識がなかった。見ず知らずの兄の彼女よりも、自分の家族のほうが大事に決まっている。兄がいなくなり、ふたりきりになってしまったことで、まずは自分が母親を安心させられるようにしなければと思ったようだ。

「親が離婚して、無理やり引っ越しさせられて、ふてくされてた自分は本当にガキだったなって思って、あれから真面目に学校に行くようになった」

もともと社交的なほうではなかったので、新しい環境で友人を作ろうとしなかったけれど、積極的に人と関わろうと、兄のように相手のことを考えて言動にうつすようになったらしい。そうすると、あっという間にたくさんの友人ができたと文哉くんは言った。

「ぶっきらぼうな、一方的な言い方でよくもめてたんだなって、そのときにやっとわかった。兄貴はすげえなあって改めて思った」

そんな日々を過ごしていく中で、わたしのこともほとんど忘れていたと言った。鈴木くんの最後の言葉も。完全に記憶から抜けおちていたわけではないので、ふと思い出すこともあったけれど、接点のないわたしをわざわざ探してまで、会おうとは思わなかったらしい。

けれど、わたしたちは同じ大学を選んでいた。偶然にも。

「本当に、たまたまだったんだ。アネモネを見てる風花を見かけて思い出したくらい。兄貴が、『トール、忘れてるんじゃないか』って言ってるような気がした。で、気がついたら話しかけてたんだ」

あんなセリフ、誰にも言ったことないのに、と文哉くんは少し恥ずかしそうにする。

「なんとなく、兄貴のように庭の手入れをしたり、部屋にあった本を読んでいただけなんだけど。俺が花を大事にすると母さんも喜んでくれたし」

――『花には人を元気にさせる力がある』

鈴木くんが言っていたから、きっと文哉くんも興味を持ったのだろう。

「本当は、ただ、そんなふうに見守るだけのつもりだったんだ」

はじめは、わたしたちは学校内で話すだけの関係だった。

「本当は、なにもしないほうがいいんじゃないかとも思った。ずっと兄貴のことを想っているのはわかっていたけど、でも、笑っていたし。俺が余計なことしなくてもいいかって思うこともあった」

文哉くんの言うように、わたしは鈴木くんを想っていた。それでよかった。

「でも、ときどき、無理してるように見えたんだ。無理して、兄貴を想いつづけているんじゃないかって。それで、兄貴に頼まれたしなって思って」

文哉くんの頬に、涙が伝う。

線を引くように落ちていくそれを見ていると、胸が苦しくて喉が締めつけられる。

「ただ、風花を兄貴のかわりに見守ろう、くらいの気持ちだった。好きになるはずじゃなかった。ましてや告白なんてするつもりはなかった。なのに、気がついたら口にしてたんだ」

言った瞬間、彼が自分でも驚いたような顔をしていたのを思い出した。

わたしも好きだ、と叫んだときも。

あのとき、彼がどれだけ悩んでいたか、自分のことで手一杯だったわたしには気づけなかった。それでも、抱きしめてくれた大きな手を、わたしは覚えている。包みこんでもらえたときの、安心感も。

「これは風花のこれからが、兄貴の望んだような未来になるためにしているだけだって、何度も言い聞かせてた。なのに……」

毎日花壇を見て話をした。

学校の帰りに手をつないで帰ったり、休日に待ち合わせをして出かけたり。

「最低だって思うのに、なのに、風花のことが好きだった。風花が俺を好きでいてくれるのも、めちゃくちゃうれしかった。笑っている風花を見て、兄貴はこんなふうに笑顔でいてほしかったはずだって。これこそが兄貴が望んだことなんじゃないかって」

わたしの観たい映画につき合ってくれたり。

わたしの行きたい場所をリサーチしてくれたり。

メッセージや電話も文哉くんはやさしかった。

「毎日、変わるんだ。昨日はこれでいいと思ったのに、次の日になると、やっぱりでもこれじゃだめだって思うんだ」

ときどき見せる翳りのある笑みも、わたしのためだった。

わたしと、鈴木くんのためだった。

「兄貴に頼まれたのに。風花が俺を見てるのがうれしいのに。風花が兄貴を忘れていくかもしれないと思うと、すごく、苦しかった。やっぱり俺は兄貴を裏切っているんだって……」

わたしがいろんな自分を演じていたように、文哉くんも演じていたのだろう。

お姉ちゃんがいつも通りにしていても、そうじゃなかったように。

鈴木くんが大丈夫だと言いながら病気と闘っていたように。

倫子と友梨も、いろんな自分を持っていた。笑顔の裏にはいろんな気持ちが込められていた。

「だから、別れようって。クリスマスを過ごしたら別れようって。最後になるから、その日のためにめちゃくちゃがんばろうって、バイトして——……」

会う時間が減った理由に、涙を流しながら笑ってしまった。

自分のバカさ加減に呆れてしまう。あのとき、すぐに文哉くんに聞けばよかった。

なにをしているのか、どうしているのか。

踏みこむのが怖くて避けていたせいで、彼を苦しめた。

わたしはずっと、彼に無理をさせていたんだ。

こんなふうに想ってくれている人が、あの日、あんなにも素敵なクリスマスを過ごさせてくれた文哉くんが、最後の言葉をどんな気持ちで口にしたのか、想像するだけで時間を巻きもどしたくなる。

言わせてしまったのはわたしだ。

自分は受け身のまま、文哉くんにすべてを任せて甘えていた。

「ごめん、ごめんね」

せめて、あの瞬間に彼の気持ちに寄りそっていれば、こんなに長いあいだひとりきりにさせてしまうことはなかったのに。わたしを救いだしてくれた文哉くんに、手を差しのべることができたかもしれないのに。

文哉くんも、わたしと同じようにずっと鈴木くんへの想いと変化に、戸惑い悩んでいた。その気持ちを、わたしたちは一緒に語り合えたはずなのに。

しばらくふたりとも無言で涙を流していた。

差し出されたお茶もすっかり冷え切ってしまったころ、文哉くんがゆっくりと立ちあがり、わたしに手のひらを向ける。おずおずとその手に自分の手を重ねる。

「兄貴の部屋、見る?」

文哉くんはわたしの返事がわかっていたのか、そのまま階段に向かって歩いていく。一歩踏みだすたびに、ギシギシと不穏な音を立てて床がきしむ。

鈴木くんの部屋は二階の一番奥で、一番日当たりがいい場所だった。春を感じさせるような光が部屋の中に注がれていた。

窓際には、こげ茶色の鉢がひとつ。

わたしが鈴木くんのために植えたアネモネの鉢だ。四年も前のものなのに、鉢には白と、赤と、紫のきれいなアネモネが咲いていた。

「なんで？」

「……はじめは母さんがやってたんだけど、途中から俺が毎年植えて、育てた」

この部屋にはアネモネが似合うから、と言葉をつけ足して中に入っていく。わたしも引きよせられるように足を踏みいれて、彼の寝ていたベッドを見おろした。

最後に見た鈴木くんは、わたしの知っている鈴木くんとは別人かと思うほど変わっていた。体は細くなっていたし、顔色も悪く目も虚ろだった。それでもわたしの名前を呼んでくれた。

──『風花』

──『風花、ごめんね』

わたしが謝らなくちゃいけなかった。

気づけなくてごめん。ウソをつかせてしまってごめん。わたしだけが傷ついたみたいに悲しんでいたことが、恥ずかしくて申し訳なくて仕方がなかった。

なのに、鈴木くんは笑ってくれた。
あのときの鈴木くんの意識は、朦朧《もうろう》としていただろう。
――『好きだよ』
クリスマスに別れを告げられたけれど、わたしたちの最後は、恋人同士だった。
瘦せ細った彼の手は、あたたかかった。
力は弱かったけれど、しっかりとわたしの手を包んでくれた。

「ずっと、鈴木くんを好きなままだと思ってた」

もういないことはわかっていたし、それで周りを心配させることもわかっていたけれど、好きだったのだから仕方ない。好きじゃなくなるなんて考えたこともなかった。

「誰も好きになれないだろうって。でも、文哉くんを好きになって、そうすると、これでいいのかって怖くなって、踏みこめなかった」

そんなわたしの中途半端さが、彼を苦しめていた。わたしが思っていた以上に、文哉くんはたくさんのものを背負っていた。

「わたし、今も鈴木くんが好きだよ」

前は毎日思い出して、苦しかった。それが鈴木くんを好きな証しだと思っていた。でも文哉くんと一緒に過ごしているうちに、薄れていった。それがいやだった。

忘れてしまうんじゃないかと。

好きだった気持ちも消えてなくなるのかもしれない。

あんなに好きで、あんなに悲しくて、泣きすごした夜が偽物《にせもの》になってしまうんじゃないかと思うと、わたしのことを大事にしてくれた鈴木くんを裏切るみたいに思えた。

そんなわたしを責めたのは、わたしだけだった。

お姉ちゃんも友梨も倫子も、誰も間違っているとは言わなかった。だって、そんなの不可能なんだもの。

「忘れるなんてできるわけないよ。わたしも、文哉くんも」

忘れたくないし、忘れようと思っても忘れられない。

「たしかに、あのときとまったく同じような胸の痛みは、なくなってきたかもしれない。でも、それって、忘れたんじゃなくてただ、生きてるからなのかなって」

お姉ちゃんが言っていた。

――『あのころ悔しかったな、とか苦しかったな、て思い出すと同時に、今の私ががんばってよかったな、て思うの』

自分の胸に手を当てる。

「ここにあるのが、昔の想いだけじゃなくて、今の気持ちが重なっているからなんじゃないかな」

あのまま文哉くんと出会わなくても、きっとわたしは遅かれ早かれ、同じ悩みに直面していただろう。ずっと同じでい続けるのは、生きている限り難しいから。あのとき出会った文哉くんに惹かれたのも、そういう時期だったのかもしれない。

そう思うと、今まで悩んでいたことを否定でも肯定でもなく、受けいれることができて、それは胸にすとんと落ちてきた。

「鈴木くんのことは、これからも好きだし、これからも、毎日好きになると思う」

もういないから。

思い出の中の彼はいつだってやさしくてあたたかくて、わたしと文哉くんをずっと見守っていてくれる。実感するたびに想いは積みかさなっていく。

でも。

「そんなふうに、過ごせばいいんじゃないかなって今は思う。過去と同じだけ、今を大事にしたい。過去と今を比べることなく」

つながったままの文哉くんの手を、しっかりと握りしめる。

「わたしは、文哉くんと、これからをそんなふうに過ごしたい」

言葉にすると、また涙が溢れてしまった。

鈴木くんがそばにいたら、風花は本当に泣き虫だね、って眉を下げてほほ笑んでいるだろう。

文哉くんは空いているほうの手で顔を覆いながら、わたしの手を握り返してくれる。強く、やさしく。もう解《ほど》けることがないくらいにしっかりと。

ここに鈴木くんがいたら、文哉くんのことをなんて言うだろう。仕方のない弟だろうと、苦笑してから「よろしく」と言いそうな気がした。

これは勝手な妄想で、わたしに都合がよすぎるかもしれない。

でも、鈴木くんを知っている人ならみんな、同意してくれるだろうと思った。

──『風花、アネモネ、ありがとう』

家に駆けこんできたわたしを見て、文哉くんはふらふらと震えながら手をあげて、わたしの贈ったアネモネの咲く鉢植えを取ってほしそうな仕草をした。不思議に思いつつ立ちあがりそれを手にして彼の目の前に置く。

──『きれいだね』

──『やっぱり風花にはアネモネが似合うね』

鈴木くんはもう一度『きれいだね』と言ってから一本のアネモネを取った。ぷちりとそれを、おそらく、あのときの鈴木くんの最後の力でちぎりとる。

──『これを、風花に』

目の前にいるのがわたしだと、鈴木くんが認識しているのかわからなかった。

――『これを、あげる』
――『だから、笑っていて、ほしいんだ』
――『好きだよ』
――『だから、受けとってほしいんだ』
――『風花に、渡して』
彼の手の中の白いアネモネが、小刻みに震える手によってゆらゆらと揺れていた。
それを受けとると、焦点の定まらなかった彼の瞳に光が宿る。
「わたしたちの恋は、本当にはかなかった。でも、それでも幸せな恋だった。鈴木くんはわたしにとって、そういう思い出にしてほしかったのかな」
そんなふうに考えて、だからこそ、忘れてやるものかと思ったのだけれど。
「違うよ、風花」
「え？」
目頭を拭った文哉くんが、鼻声で言う。
「アネモネの花言葉は、違うんだ」
「……どういうこと？　アネモネの花言葉は『はかない恋』でしょ」
赤いアネモネにはたしか『あなたを愛する』みたいな意味はあったけれど、あの日渡されたものは白いアネモネだった。

そういえば、最後の日も、鈴木くんが同じようなことを言っていたのを思い出す。

あのときはそれどころじゃなかったから電話の続きを聞くことはできなかったけれど、なにか言いたいことがあったのだろうか。


「この花の花言葉は——」


文哉くんはそばにあった植木鉢を手にして、白いアネモネを指さした。

文哉くんから受けとったものは、鈴木くんの最後の贈り物だった。

窓の外では、たぶん風が吹いている。

アネモネの風が。

エピローグ

はじめて会った日から、きみの笑顔が好きだった。

顔をくちゃくちゃにして笑うきみがうれしくて、気がつくと同じように僕も笑っていたよね。

その笑顔を消したのは僕。

最後にトールに教えてもらえてよかったと思う。そうじゃなかったら、お互いに悲しいままだっただろうから。

あの日、僕の人生のともしびが消える寸前、やっときみに会えた。

泣きじゃくるきみに、本当なら白いアネモネのもうひとつの花言葉を伝えたかった。

悲しむことなんてない。きみには新しい人生が待っている。希望を大切に生きていくのを遠くから見ている。

そう、伝えたかったんだ。

けれど、僕の口から出た言葉は、

『風花の笑顔が見たい』

だったね。

どこまできみを困らせるんだろう、と自分でも思う。

けれど、どうしても伝えたかった。いつも笑っていた僕たちのラストにふさわしいと本気で思えたんだ。

あごを震わせながら、きみは少しだけ口の端をあげて笑ってくれたよね。

そんなきみのことを誇りに思うよ。

ありがとう、僕の大切な人。


しばらくは泣いていいけれど、いつか幸せになってほしい。

やさしいきみだから、きっと罪悪感に苦しむだろう。何度もくじけてしまうだろう。

そういうときは、白いアネモネを思い出して。

きみが持つ希望の光が、何千倍にも輝くように遠くで見ているよ。

目を閉じる一秒前、風花のうしろにいる大切な人たちが見えたんだ。

母親、犬神と友梨、そしてトール。

母親にはたくさん迷惑や心配をかけた。どうか、長生きをしてください。

犬神のぶっきらぼうなやさしさに救われたよ。部活、がんばってな。

友梨はがんばりすぎるがんばり屋。サックスの演奏聴きたかったよ。

そしてトール。最後にきちんと、文哉って呼びたかった。

どうか母親のこと、そして風花のことを頼んだよ。
真っ暗闇に落ちていく。間もなく命の火が消えるのを知っても怖くなんてなかった。
それは、みんなの笑顔があるから。

ありがとう、みんな。
ありがとう、風花。

今年もアネモネの花が咲いただろう?
これからもアネモネは咲くよ。
きみのために。
きみの未来のために。

水できれいになった墓石の前に、両手から溢れるほどの花束ふたつを花立てに挿した。今まででいちばん豪華な墓花《はかばな》だ。

「今年もずいぶん育てたんだな」

「きれいでしょ。もうプロ並みでしょ」

ふふん、と文哉くんに自慢げな顔を見せると「墓には似合わないけど」と余計なことを言われてしまった。

以前は少し無理をしていたのか、最近の文哉くんは口調がかなりぶっきらぼうになったような気がする。それでも、彼の内面のやさしさは変わらないけれど。

あれから一年、毎月、ふたりで月命日にはここに来ている。

花が好きだった鈴木くんのために、旬の花束を用意している。仏花《ぶっか》はこれでなくてはいけない、ということもなくなんでもいいらしい。ひとりで来ているときからそうしていたので、鈴木くんのお母さんもそうするようになったと、あとから文哉くんに教えてもらった。

「道にもアネモネ咲いてたね」

墓石の前に腰をおろして、鈴木くんに語りかける。

いつもありがとう。

そして、いつも好きだよ。

鈴木くんのことも、文哉くんのことも。


「ちょ、風花、掃除が雑」

「えー、ちょっと今手を合わせてるのに」

「兄貴きれい好きだったから、きらわれるぞ」

「やめてよそういうこと言うの！　鈴木くんはそんなことできらわないし」

文哉くんは「惚気かよ」と肩をすくめながら顔をしかめる。ひどいこと言うよね、とぶつくさ言いながら掃除を再開しつつ、ふたりでクスクスと笑った。

あれから、ふたりでよく鈴木くんの話をしている。

わたしの知らない鈴木くんの話を聞くのはやっぱりうれしい。わたしが思っているよりもずっと鈴木くんは頑固だったこともあとから知った。最後の日、電話してくれたのも、文哉くんのおかげだったなんて知らなかった。

「そういえばこの前、犬神さんが突然来たんだって」

「え？　なんでまた」

「知らないけど。どっかの国のまっずいお菓子をお供えしてた」

あははは、と墓石の前で大きな声で笑ってしまった。犬神くんらしい。犬神くんは大学が休みに入るたびに、海外旅行に出かけているので最近会っていない。友梨が「あいつのお土産はセンスがない」と怒っていたことを思い出した。

「今度みんなで墓参りしたいね」

「ああ、いいんじゃないか？　友梨さんとか呼べば？　倫子さんは……まあいいか」

「倫子も来たいんじゃない？　鈴木くんのこと知らないけど、でも、鈴木くんはきっと喜んでくれるんじゃないかなあ」

わたしたちが楽しい日々を過ごしている姿を、待っているような気がする。

「アネモネって、風って意味でしょ。種に長い毛があって、風に運ばれるからっていう由来なんだって」

「へえ」

「風になった鈴木くんが、わたしにたくさんの縁を運んできて結んでくれたのかなって思うから」

文哉くんと出会うまでのわたしを見かねて。

希望って、人と人とで出来あがるものなのかもしれない。

「ポエマーだなあ」

「もう、デリカシーがないなあ」

ぺちんと文哉くんの肩を叩く。

「でもまあ、兄貴なら、そういうことするかもな」

肩をさすりながら、文哉くんは墓石にやさしく微笑んだ。


──『白いアネモネの花言葉は〝希望〟だよ』

はかない恋で、あなたを愛する、希望。ひとつの花に込められたたくさんの花言葉が、今のわたしを支えてくれている。鈴木くんが文哉くんに、そしてわたしに伝えてくれたもの。

鈴木くんと文哉くんのおかげで、わたしは未来に希望を感じることができている。

──『風花の笑顔が見たい』

今のわたしは、彼が好きになってくれた笑顔になっているかな。

そうだといい。

「花言葉を教えてくれて、ありがとう」

鈴木くんがわたしにくれた笑顔を風に向けて、つぶやいた。

書籍版書き下ろしエピソード

今はまだ、誰も気づかない花風《かふう》

三月の空気は、冷たい風の中にときどきぬくもりを感じる。それは、わたしをいつもやさしく包みこんでくれた人を、思い出す。

春休みでも、園芸部には当然毎日仕事がある。

アネモネの植えられている鉢を手にして、ふと空を仰いだ。真っ青な空にきれいな雲がぷかぷかと浮かんでいる。太陽がちょうど真上からわたしを見おろしていた。

春が、近づいている。鈴木くんと出会った春が、やって来る。

ふわりと風がわたしの頰を撫でて通りすぎ、追いかけるようにうしろに振り返った。

――『風花』

彼がわたしを呼ぶ声が、葉の揺れる音に混ざって聞こえた気がする。姿はまったく見えないのに――あたりまえなのだけれど――そこに、いてくれるのではないかと思えてくる。

「先輩、どうしたんですか？」

しばらく上を見たまま突っ立っていたのだろう。後輩が不思議そうに呼びかける声が聞こえてはっとする。

「ううん、ちょっと休憩してただけ」

「この量は休憩したくなりますよね。この鉢植え多すぎません？　朝からやって、やっと終わりが見えてきたーって感じですよ」

わたしの一学年下のこの後輩は、去年の春に園芸部に入部してくれた女の子だ。ショートカットで一見運動部に所属しそうな活発な印象があるけれど、中学時代に怪我をしたとかで激しい運動は難しいらしい。それでも体を動かしたい、とこの部に来てくれた。

素直で、明るくて、パワフルな彼女がそばにいてくれることは、園芸部の大変な仕事を分担できること以上に、助けられている。

一年前のあのころのわたしは、鈴木くんがいなくなって園芸部どころではなくなっていた。部活にもほとんど顔を出さず、部員でもない犬神くんや友梨が手伝ってくれていたことも知らなかったくらいだ。

ただ、毎日泣いていた。

ひたすら、涙が涸《か》れるのを待っていた。

そのあとは、抜け殻になっていた。

あの日から、しばらくどんなふうに自分が過ごしていたのかの記憶もない。

それでも、時間とともに日々を過ごせるようになった。それは、鈴木くんがわたしのことを、最後まで心配していたのがわかったから。

――『笑っていて、ほしいんだ』

悲しくても苦しくても、さびしくても。

今のわたしにできることはそれしかなかった。いまさらだとわかっていても、彼のためにできる唯一のことが、笑ってこれからを過ごすこと。

「来月からひとりでできますかね、私」

鉢植えを全て校舎脇に移動させてから、後輩がはーっと息を吐き出し肩を落とした。

「春休みのあいだはわたしもまだ手伝うから」

「三年になってもたまには手伝ってくださいね、先輩」

うん、と言葉にしたかったのに、うまく声が出せず笑顔だけで答えた。

「たぶん友梨や犬神くんも顔出してくれると思うよ。それに新入生が入ってくるかもしれないじゃない」

「……だといいんですけど、私、教えられるかなあ」

後輩は、もともと花に興味があったわけではない。きらいなわけではないが、母親の誕生日や母の日くらいしか花屋に行かないと言っていた。

「今でもまだ花の種類よくわかってないし……先輩がいなくなったら、下瓦さんに毎日怒られる予感しかしないんですけど」

「あはは、大丈夫だよ。わたしも、入部したときは全然知識なんてなかったし、今も下瓦さんに頼りっきりだもの」

　それでも、なんとかなるものだ。

　だって、知識がなくても、これだけ触れ合っていれば花を好きになるのだから。後輩も、日々世話をしている花々に愛着を抱いているのは見ていて明らかだ。その気持ち以上に必要なものはない。

「この花、名前なんでしたっけ？」

　移動させた鉢植えを上から覗きこむように、腰を折った後輩が首をかしげる。

「アネモネだよ。もう咲いてもおかしくない時季なんだけど、今年は遅いね」

　鉢植えのアネモネはまだきゅっと丸まったような状態だ。下瓦さんがすべてを管理しているので、育て方の問題ではないだろう。今年の冬がややあたたかかったことが関係しているのかもしれない。それでも、来月にはきっと学校を彩ってくれるはず。

「花って、なんか不思議ですよね。庇護《ひご》欲が刺激されるっていうか」

「お世話しないときれいに咲かないものもあるからかな？」

　早くきれいな花を咲かせるんだよー、と後輩はつぼみに語りかける。その横顔は、どこかさびしげに見えた。

　詳しいことは聞いたことがないけれど、彼女もなにかを抱えているのかもしれない。怪我のことが原因だろうか。いつも明るくて元気で、下瓦さんにも「落ち着け」と注意されているほどだけれど、ときおり、ふっと翳りを感じさせる。

——『花には人を元気にさせる力がある』

きっと、わたしも、鈴木くんも、そして隣にいる後輩も、どこかで助けを求めてここにやって来たのだろう。

花が、わたしたちに救いの手を差しのべているのかもしれない。

花に呼び寄せられて、ここで出会ったのかもしれない。

なんて、こんなこと恥ずかしくて誰にも言えないけれど。後輩には「ロマンチストですね」と苦笑されるだろうし、下瓦さんには首をかしげられてしまうはずだ。友梨や犬神くんに言えば、余計な心配をかけてしまいかねない。

でも、そう思いたい。

鈴木くんなら「さすが風花だね」なんて褒めてくれそうだ。

彼はいつだって、わたしのことを受けとめてくれたから。甘やかしてくれたから。

「おい」

のそのそと校舎の陰から下瓦さんが現れて、わたしを呼んだ。

「そろそろ時間じゃないのか」

「あ、そうですね。ありがとうございます」

下瓦さんは、腕時計をつけていないのに左手首を指さして時間を教えてくれた。たしかにもうすぐお昼になってしまう。

「じゃあ、今日は先に帰るね。あとよろしく」

「はあい。お疲れさまですー」

後輩に手を振って別れる。ポケットからスマホを取り出して時間を確認すると、十二時を少し過ぎたくらいだった。

「今日くらい、休めばよかったんじゃないか」

下瓦さんは、わたしのほうを見ずにつぶやく。そのそっけない態度に込められたやさしさに、ついふふっと笑ってしまった。

「大丈夫です。手伝いたかったので」

「今日はなんの花がほしいんだ」

「アネモネを、何本かもらってもいいですか？」

その返事に、下瓦さんはふん、と鼻を鳴らしながらうなずいた。

学校から家に帰り、下瓦さんの許可をもらって切りとってきたアネモネと花屋で買ったほかの花を使って、花束をふたつ作った。

買い置きしていたラッピング用品を取り出して作るけれど、なかなかうまくできない。毎月のことなのに、いつまでたっても上達しない自分にいやになる。

でも、彼にちゃんと見せたい。

鈴木くんがいなくなってからも、わたしが、今もちゃんと園芸部を続けていること、花を育てつづけていることを。そのために、月命日の週末には下瓦さんに校内の花をいくつかもらっている。

本当は、自分で育てた花を持ってきたほうがいいだろう。とくに、あれから一年経った、命日の今日は。

たった一度、自分の力で育てたアネモネは、彼の家にある。

あれが、最初で最後。そう、決めたから。

鈴木くんは悲しそうな顔をするかもしれないけれど、これを見たら、大丈夫ってことが、わたしは毎日をちゃんと生きているってことが、彼に伝わるはず。

けれど。

「……咲いてないのは、わたしのせいじゃないんだよ」

彼の名前が彫られているお墓の前で、言いわけする。

しゃがんで手を合わせながら、左右に活けられているアネモネを一瞥した。そして「気候のせいなの」「わたしだけじゃなくて下瓦さんも見てくれてるし」「来年はちゃんと咲くはず」ともごもごと口にする。ついでに「花束が不格好なのは今回もわたしのせいだけど」とそこは素直に伝えた。

「でも、つぼみで、ごめんね」

ぽつんとつぶやくと、心地よい風がわたしを通りすぎた。

まるで、今のわたしを見て鈴木くんが微笑んでいるみたいに。

彼が隣にいてくれるみたいな安心感。それを感じると同時に襲ってくる、喪失感。

この場所にいると、彼がいないことをいやでも実感して、ひどく心細くなる。

「友梨も犬神くんも、ときどき園芸部に顔を出してくれるよ」「下瓦さんは相変わらずいつも眉間にしわが寄っててね」「後輩も今はすごく頼りになるよ」

笑顔を無理やり顔に貼りつけて、萎んでいきそうになる気持ちを必死にこらえる。

「友梨が花壇の前でサックスを練習してて、それから心なし花壇が華やかになった気がするんだよねえ」「犬神くんが花を踏んじゃって、下瓦さんにすっごい怒られたんだよ」「今日はアネモネの鉢を移動させたよ」

ねえ。

「──鈴木くんがいたら、どんな表情を見せてくれたかな」

自然と言葉が口をついて出た。と、同時に視界がぐにゃりとゆがんで霞《かす》む。

毎月ここに来るたびに、来月こそは泣かないで過ごそうと思っているのに。一度だってそれを守れたことはない。

泣いたらだめなのに。

泣きたくないのに。

涙が溢れるたびに、想いは強くなるばかり。

「そばに、いてほしかった」

見れない、会えない、話せない。

記憶の中には、ついさっきまでわたしの隣にいてくれたかのように、鮮明に残っているのに。

一年間、鈴木くんのいない日々を過ごした。

好きな気持ちは日々膨れあがる。同じだけさびしさが増す。それを必死に胸の中に閉じこめながら生きていた。ときに鈴木くんを忘れたフリをして笑ったり、ときには鈴木くんはどこか別の国で元気にしているんだ、と思いながら懐かしんだり。思い出す暇もないほど、毎日必死に花壇の手入れをしたり。でも。

「……来月から、わたし、園芸部じゃなくなるの」

新学期がきたら、わたしは園芸部を退部する予定だ。受験が控えているので、この忙しい部活と両立は難しい。ただ、後輩に言ったように手伝うつもりはある。いや、手伝いたいと思っている。

じゃないと、どうやって二十四時間を過ごせばいいのかわからない。

鈴木くんを失って、園芸部までなくなってしまったら、わたしはどうなってしまうのだろう。

でも、その状態でこの先ずっと、過ごさなくちゃいけない。永遠とも思えるほど途方もない孤独が待っているのだと思うと、絶望する。

来年にはまだ、下瓦さんからアネモネをもらうことができるだろう。でも、そのあとは？　どうすればいい？

もう、わたしたちのアネモネはなにもない。

わたしは、ひとりで土を触ることさえできない。

アネモネを育てる自分を思い描くだけでも、苦しくなる。

わたしがはじめて育てたアネモネは、鈴木くんとの幸せな時間と、身を切りさかれるような別れの痛みを蘇らせる。

時間が、こわい。

これから過ごすであろう、鈴木くんのいない日々が。

「好きだよ、鈴木くん」

だから。

「戻ってきてよ」

無茶なセリフを口にして、失笑する。

──『風花、ごめんね』

最後の日に見せた鈴木くんの申し訳なさそうな笑みと、か細い声が蘇る。

これ以上謝らせてどうするの。彼に、謝られてわたしはどう思うの。

自分を叱咤しながら瞼に力を入れて、ぎゅっとつむる。涙を呑みこむみたいに、固く閉じる。すると、聴覚が敏感になって、遠くの微かな音をわたしに届けてくれた。

木の枝が揺れる音。葉っぱが擦《す》れる音。風が地面を滑る音。

そのすべてが特別のように錯覚《さっかく》できる。

「っなんて、ね」

ぱっと顔をあげて目を開ける。涙で濡れたまつ毛を拭って、「弱音を吐く場所みたいにしちゃってごめんね」と笑ってみせた。

「でも……悲しいのと同じくらい、幸せでもあるんだよ」

部室に行けば、いつだって鈴木くんを感じることができる。思い出すたびに好きだなって思う。ああ、幸せだったんだなって。

そんなわたしを心配してくれている人がいるのもわかっている。前に進むべきだと、そう思っていることも知っている。

気がつくと、左手の中指を撫でていた。鈴木くんがいなくなってから、わたしの癖になった〝魔法〟だ。

鈴木くんはいない。

でも、わたしの中に、いる。

それを永遠と呼んだって、幸福だと思ったっていいじゃない。

ふうーっと息を細く長く吐き出してから、すっくと立ちあがる。ロングスカートについていた砂を払って、背筋をぐいと伸ばしてあごを引いた。

「きっと受験で忙しくなるから、これからも元気に過ごせるよ。そして、来月こそは笑顔で会うから」

そのときには、アネモネは花開いているだろうか。

閉じたままのガクを大きく広げて、きれいな姿を見せてくれるだろうか。

目の前にあるこの花が咲く姿を見ることはできないけれど。

来年こそ。

それが無理ならば……わたしが自分で咲かせたものを。

――いつか。

それは、まだ、今じゃないということだ。

それは、時間が経てば変わっているかもしれないということ。

そんな言葉が浮かんだけれど、頭を振って追いだした。今度、も、いつか、も、今のわたしには想像することができない。したくない。今この瞬間の感情が消えてしまうことを示唆《しさ》しているように思えてしまう。

顔を両手で覆い、そのまま目尻に残っていた涙をこすり拭う。

「また、ね」

好きだよ。

心の中で彼に伝えてから、背を向ける。

何時間でもここに居座っていたいけれど。うしろ髪を引かれる思いで足を踏み出し、砂利《じゃり》道を音を鳴らして歩いていく。わたしを応援してくれているみたいに、追い風が吹いた。

花の香りは、まだ届かない。

◇

◆

◇

階段を上ったところで、人影に気づき足を止めた。そして、そっと身をかがめてそばにあった草木に体を隠す。

「文哉？　どうしたの？」

後ろにいた母さんの声に、慌てて振り返り口元に人差し指を立てる。

「誰か、いる」

母さんを手招きして、小さな声で母さんに伝えた。母さんは俺と同じように体を縮こまらせて顔だけを出す。そして、

「ああ、風花ちゃんね……」

と、さびしげに、けれどどこかうれしそうにつぶやいた。

視線の先には、お墓の前でしゃがんでいる女の子のうしろ姿。俺のいる場所から五メートルは離れているのに、彼女の髪の毛が風でなびいているのがわかった。

風花、という名前は聞いたことがある。たしか、兄の彼女だったはずだ。生前、兄はよく風花さんの名前を口にした。元気なときも、ベッドで横たわっていたときも。

そして、一年前、兄と最後を過ごした彼女を、俺は覚えている。

泣きながら、家にやって来た。泣きながら兄の名前を何度も呼んだ。

あの日、彼女の目には俺はまったく映っていなかっただろう。そのくらいずっと涙を流していたし、涙が止まってからは憔悴《しょうすい》しきっていて目が虚ろだった。

兄は、ずっと彼女のことを想っていた。

――『風花のこと、見守ってもらえないかな?』

最後にあんなことを言われても、俺にはなにもできない。

兄がいなくなって、母さんとふたりきりになってしまった生活に慣れるので精一杯だった。話したこともない女のことを気にかける余裕なんてなかった。

――『風花はやさしいけれど傷つきやすいんだ。いつも笑っていて、だけど僕がいなくなったら……きっと悲しむと思う』

兄の言葉を思い出す。

彼女はうずくまっている。小さな体を、より一層小さくして。

泣いているのかもしれない。

まだ、兄を好きなのだろうか。一年間、ずっと兄のことを想いつづけているのだろうか。兄のいない日々も、兄に想いを馳《は》せて過ごしているのだろうか。

「もう、気にせずに前に、進んでくれたらいいよって、伝えたんだけど、ね」

母さんは申し訳なさそうに眉を下げた。何度かここで会ったらしい。この一年毎月墓参りをしているようで、顔を合わすたびに、もうここに来なくてもいいんだと伝えたそうだ。まだ高校生だから、兄のことは忘れて自分の人生を歩んでほしい、と。先週末に行われた一周忌の法要に、兄を誰よりも想ってくれていた彼女を呼ばなかったのもそういう理由からだろう。

それでも彼女が今日、ここに来ているということは、母さんの気持ちを受けいれられなかった、ってことだ。

「幸せになってほしいわね」

それって、今は幸せじゃないということなのだろうか。

しばらくして、彼女は立ちあがり背筋を伸ばして歩きだした。

じゃりじゃりと砂を踏みならしながら、俺と母さんに気づかず、すぐそばを通りすぎる。

彼女の目元がきらりと光を反射させた。

涙の、あと。

それでも、やっぱり俺には彼女に、不幸せ、という単語は似合わないと思った。

誰かを大切に想って、いなくなっても変わらない愛情を抱いていることを、俺は不幸だなんて思えない。むしろ、幸せなことのように感じる。

兄はまだ、俺の中にもいる。兄の部屋が空っぽであることに気づくたびに苦しくなる。もっとたくさん話したかったし、今もこれからも、兄がそばにいてくれたらと思うことはある。後悔をひとつひとつ思い浮かべるたびに、胸が押しつぶされそうなほど苦しい。

でも、この気持ちが不幸で、そう思わないようになることが幸せなことなのであれば、俺はまだ、不幸のままでいい。何度でも、苦痛を味わいたい。

——俺は、兄のことが好きだったから。

大切な人をこれからも変わらず大切に想っていたいから。

「母さんは」

呼びかけると、母さんは風で乱れそうになる髪の毛を手で押さえながら「ん？」と視線を俺に向けた。

母さんだって同じ気持ちなんじゃないの、と口にしようと思った。けれど、そんなの当たり前のことだ。兄さんがそばにいたら「そんなこと言っちゃだめだろ、トール」とやさしく叱るに違いない。

母さんが、兄の部屋を今も毎日掃除しているときの顔が、風花さんが持ってきてくれたアネモネの世話しているときの顔が、今年、俺が咲かせたアネモネを見て涙を浮かべながらも頰を緩めたことが、答えを示している。

「なんでもない」

ふるふると首を左右に振って、体を起こす。そして誰もいなくなった兄の墓に近づく。両脇の花立てには、まだつぼみの花——アネモネだろう——が活けられていた。左右の花束はアンバランスで、まったくまとまりがない。けれど、どの墓花よりも輝いていた。

「母さん、あの人のことは、好きにさせてあげなよ」

背後にいる母さんを振り返ることなく、言った。

花はまだ、閉じられている。

——『風花にいつか伝えてあげてほしい。白いアネモネの花言葉を』

兄に頼まれたことだから、ちゃんと伝えてあげたい。

今度いつ会えるかわからない相手だけれど、今じゃない。

まだ、伝えるべきじゃない。

俺にとっても、あの人にとっても。

それでも、いつか伝えられる日が来るだろう。

いつか、伝えたいと思える日が来てしまうだろう。

花が開くように。香りが風に乗って届けられるように。自然と、そして、避けようもなく。

まだ、彼女《きみ》の知らないこの花の花言葉を。

あとがき

いぬ：この度は『きみの知らない十二ヶ月目の花言葉』を手にとってくださり、ありがとうございました。鈴木パートを担当しました、いぬじゅんです。
櫻：風花パートを書きました、櫻いいよです。
あとがきというか、お話ができあがるまでを、ふたりでゆるくお話したいと思います。ネタバレ含みますので、読み終わった後がおすすめです。

Qコラボ作品の誕生から完結まで

櫻：きっかけは編集さんから『いいよさん、コラボするなら誰としたいですか？』って言われて……。
いぬ：そうそう！　突然連絡がきて、『コラボって興味あります？』って。そこでいいよさんの名前を挙げました！
櫻：わたしもいぬじゅんさんと一緒に書いてみたいって答えました。
いぬ：相思相愛（笑）
櫻：最初のアイディアは、編集さんと一緒に会社に集まってホワイトボードにいくつかのネタを書き出しましたよね。
いぬ：そのあと僕といいよさんでドトールにこもって企画をつめて……。
櫻：ヒーローを悪者にするかいいやつにするかとか、どっちがどっちの視点を書くかとか、話しましたね。途中まで最低な男にしようとしてた覚えがあります。
いぬ：最初はいいよさんが男視点を書いてほしくて。でも話をしていくうちに、だんだんと僕の方が男性主人公を描きたいって思うようになったんですよ。
櫻：いぬじゅんさんが風花を書いてたら、めっちゃいい子になってたと思う（笑）
いぬ：いいよさんが書く風花も十分素直でいい子ですよ！（笑）
櫻：最初は一ヶ月ずつ、順番に書いていこうかって言ってたんでしたっけ？
いぬ：そのはずだったんだけど、結局各々のキャラクターで一年を書いてみようってなりましたよね。
櫻：そうそう。で、私が締め切りヤバいかもしれないって話をしたら、いぬじゅんさんも「僕もギリギリになるかも」って言ってたのに、その一週間後くらいに「できたー」って原稿が届いたんです。「嘘つき！」って返事をしました（笑）
いぬ：憶えてる憶えてる！　テストの朝に『全然勉強してないんだよね』って言うパターンでした（笑）
櫻：裏切り者って思いました（笑）。でも、いぬじゅんさんが早く原稿あげてくれたおかげで、私はそれに合わせて書き進められたので、結果的にはすごく助かりました。

いぬ：いえいえ、こちらこそ。いいよさんが間を埋めてくれたから本当に助かりました。完成した時に全編を読んで、あまりの切なさに泣きましたし。誰かが作品を完成させてくれるのは初めての経験でした。

櫻：私伏線を回収していくみたいな感じで楽しかったです。いぬじゅんさんにそう言ってもらえてよかった！

いぬ：あと、自分のパートで同じキャラを書いているわけだけど、いいよさんパートを読んでさらに奥が深いなぁって思った。倫子とかは、特に生き生きとしていますよね。僕には絶対に描けない魅力的なキャラクターです。

櫻：倫子は私もお気に入りなのでうれしいです。

いぬ：普段、実際に書き出すとプロットから離れていっちゃうんだけど、今回は忠実に書けた気がする。ふたりで作品を作るってこういうことなんだなって。いいよさんが埋めてくれた物語の運び方が本当に絶妙で。ネタバレ回避で言うと、徐々に違和感を持てるように書いてくれたのが面白かったし、素直に「すごいなぁ」って。

櫻：私はいぬじゅんさんの書くキャラたちの素直さに感化されました。真っ直ぐで本当にみんないい子でやさしくてすごいなあって読みながら何度も思いました。

いぬ：意外にも、病気で亡くなる主人公を描くのは、初めてのことでして……。彼の気持ちを想像するのに苦労しました。どんな気持ちでどんなセリフを言うかな、とか……。悶々としながら後半はキーボードを打ったのを覚えています。

櫻：死に向かっていくキャラを書くのは難しいですよね。私は風花がどうやって変化する気持ちを受け入れるのか、悩みながら書いたような気がします。とか言って、書き上げるとどんなこと考えていたのかよく憶えてないんですけど。

いぬ：憶えてないんですか!?

櫻：書いてるときは締切に追われてて必死で。なので、書き終わるとそのときのこと忘れちゃうんですよね……。書籍限定版のエピソードは余裕があったのと短編が好きなので、すごく楽しかったです。

いぬ：あのエピソードがなくちゃこの物語引き締まらない！って感じだった。意見がぶつかることもなかったし。執筆中は楽しくて苦しくて、一周してやっぱり楽しかった。

Qもしもまたコラボをするなら

いぬ：これはもう、合宿を決行するしかありません（笑）

櫻：コラボ合宿！　過酷そう……。
いぬ：その日のうちにプロットも詰めて、編集さんもいてもらって見張ってもらう感じとか、どうです？
櫻：たしかに、密に時間をすごしたら、面白い化学反応が起きるかもしれないですね。でも私書けるかなあ……ひとりサボりそう……。
いぬ：今回のコラボでは、本当に貴重な体験をさせてもらいました。
櫻：もしまたふたりでコラボするなら、今度は『いぬじゅんさんの得意分野』を一緒に書いてみたいです。ホラーとか！　どんでん返し！
いぬ：いいですねぇ。スピード感のあるものをふたりで書いてみたい！

Q作家として読者に伝えたいこと
いぬ：なにかひとつでも、読んだ人の心に残せたら嬉しいです。大きなことでなくても、『あのキャラが良かった』とか『あの一文が心に刺さった』みたいな……。そんな作品を残したくて書き続けているのだと思います。
櫻：私は「こんな人、どこかにいるかもしれない」とか「こんな考えの人もいるんだ」って思ってもらえたらうれしいです。いろんな人の、いろんな物語を書いていきたいなあって思っています。

いぬ：自分の書きたいものを書くことが一番大事ですよね。
櫻：楽しんで書きたいし、その作品を読者にも楽しんでもらいたいってことですよね！
いぬ：いいよさんうまくまとめてくれた（笑）

＊＊＊

いぬ：本当に、今回のコラボは色々刺激を受けました！　いいよさんありがとうございました。
櫻：こちらこそ本当に楽しかったです。
いぬ：ここまで余すことなく読んでくださった読者の皆様、本当にありがとうございました！
櫻：またお目にかかる日まで。ありがとうございました。

いぬじゅん
櫻いいよ

この物語はフィクションです。実在の人物、団体等とは一切関係がありません。

いぬじゅん先生
櫻いいよ先生へのファンレターのあて先
〒104-0031　東京都中央区京橋1-3-1　八重洲口大栄ビル7F
スターツ出版（株）書籍編集部 気付
いぬじゅん先生
櫻いいよ先生

きみの知らない十二ヶ月目の花言葉

2020年４月28日　初版第１刷発行
2024年３月４日　　　第12刷発行

著　者　いぬじゅん
　　　　櫻いいよ　

発 行 人　菊地修一
デザイン　カバー　長﨑綾（next door design）
　　　　　フォーマット　西村弘美

発 行 所　スターツ出版株式会社
〒104-0031
東京都中央区京橋1-3-1　八重洲口大栄ビル7F
出版マーケティンググループ　TEL 03-6202-0386
（ご注文等に関するお問い合わせ）
URL　https://starts-pub.jp/
印 刷 所　大日本印刷株式会社

Printed in Japan

ISBN　978-4-8137-0893-3　C0193